# DARKLOVE.

Copyright © Catherine Ryan Hyde, 2017
Todos os direitos reservados.

Publicado mediante contrato de licença
da Amazon Publishing em colaboração com
a Sandra Bruna Agência Literaria.

Imagens © Retina 78 e R.Benvisa

Tradução para a língua portuguesa
© Débora Isidoro, 2023

**Diretor Editorial**
Christiano Menezes

**Diretor Comercial**
Chico de Assis

**Diretor de MKT e Operações**
Mike Ribera

**Diretora de Estratégia Editorial**
Raquel Moritz

**Gerente Comercial**
Fernando Madeira

**Coordenadora de Supply Chain**
Janaina Ferreira

**Gerente de Marca**
Arthur Moraes

**Gerente Editorial**
Marcia Heloisa

**Editora**
Nilsen Silva

**Capa e Projeto Gráfico**
Retina 78

**Coordenador de Arte**
Eldon Oliveira

**Coordenador de Diagramação**
Sergio Chaves

**Designers Assistentes**
Aline Martins/Sem Serifa
Jefferson Cortinove

**Finalização**
Sandro Tagliamento

**Preparação**
Lúcia Maier

**Revisão**
Amanda Tracera
Laís Curvão
Pamela P. C. Silva

**Impressão e Acabamento**
Leograf

---

DADOS INTERNACIONAIS DE CATALOGAÇÃO NA PUBLICAÇÃO (CIP)
Angélica Ilacqua CRB-8/7057

Hyde, Catherine Ryan
  Lar Doce Mar / Catherine Ryan Hyde ; tradução de Débora Isidoro.
  — Rio de Janeiro : DarkSide Books, 2023.
  352 p.

  ISBN: 978-65-5598-253-4
  Título original: Allie and Bea

  1. Ficção norte-americana I. Título II. Isidoro, Débora

23-2264                                    CDD 813

Índices para catálogo sistemático:
1. Ficção norte-americana

---

[2023]
Todos os direitos desta edição reservados à
**DarkSide®** Entretenimento LTDA.
Rua General Roca, 935/504 — Tijuca
20521-071 — Rio de Janeiro — RJ — Brasil
*www.darksidebooks.com*

# Catherine Ryan Hyde
## Lar Doce Mar

Tradução
**DEBORA ISIDORO**

DARKSIDE

# Bea

## Parte Um

# 1
## TALÃO DE CHEQUES DESAFORADO

Pela 20ª vez naquela manhã, Bea encarou, descontente, o talão de cheques em cima do balcão da cozinha.

"Pare de olhar para mim desse jeito", disse para a capa de vinil azul.

Depois ficou vermelha e olhou em volta, como se alguém pudesse ter escutado a explosão constrangedora, um segundo gesto de instabilidade. Além de sua amiga Opal, ninguém pisava no trailer desde a morte de Herbert, seu marido. E Opal não estava ali agora.

O que Bea disse ao talão não foi um comentário literal. Na verdade, foi *meio* que uma triste brincadeira, não uma brincadeira *de verdade*. Esse era o problema.

Ela se sentia ameaçada e insultada pela presença do objeto, como se ele caçoasse dela. Não tinha como negar.

"As pessoas são mandadas para lugares estranhos por fazerem comentários como esse", disse em voz alta. E em seguida emendou, como se lembrasse: "E por falarem sozinhas".

Então bebeu três goles do café, que estava morno, amargo e em uma xícara esquisita, para falar a verdade.

"Vou acabar com isso de uma vez", disse.

Com as mãos um pouco trêmulas, abriu uma gaveta e pegou uma caneta para preencher os cheques e também um lápis para anotá-los no registro. Depois pegou o ofensivo talão em cima do balcão e sentou-se para pagar as contas.

Somou o valor do cheque mensal do seguro social, que devia ter sido depositado naquela manhã. Então ficou olhando para o saldo. Parecia bom. Quase emocionante. Mas sempre parecia. Era só depois de preencher os cheques do aluguel do trailer — não só do espaço que ele ocupava, mas do trailer propriamente dito, que um dia tinha sido dela e de Herbert —, da conta do gás e da energia elétrica, da água, do serviço de coleta de lixo e da conta de telefone, que os números começavam a ficar meio assustadores.

E aquele mês tivera uma despesa a mais. Um pequeno procedimento médico para remover uma anormalidade cutânea que poderia ter sido um câncer, mas, graças aos céus, era algo benigno. Cinco meses atrás, ela teve que desistir de ampliar os benefícios concedidos pelo plano de saúde para economizar na mensalidade. Agora, olhando para a conta do dermatologista, percebia que o pagamento dessa única consulta havia representado quase o dobro dessa economia.

Levantou a cabeça, olhou pela janela e viu aquela horrível da Lettie Pace andando com aquele horrível poodle marrom mestiço de alguma outra coisa no *seu* minúsculo gramado. Na opinião dela, aquele cachorro parecia um esfregão sujo amarrado a uma corda. Lettie parou e deixou o cachorro farejar.

Antes que Bea tivesse tempo de se levantar, o cão-esfregão se abaixou e curvou as costas daquele jeitinho indigno e inconfundível, posicionando-se para deixar um montinho em seu gramado.

Bea correu e abriu a porta totalmente.

Lettie e o esfregão já se afastavam, como se nada tivesse acontecido.

"Lettie Pace!", gritou Bea.

Lettie era uma mulher mais jovem — bem, mais nova que a maioria dos moradores daquele estacionamento de trailers, pelo menos. Devia ter quase 60 anos, o que significava que era uns bons vinte anos mais nova que Bea, o que irritava esta última de um jeito inexplicável. Lettie devia ouvir bem. Mas continuou andando como se não ouvisse. Como se Bea não existisse. E nada, mas nada mesmo, a enfurecia mais do que ser tratada com indiferença.

Ela se abaixou e pegou uma pedrinha branca do contorno decorativo de seu profanado gramado.

Por um momento, ficou parada, olhando para a pedra em sua mão.

*Bea parecia uma arremessadora da divisão principal em um jogo de verdade visto pela televisão. Ela jogou a pedra. A pedra acertou o traseiro do cachorro. Um ganido cortou o ar do estacionamento, e a sra. Betteson, que estava do lado de fora podando suas roseiras, levantou a cabeça para ver o que estava acontecendo.*

*Lettie Pace olhou para trás, para Bea, e marchou furiosa até onde ela esperava, cheia de coragem. Seu nariz quase tocou o de Bea. E Bea continuava imóvel, encarando Lettie, sem hesitar nem recuar.*

*"Não acredito que você foi capaz de machucar um animal inocente", disse Lettie.*

*"É, você tem razão", respondeu Bea. "Sinto muito por isso."*

*Lettie se esforçava para acompanhar a mudança no clima.*

*"Sente?"*

*"Com toda certeza. Minha intenção não era acertar a bunda do cachorro. A bunda que eu queria acertar era a sua. O cachorro não teve culpa nenhuma. Ele é um cachorro. O que ele sabe da vida? É você que está presa a essa coleira. É você que merecia essa pedrada."*

*Por um momento, nada. Depois, um lampejo de raiva preencheu o pouco espaço que separava os dois narizes. Haveria uma briga. E Bea não estava com medo. Na verdade...*

O som distante de um avião interrompeu o devaneio de Bea. Ele descia para o pouso, e o lugar onde ela estava ficava na rota do avião. O ruído a despertou do sonho que tivera acordada. Olhou para baixo, para a própria mão, e viu que a pedra continuava lá. Levantou a cabeça. Lettie Pace e o esfregão marrom eram só dois pontinhos distantes virando a esquina na Fila C.

Incrédula, Bea balançou a cabeça.

Uma coisa era imaginar um final melhor para um confronto e outra era o fato de que, antes, tinha consciência do que era real e do que era imaginação. Daquela vez, ficou surpresa, quase chocada, ao ver que a pedra ainda estava em sua mão.

Ela a soltou rapidamente e olhou para o gramadinho. O montinho teria que ser recolhido. A ideia de alguém além dela ser forçada a fazer o trabalho sujo — a dona do cachorro era o exemplo óbvio — tinha acabado de virar a esquina na Fila C.

A sra. Betteson sorriu para ela com cara de solidariedade.

"Se fosse eu, reclamaria com o Arthur", disse ela em voz alta.

"Acho que vou fazer isso", respondeu Bea. "Vou ter que levar o cheque do aluguel, mesmo, talvez já aproveite."

Mas ela sabia que, na realidade, aqueles atos de coragem eram mais esquivos e difíceis de praticar.


"Pronto", disse Bea, guardando a caneta na gaveta.

Estava sentada na frente da mesa, com Phyllis, a velha gata escama de tartaruga, encolhida em seu colo. De quando em quando, Bea afagava o pelo seco das costas da gata, que respondia enfiando preguiçosamente as unhas em suas coxas, através da calça. Isso era bom para deixá-la alerta, mas Bea sempre reclamava quando acontecia. Mesmo assim, ela se sentia impelida a afagar a gata de vez em quando.

Após preencher os cheques das contas, colocou todos eles em envelopes, fechou, endereçou e selou. Então, por medo e curiosidade, seria forçada a voltar à calculadora e deduzir os valores do saldo da conta bancária. "Fazer a contabilidade", como Herbert teria dito.

E foi o que ela fez. Duas vezes.

Depois ficou olhando para o resultado final.

## 741,12 dólares

Quando Herbert morreu, não deixou nenhum seguro ou recurso financeiro. Não foi tanto por descuido, foi mais... Bem, o que ele tinha para deixar? Mas haviam se esforçado para manter uma pequena poupança. Mais ou menos 5 mil dólares, que, naquela época, parecia muito dinheiro. Mas o cheque do seguro social nunca cobria as despesas do mês. Por mais que Bea fizesse de tudo para economizar, por mais que se alimentasse do jeito mais barato, sempre faltava alguma coisa. E por falta de plano melhor, essa diferença era coberta todos os meses com o que ela tirava da modesta poupança. Que agora havia sido reduzida de 5 mil para 741,12 dólares.

Bea nunca parou para calcular o saque mensal e antecipar quanto tempo essa poupança duraria. E não fez esse cálculo de propósito, porque não tinha um plano para o dia em que ela deixasse de existir. Não era uma questão de ser irresponsável. Era porque ela não tinha nenhum outro plano.

Alguns meses? Provavelmente. Menos de um ano, com certeza.

O telefone tocou.

Por um momento, Bea só olhou para ele. Porque ele nunca tocava. Ele era usado para fazer uma ou outra ligação, só isso.

Mas o telefone continuava tocando e Bea não era do tipo capaz de ignorar uma demanda tão direta.

Ela se levantou, pôs Phyllis no chão delicadamente, caminhou até o aparelho e tirou o fone do gancho.

"Sim?", disse, em vez de dizer "alô", já meio na defensiva. "O que é?"

"Meu nome é John Porter", anunciou uma voz jovem e masculina. "Eu trabalho na Receita Federal."

A segunda frase a atingiu como uma facada no estômago. Ela gelou. Estendeu a mão e se apoiou no encosto da cadeira. Depois, sentou-se.

"Eu não tenho nenhum assunto pendente com a Receita Federal", disse. "Eu pago todos os meus impostos."

"Bem, a senhora não pagou tudo que devia no exercício de 2014."

Bea sentiu o estômago gelar ainda mais.

"Dois mil e catorze? Bem, e por que demoraram tanto para perceber?"

"Senhora, nós temos o direito de auditar as restituições em um prazo de seis anos."

Dois mil e catorze. O primeiro ano em que ela fez o cálculo do imposto sozinha, depois da morte de Herbert. Tinha pensado em procurar um contador, mas ela e o marido não haviam tido retenção. Herbert era dono de um negócio pequeno, que enfrentava dificuldades. Uma padaria. Sem retenção, sem restituição. O que significava que ela teria que pagar o contador do próprio bolso. Por isso, seguiu as instruções e fez a declaração sozinha. Mas era confuso. Muito confuso. Ela não sabia muito sobre a renda da padaria no ano anterior, nem nos outros anos, na verdade, por isso teve que se basear apenas no que Herbert havia deixado. Registros de depósitos bancários, caixas de recibos avulsos.

Agora que pensava nisso, quais eram as chances de ter feito tudo certo?

*Pelo menos não vai acontecer de novo*, pensou, e sentiu algum alívio. Tudo que tinha era o seguro social, que não era sujeito a tributação. Nunca mais teria que fazer uma declaração de imposto de renda. Mas fizera uma em 2014. E ainda devia.

Quanto de seus 741,12 dólares esse engano lhe tomaria?

"Senhora?", chamou a voz do outro lado da linha. "Está me ouvindo?"

"Hum. Sim."

"Há uma diferença de 300 dólares que tem que ser paga hoje. Se a senhora não quitá-la, serão adotados diversos procedimentos de cobrança. E a senhora não vai querer que isso aconteça. Não vai mesmo. Devo avisá-la que quando o processo começa, não há nada que possamos fazer para interrompê-lo."

*Bea endireitou as costas e adotou uma postura mais autoritária.*

*"Bem, isso é muito injusto", disse, satisfeita com o tom de voz decidido. "Se eu tenho que pagar hoje, o senhor deveria ter me avisado com semanas de antecedência. Deve haver algum tipo de documento para isso. Eu poderia ter mandado um cheque pelo correio. Vou reclamar com meu deputado e meu senador. Ou, melhor, vou procurar a imprensa, os jornais e a TV, se for preciso. Isso não é jeito de tratar os contribuintes que pagam seu salário."*

"Senhora?", repetiu a voz. "Está me ouvindo?"

"Hum. Sim. Tenho que mandar um cheque pelo correio?"

"Estamos em Sacramento."

"*Sacramento?*" A pergunta foi quase um guincho. "Estou a horas daí! Mais de sete ou oito horas! Não tem a menor possibilidade de vocês receberem o cheque antes do fim do expediente."

Bea sentiu o pânico ameaçar dominá-la, interrompendo o suprimento de oxigênio. Era como se o espaço estivesse cheio d'água.

"Senhora, acalme-se. Tenho uma solução bem simples."

"Ah. Que bom." Ela respirou fundo, e era oxigênio. "Que solução?"

"É só me dar algumas informações da sua conta bancária. Um número para transferência e o número da sua conta, depois a senha que registrou no banco. Podemos fazer um saque direto e tudo será resolvido rapidamente."

"Ah, ótimo. Que bom. Vou pegar meu talão de cheques."

Enquanto atravessava o trailer para ir pegar o talão, o novo saldo apareceu em sua cabeça: 441,12 dólares. Ela o empurrou para um canto. Pelo menos não teria mais problemas com a Receita Federal, e nada podia ser mais assustador que isso.

"Pronto", disse ela ao pegar o fone novamente. "Já peguei o talão."

"Primeiro", respondeu ele, "me diga seu nome".

"Beatrice Ann Kraczinsky."

Mais tarde, ela reveria mentalmente esse momento dezenas de vezes. Centenas de vezes, para ser sincera. E, em todas elas, veria nitidamente o que não viu na hora: se a Receita Federal telefona para cobrar um imposto que não foi pago, eles já sabem seu nome. Caso contrário, como saberiam de quem é o imposto devido? Como saberiam para qual contribuinte telefonar?

E outras coisas ocorreriam a ela mais tarde. Por exemplo, que 300 dólares era um número muito redondo e certinho. Que a receita determinaria, provavelmente, que você devesse 317,26 dólares ou algum outro número quebrado. Nada tão conveniente quanto um número inteiro.

E que a única outra vez em que a Receita Federal entrara em contato com Herbert, fora por intermédio de uma carta registrada.

E que eles podiam ter o direito de auditar as restituições por determinado período, alguns anos, mas o normal era que conduzissem as auditorias na presença do contribuinte.

Bea veria todas essas coisas com muita clareza. Mais tarde.

Mas agora não era mais tarde. Aquele não era um momento abrilhantado pela sabedoria de uma retrospectiva. Aquele era o momento em que Bea dava ao homem o número de autorização para transferência, o número de sua conta bancária e sua senha.

Nenhuma retrospectiva mudaria isso.


Depois de encerrar a tenebrosa ligação, Bea pegou os envelopes com as contas. Tirou um saco de papel pardo do armário. Depois pegou um saco plástico para cobrir a mão.

Saiu do trailer e trancou a porta com cuidado.

Lá fora, pegou o montinho nojento do gramado e o jogou no saco de papel.

Em seguida, pôs os envelopes com os pagamentos na caixa de correio, exceto o do aluguel, e levantou a bandeirinha vermelha, antes de enfiar mais contas ali, para que o carteiro soubesse que tinha que coletar a correspondência.

Dirigiu a van pelas fileiras de trailers coloridos, acenando aqui e ali para um vizinho em um jardim, uma varanda ou pela janela. Ia de carro não por não poder andar o equivalente a um ou dois quarteirões, embora uma caminhada tão longa pudesse ter sido um grande esforço, mas porque a temperatura já havia passado dos quarenta graus. Continuou dirigindo com o ar-condicionado no máximo, até chegar ao escritório da administração do estacionamento de trailers. Arthur não estava lá. Sabia disso por causa daquela plaquinha "Voltamos às..." pendurada na porta, com o relógio ajustado manualmente para as duas da tarde. Jogou o cheque do aluguel pela fresta da correspondência.

No percurso de volta, tomou o caminho mais longo para passar pelo trailer de Lettie Pace. Lá, deixou o saco de papel e seu conteúdo na soleira.

Sério. No mundo real. Quando olhou para trás, ficou satisfeita por ver que tinha feito aquilo de verdade.

## 2
## DEPOIS DO FIM DE TUDO

Bea acordou, assustada. Tinha quase certeza de que havia morrido. Mas não, ela não havia morrido.

Isso acontecia com uma frequência cada vez maior. Ultimamente, umas duas vezes por semana. Começava a pegar no sono, entrava naquela zona crepuscular do cochilo, e acontecia alguma coisa que ela reconhecia imediatamente como O Fim de Tudo. Mas, curiosamente, a coisa nunca era importante ou dramática. Apenas uma sombra que caía sobre ela ou um envolvimento de algo como fumaça. Mas, com um sobressalto de medo, ela sabia claramente que tudo acabava com a fumaça ou a sombra. Sempre soube dessa verdade. E esperava por ela. Depois, assustada, ficava deitada e paralisada por um momento, perguntando-se por que ainda estava tão... *ali*. Se aquilo era O Fim de Tudo, por que ainda continuava na cama, pensando?

Depois de um tempo, o cérebro se recuperava o suficiente para ela entender o momento pelo que de fato ele era: uma experiência de sonho, semiacordada.

Normalmente, demorava quase metade da noite para voltar a dormir após um susto desses.

Bea ficou ali por um instante, paralisada, tentando entender por que ainda era tão difícil respirar. Então levou a mão ao peito e percebeu que Phyllis estava deitada sobre sua clavícula.

"Phyllis, meu bem. Você tem que sair daí."

Com delicadeza, empurrou a gata. Phyllis se levantou, se espreguiçou, depois foi para baixo das cobertas e se encolheu junto ao quadril de sua dona.

Bea respirou profundamente algumas vezes e cutucou um pensamento que se escondia em algum lugar na consciência. Ainda não sabia ao certo o que era, mas teve a mesma sensação várias vezes naquele dia. E em todas ela sentiu uma contração na barriga, mas fez o possível para não ir atrás do pensamento que a provocara.

Dessa vez, ficou parada, e o pensamento a alcançou.

E se aquele homem não fosse da Receita Federal? Ele não sabia o nome dela.

Sentou-se na cama.

E se tivesse jogado fora 300 dólares de seus 740 e alguma coisa, entregando seu dinheiro a alguém que não era da receita por motivo nenhum? E se tivesse sido vítima de um golpe? A gente ouve essas coisas hoje em dia, lê sobre elas no jornal ou se previne contra elas nos canais de notícias. E essa gente parecia abordar pessoas mais velhas.

"Não posso sofrer um prejuízo desses", disse em voz alta para o quarto escuro.

Decidiu pegar o telefone e ligar para o atendimento eletrônico do banco.

Bea era uma mulher organizada, tinha o número na memória do aparelho. E sabia sua senha de cor. Eram os últimos quatro dígitos de um antigo número de telefone que ela manteve armazenado em sua memória por anos. Um número de telefone dos tempos em que ela e Herbert tinham uma casa. Jamais o esqueceria enquanto vivesse, mas ninguém associaria aquele número a ela ou o adivinharia. E tinha sido orientada a tomar muito cuidado quando escolhesse suas senhas.

Outra contração gelada no estômago a fez lembrar de que não adiantava muito ser cuidadosa ao escolher uma senha, se alguém só precisava pedi-la por telefone. E ela dava.

A conhecida voz metálica deu as boas-vindas à linha de serviços automatizados do banco, depois começou a recitar as opções. Bea não esperou. Apertou o número três, porque sabia que assim ouviria seu saldo e as informações de movimentação.

"Não gosto dessas tecnologias", disse para ninguém. "Não gosto nem um pouco."

Suspirando, digitou o número de sua conta e a senha.

"Seu saldo em conta é... zero dólares... e zero centavos. Para ouvir novamente, digite um. Para voltar ao menu anterior, digite dois. Para encerrar esta chamada, digite estrela ou desligue."

Bea desligou.

Ficou sentada no escuro com o telefone na mão por um longo tempo. Sabia que estava acordada, mas lá estava de novo. O Fim de Tudo.

E, assim como nos sonhos que tinha acordada, ela ainda estava ali. Ainda pensava. Ainda se perguntava como poderia haver alguma coisa do outro lado do Fim.

Apesar de chocada e de sentir a barriga vibrar e formigar como se estivesse eletrizada, o que Bea identificava mais nitidamente era um bizarro sentimento de alívio. Finalmente, estava acabado. Ela havia acabado com tudo. Durante anos, ela se vira chegar cada vez mais perto do precipício. Agora, havia pulado dele e estava em plena queda. De algum jeito, o completo e absoluto desastre era preferível à constante, compulsiva e nervosa antecipação dele.

E de um jeito ou de outro, ela ainda estava ali.

Como seria a vida daquele ponto em diante, bem... Isso era um mistério, até aquele momento.

E dessa vez não voltou a dormir.

# 3
# TUDO TEM A VER COM O CLIMA

De manhã, assim que se levantou, Bea entrou no carro e foi para Palm Desert. O segurança do condomínio fechado onde sua amiga Opal morava a reconheceu, assim como reconheceu sua velha van branca, e acenou para ela entrar.

Ela parou na porta do chalé de Opal, ou melhor, do filho de Opal, e viu a amiga sentada no balanço da varanda, à sombra, se abanando com o leque japonês legítimo que o filho e a nora haviam lhe trazido da última viagem de férias. Era de seda e prata, devia ter sido caro.

Bea não pôde deixar de notar o olhar condescendente da dona de casa agitada do outro lado da rua, vizinha de Opal, enquanto estacionava a van.

> "É isso aí. Pode olhar", gritou Bea. "Imagine alguém tendo que dirigir um carro velho e não ter dinheiro saindo por todos os poros, como você. Que vergonha! Agora capriche na olhada."
> A mulher virou e correu para dentro de casa, humilhada e morrendo de vergonha.

Bea desviou o olhar e, em silêncio, deu as costas para a vizinha indelicada.

"Você não parece bem", comentou Opal quando Bea subiu com dificuldade a calçada inclinada, no calor cada vez mais forte daquela manhã.

"Ah, bom dia para você também."

"Eu não quis ofender. Só quis dizer que você não parece feliz. Está com cara de preocupada e parece que não dormiu."

"Sim", confirmou Bea. "Para todas as alternativas."

Finalmente entrou na varanda, bufando e banhada de suor. Encarou a amiga.

Assim como Bea, Opal era uma mulher fisicamente generosa, como a mãe de Bea costumava descrever uma coisa como essa. Diferentemente de Bea, tinha cabelos brancos abundantes, brilhantes e compridos, que iam até o meio das costas. O cabelo causava inveja em Bea, que via os dela cada vez mais ralos e finos ano após ano. Mas ela nunca disse nada.

"Vim pedir vários favores", disse Bea. "E vou ser bem direta. Se não está com disposição para ouvir alguém pedindo favores, é melhor me mandar embora agora."

"Depende dos favores", respondeu Opal. Ela falava devagar, de um jeito quase preguiçoso. Como uma sulista sorvendo um coquetel em um filme, embora Bea soubesse que Opal era de Duluth. "Pode pedir o que quiser. Se puder ajudar, eu ajudo. Se não puder, eu digo. A essa altura, você já sabe que sou assim."

Ficaram em silêncio por um momento, se olhando, como se houvesse um protocolo que determinasse quem falaria a seguir, mas nenhuma das duas soubesse qual era.

Então Opal sugeriu:

"Comece com um pedido fácil."

"Uma xícara de café."

Opal tirou o corpanzil do balanço da varanda.

"Esse é bem fácil. Mas não creio que seja por isso que veio até aqui."

Opal segurou a porta aberta para Bea, que entrou no glorioso ambiente resfriado pelo ar-condicionado e suspirou.

"Na verdade, é. Eu realmente preciso de uma xícara de café. Estou sem café em casa."

Seguiu Opal até a enorme e moderna cozinha, que tinha uma bancada ilha, balcões de mármore italiano e luzes de LED embutidas no teto. O forno devia ter custado mais que o trailer de Bea quando novo. E a cozinha também era maior que seu trailer. Talvez o dobro do tamanho.

"Tem café à venda no mercado", comentou Opal enquanto tirava da geladeira de inox uma embalagem de papel-alumínio com café importado.

"Mas tem um problema com o mercado. Eles querem que você leve dinheiro para cada coisinha que comprar."

Opal olhou para Bea e estreitou os olhos, com ar preocupado.

"Opa."

"É. Opa."

"Acabou?"

"Acabou."


"Acho que sei qual é o outro favor", disse Opal. "Estou me sentindo péssima por isso e quero que saiba que eu nem hesitaria, se pudesse. Mas, meu bem, do jeito que as coisas estão entre mim e minha nora, nunca tenho certeza de que vai haver um quarto para *mim* aqui no próximo mês."

"Eu não vim pedir para me mudar para cá. Eu sei que você não poderia atender a esse pedido."

Elas estavam sentadas na varanda com teto de vidro nos fundos da casa, com vista para um lago de patos e uma fonte, além do campo de golfe. Pelo menos, o teto parecia ser de vidro, para Bea. Mas já tinha ouvido falar que era de um material mais resistente, para resistir às bolas de golfe. De qualquer maneira, servia para segurar o efeito do ar-condicionado.

"Se eu pudesse, eu atenderia, Bea. Juro."

"Eu sei. Além do mais, ninguém quer morar comigo, e eu sei disso. E não quero morar com ninguém, porque não gosto de ninguém. Ah, não fique ofendida. Eu gosto de você, mas tenho certeza de que isso mudaria se tentássemos dividir um espaço. Nem por um minuto imaginei que alguém ia querer me aturar."

"Você não é tão ruim quanto quer parecer."

"Sou pior. Você nem imagina, porque só conversamos por alguns minutos quando nos encontramos."

"Só te acho um pouco desagradável."

"Ah! Você não tem ideia."

"Então vou deixar você pedir quando quiser."

"Pedir o quê?"

"O que veio pedir."

"Ah. Claro. Isso. Preciso que me empreste 20 dólares."

"Acho que precisa de um empréstimo maior que isso. Como vai pagar o aluguel daquele lugar? E as contas? E a comida para você e sua gata?"

"Não posso pedir dinheiro emprestado para resolver tudo isso. Porque nunca vou conseguir devolver. Mas 20 dólares, eu consigo. Posso pagar com o dinheiro do próximo cheque. Comprei comida para a gata para um mês com o dinheiro que tinha na bolsa. Aí fiquei sem comida para mim."

Opal riu.

"Prioridades."

"Ela depende de mim."

"Ela pode comer o que tem de mais barato. Aquela ração que dão para os animais nos abrigos. Não custa quase nada."

"Ela não pode comer ração seca."

"Por que não?"

"Porque ela não tem dentes. Você sabe disso."

"Ah. É. Acho que sabia, sim. Talvez só tenha esquecido. Tem certeza de que não quer mais que 20?"

"Tenho. Não vou conseguir sair dessa fazendo empréstimo."

"Então não vou emprestar. Eu vou te *dar* os 20 dólares. E nem pense em discutir isso comigo."

"Obrigada", disse Bea.

Em silêncio, elas viram duas mulheres bem-vestidas em roupas esportivas, da idade delas, mas um pouco mais em forma, jogando no terceiro buraco.

Depois de um tempo, Opal falou:

"Estou aqui querendo perguntar o que você vai fazer, mas odeio tocar nesse assunto."

"Eu tenho um plano."

"É um alívio saber disso."

"Decidi que tudo tem a ver com o clima."

Silêncio.

"O clima? Foi isso que você disse? Essa é nova. Pensei que tivesse a ver com dinheiro."

"Bem... sim. É claro. E tem. Mas quando você não tem dinheiro, aí tem a ver com o clima. Sabe... estive pensando. Posso pagar meu aluguel. O cheque que recebo todo mês cobre essa despesa. Posso até pagar o aluguel e ficar com o troco para a comida. Tudo bem. Mas não consigo pagar o aluguel, comer e pagar a conta de luz. Mas se eu vivesse em algum lugar onde não fizesse nem muito frio nem muito calor, minha conta seria baixa. Eu poderia até viver sem eletricidade. Mas, aqui no vale, se desligarem minha energia e eu não tiver ar-condicionado, o calor vai me matar."

"Entendi. Você sabe que as companhias de serviços essenciais têm que oferecer desconto para idosos e pessoas com baixa renda, não sabe?"

"Já ofereceram. Mas ainda assim é minha maior despesa, depois do aluguel."

"Vamos ver se entendi direito. Seu plano é resfriar Coachella Valley."

"Não. É claro que não. Mas ontem à noite estava deitada na cama e fiquei pensando: 'Imagine só, se eu pudesse pegar minha casa e me mudar para as montanhas'. Entendeu? Em vez de ligar o ar-condicionado."

"As montanhas são geladas no inverno."

"Aí eu posso voltar."

"Meu bem", disse Opal, adotando um tom de voz que deixava claro que as ideias de Bea tinham que ser esclarecidas, e depressa. "Sei que chamam o lugar onde você mora de casa móvel. Mas, nesse caso, é só uma figura de linguagem. Aquela casa não vai a lugar nenhum."

"Eu sei. Mas não estou falando do trailer. Estou falando da van."

Silêncio. Um longo silêncio. Bea bebeu um pouco do café. Depois de um tempo, criou coragem para olhar para Opal. Elas se encararam e ficaram em silêncio. Porque agora sabiam exatamente do que Bea estava falando.

"Deve ter alguma outra coisa que você possa fazer, Bea. Meu bem, tem que ter alguma coisa melhor que isso."

"A única outra coisa em que consigo pensar envolve dormir em um banco de praça e empurrar minhas coisas por aí em um carrinho de supermercado. Escute, Opal. Há muitas pessoas no mundo que vivem com menos do que isso. Vou ter um teto sobre minha cabeça. Vou ter cortinas. Vou ter minha poltrona, alguns livros. E minha gata."

"E uma caixa de areia bem no meio de tudo isso."

"A caixa pode ficar no assoalho do banco do passageiro, onde não me atrapalhar."

"Mas não tem banheiro para *você*. Você não pode usar uma caixa de areia."

"Posso estacionar em um posto de gasolina. Ou perto de um banheiro público."

"E como vai receber o cheque todos os meses?"

"Eu não preciso me preocupar com isso. O dinheiro cai direto na minha conta todo mês, só preciso levar o cartão de débito para o combustível e a comida."

Mas, de repente, Bea pensou em um detalhe. Antes do próximo depósito, tinha que passar no banco e mudar aquela senha. Na verdade, podia fazer melhor; podia fechar a conta e abrir uma nova, só por precaução. E informar a administração do serviço social sobre a alteração. Tudo isso fazia com que se sentisse vulnerável, envergonhada e ignorante, por só ter pensado nesses detalhes agora. O que mais estava esquecendo?

Ah, sim. Um novo cartão de débito para a nova conta.

"E você vai gastar todas as suas economias em combustível?", Ouviu Opal dizer, e a voz dela a trouxe de volta ao presente.

"Não. Não vou. Não precisa ser desse jeito. Eu não tenho que ficar mudando de lugar o tempo todo. Posso ficar no mesmo lugar alguns meses, se o tempo ajudar. Pensei muito nisso. Só preciso de mais um favor seu, que é guardar algumas das minhas coisas na sua garagem. Não posso levar tudo. Só o necessário para viver. Tenho pensado muito no que é necessário para mim. No que faz um lar. Não ligo para o sofá ou a cama. Posso dormir na minha cadeira reclinável. Essa é toda mobília de que preciso. Sem minha poltrona, a vida não seria confortável o bastante para suportar. Mas com ela... Durmo nela o tempo todo, quando tenho refluxo ou quando a sinusite resolve atacar. É tão confortável quanto minha cama, se não for mais. Se eu puder fechar as cortinas e usar uma lanterna para ler um livro com a gata no colo, não vai ser tão ruim. Eu vou ficar bem."

"Você vai ser uma sem-teto", disse Opal.

Bea teria preferido deixar de lado essa expressão feia. Mas lá estava ela. Mais cedo ou mais tarde, ela seria dita. Por alguém. Era inevitável.

"Eu não disse que era um ótimo plano. Disse que era um plano."

"Você tem até o fim do mês, certo? Está tudo pago, por enquanto?"

"Sim. Por enquanto."

"Então temos tempo para pensar em alguma coisa melhor."

"É claro", respondeu Bea. "Vamos pensar em alguma coisa melhor."

Mas ela sabia que não era verdade. *Se existisse uma solução boa e fácil para a falta de moradia*, pensou, *a essa altura, um milhão de sem-tetos já a teria encontrado.*

## 4
## O MUNDO PODE NÃO ME DEVER UM SUSTENTO, MAS ME DEVE 741,12 DÓLARES

Três dias depois, no que deveria ter sido um tranquilo mês de transição, Bea acordou assustada com alguém batendo na porta do trailer.

Aquilo quase nunca acontecia.

Ninguém batia na porta dela, exceto Opal, e muito raramente. Era constrangedor receber Opal, que morava em um lugar tão luxuoso, mesmo que, tecnicamente, o luxo não fosse dela. Então a única amiga de Bea raramente a visitava. E mais ninguém.

Enquanto vestia o roupão com dificuldade e passava os dedos no cabelo para ajeitá-lo, Bea pensou que aquilo era improvável demais para ser uma boa notícia. Olhou para o reloginho em cima do fogão ao passar apressada pela cozinha no canto do trailer. Era pouco mais de sete da manhã.

"Quem é a essa hora?", perguntou através da porta. "É cedo demais para bater na porta de alguém."

"É o Arthur."

Talvez não fosse tão ruim. Talvez a sra. Betteson tivesse contado a ele sobre a indelicadeza de Lettie Pace, e ele estava ali para ouvir sua versão dos fatos.

Bea abriu a porta e fechou um pouco os olhos contra a luz matinal.

"Temos um problema", disse Arthur.

"O que foi?", perguntou ela, tentando adotar um tom casual, mas o coração disparou e o estômago havia se transformado em concreto.

"Seu cheque do aluguel."

"O que tem ele?"

"Voltou."

Bea abriu a boca para dizer que era bobagem. Não tinha nenhum motivo para o cheque ser devolvido. Então tudo caiu sobre ela como uma tempestade.

Fechou a boca.

Deu dois passos para trás, em direção à poltrona reclinável, e sentou.

Era isso que estava esquecendo. Outro aspecto da situação que o cérebro não tinha apreendido. No dia em que recebeu aquele horrível telefonema do golpista fingindo ser da Receita Federal, tinha acabado de assinar os cheques do mês. Como deduziu os valores do saldo bancário, considerava todas as contas pagas. Em sua cabeça, elas haviam sido pagas. Mas não foram. Os cheques das contas de consumo ainda estavam na caixa postal quando o golpista limpou sua conta, e o do aluguel estava no chão do escritório do estacionamento de trailers, depois de ser jogado para dentro pela fresta da porta.

Portanto, o golpista não levara só 740 dólares e alguns trocados. Ele levara o valor reconfortante e agradável que tinha visto no canhoto do talão depois de somar o valor do seguro social. Ele levara 1.600 dólares. E agora todos os cheques das contas do mês voltariam.

"Sra. Kraczinsky? Está se sentindo bem?"

Ela olhou para Arthur, que estava parado em sua porta, contra a luz da manhã.

Não ter antecipado tudo aquilo era mais um problema. Seu cérebro não havia feito a dedução lógica. Agora sabia disso. Qualquer um com um raciocínio razoável saberia que os cheques emitidos ainda não tinham sido compensados. Ora, quando fora ao banco para fechar a conta invadida e abrir outra, até perguntaram se tinha cheques para compensar. E ela havia dito que não.

Passara a maior parte dos últimos três dias resolvendo problemas com o banco. Tentando convencer o atendente a quebrar as regras e abrir uma conta sem um depósito inicial. Mudando os dados da conta para o depósito direto com a administração do seguro social. Providenciando um novo cartão de débito para levar na viagem. Sentia-se muito satisfeita por ter lidado com tudo tão bem.

Enquanto isso, seus cheques estavam sendo devolvidos.

E a conta em que deveriam ter sido compensados fora fechada voluntariamente.

E não havia contado a ninguém sobre o golpista, porque sentia vergonha. E porque não havia nenhuma chance de pegá-lo, de qualquer maneira, e todo mundo sabia disso. E porque ela não queria piedade. E agora pareceria que havia emitido cheques de uma conta sem saldo e fechado essa conta antes que eles fossem depositados.

"Sra. Kraczinsky?"

"Sim, Arthur. Eu estou bem. Foi só um engano. Eu sei o que aconteceu e posso resolver. Só preciso de alguns dias. Três dias, pode ser?"

Porque esse era o tempo que achava que era necessário para carregar a van e sumir.

"Bem...", Arthur respondeu, coçando a cabeça careca. "Não estou muito feliz com isso, mas... se tem certeza de que serão só três dias, tudo bem."

*"Ah, seu rato hipócrita", Bea disparou.*

*Arthur recuou alguns passos com a força de suas palavras.*

*"Eu aqui, morando nesta porcaria de estacionamento há quase duas décadas, e alguma vez paguei o aluguel atrasado, mesmo que um só dia? Não. Nunca. E quando o Herbert e eu tivemos que fazer um empréstimo usando o trailer*

*como garantia e atrasamos o pagamento, você ficou muito feliz por tomá-lo de nós e alugá-lo para nós. Como se estivesse nos fazendo um grande favor, impedindo que o banco executasse a dívida. Mas quem saiu ganhando com tudo isso foi você e mais ninguém, porque você alugou o trailer para nós por muito mais do que ele valia, e nem assim deixou de aumentar o aluguel duas vezes nos anos seguintes. E agora você tem a coragem de vir aqui quando a minha vida está desmoronando e se comportar como se três dias fossem um grande prejuízo? Como se atreve? Como se atreve a bater na minha porta às sete da manhã e se fazer de muito importante para tentar me diminuir? Quem você pensa que é?"*

"Sra. Kraczinsky?"

"Sim, Arthur. Três dias. Eu prometo. Não vou te deixar na mão."

Bea se levantou e foi fechar a porta, bloqueando a imagem do rosto de Arthur.

Para sua surpresa, não se sentia culpada por mentir. Não tanto quanto esperava, pelo menos. É claro que ela o deixaria na mão e teria que conviver com isso. Afinal, outras pessoas também viviam a deixando na mão.

*Que outra pessoa lidasse com isso, para variar.*

Ligou o ar-condicionado. Sim, às sete da manhã. Viveria cercada de todo o conforto até a hora de partir. O cheque da companhia de energia elétrica seria devolvido, e eles nunca receberiam pelo consumo do mês anterior nem pela energia consumida nos primeiros dias do mês, enquanto se preparava para ir embora. E faria tudo assim mesmo. Eles tinham muito dinheiro e o recebiam de gente como ela. Podiam apenas deduzir o prejuízo de seus impostos, que não chegavam nem perto do valor que deveriam pagar, de qualquer maneira. Ela e Herbert haviam passado a vida cobrindo os rombos fiscais causados por essas grandes companhias sem coração.

Agora ela os deixaria na mão e queria ver se iam gostar.

Não acreditava completamente no que estava pensando. Não se sentia confortável com aquelas ideias, não como se forçava a acreditar, por isso se obrigava a fazer as pazes com elas, e depressa.

Uma coisa ela não podia negar. O mundo lhe devia 741,12 dólares, e já estava mais do que na hora de ele lhe pagar essa dívida. Só para variar.

# 5

# VAN, DOCE VAN

A nova casa de Bea tinha doze anos e marcava pouco mais de 230 mil quilômetros no hodômetro. Tinha pneus decentes e um ar-condicionado, que ainda funcionava, no painel.

Eram duas janelas no fundo, uma em cada lado da porta dupla, e nenhuma janela nas laterais. Bea não se incomodava com isso. Quanto menos tivesse que transformar as velhas cortinas do trailer para os novos aposentos, melhor. Quanto mais difícil fosse para um transeunte enxergar o interior, mais satisfeita ela estaria.

As laterais exibiam uma inscrição pintada, "Padaria Sun Country", com um sol estilizado na curva inferior da letra S. Mas, com o passar dos anos, a pintura de seus contornos descascou, como acontecera com o caótico e mal administrado negócio de Herbert perto do fim. Como sua vida com ele.

O para-choque traseiro tinha um adesivo: "Se estou dirigindo devagar, é porque estou transportando um bolo de casamento". Porque era assim que o veículo era usado nos bons tempos.

Bea trabalhou no interior da van por dois dias. E em ambos havia esperado a noite cair, por razões óbvias.

Agora estava dentro da van, na segunda noite, prendendo com fita adesiva os varões das cortinas do banheiro para cobrir cada uma das janelas do fundo. Já tinha feito algo parecido com as cortinas da sala de estar, prendendo o varão de um lado ao outro da van, atrás dos assentos traseiros. Agora podia puxar as cortinas para separar o fundo do veículo da cabine. Qualquer pessoa que olhasse pelo para-brisa veria apenas bancos vazios. Podia abrir as cortinas enquanto dirigia, para enxergar pelo retrovisor.

A poltrona ocupava seu novo lugar na van, o que prejudicava o conforto dentro do trailer. Na noite anterior, ela bateu na porta de Kyra e John, os únicos residentes jovens do estacionamento, e pediu que a ajudassem a carregar a poltrona, dizendo que a daria a uma amiga. Kyra e John estavam acostumados com esses pedidos. Ser jovem em uma comunidade de idosos sempre envolvia muito esforço para levantar e empurrar coisas, e eles tinham aprendido bem essa lição.

A intenção era deixar a poltrona atrás do banco do motorista, mas John insistiu em colocá-la do lado do passageiro.

"Se houver algum acidente", argumentou ele, "ou se você tiver que frear de repente... Bem, essa coisa pode ser jogada para a frente e te transformar em uma panqueca grudada no para-brisa."

Acima da poltrona, no teto da van, Bea prendeu uma luminária autoadesiva movida à bateria, comprada na loja onde tudo custava 1 dólar. Ao lado da poltrona, havia uma caixa de lenços e uma caixa de livros cuidadosamente organizados, títulos que ainda não havia lido ou que poderia querer ler de novo.

Tinha conseguido mover o gaveteiro sozinha, porque era feito só de papelão. Não era propriamente uma cômoda, só uma coisa que mantinha escondida no fundo do armário, porque parecia barata. Mas acomodaria duas mudas de roupas, calcinhas, sutiãs, meias. Duas toalhas.

Arrumou a bolsinha de viagem — que era uma coisa boba para ter, já que não viajava — com uma escova de cabelo, uma escova de dentes e creme dental, cotonetes e uma bucha de banho, fácil de carregar para um banheiro público sem chamar atenção.

"*Agora* eu vou viajar", disse em voz alta para ninguém.

No canto da van, deixou um balde de plástico. Era embaraçoso olhar para ele, mas sabia que precisaria daquilo. Talvez, em qualquer noite, não encontrasse um banheiro por perto. Ou podia fazer frio lá fora, ou ser um bairro perigoso. Sempre seria impossível esvaziar e limpar o balde na manhã seguinte. Talvez tivesse sorte e nunca precisasse usá-lo. Mas por que correr riscos com esse tipo de coisa?

Cada cobertor foi empilhado e devidamente dobrado no outro canto.

Ela ligou a van e olhou para o ponteiro de combustível. Mais ou menos dois terços de tanque. Era tudo que tinha para as próximas três semanas. O coração disparou de novo, quando tentou analisar mentalmente o desafio. Antes de ficar sem gasolina, teria que encontrar um lugar onde não fizesse um calor de matar, mas onde não congelasse à noite. Ela só tinha uma chance. Se escolhesse errado, não teria como consertar o erro. Não antes de três semanas.

*Não era para ser assim*, pensou pela centésima vez.

Seria melhor se pudesse esperar e partir no terceiro dia do próximo mês, com o dinheiro na conta. Com esse adorável sentimento que era todo dela naquele momento. Sem aluguel nem contas para pagar. Só com gasolina e comida, e talvez algumas moedas para uma lavanderia automática ou um chuveiro em um camping.

Não deveria ter que partir com o saldo zerado, abandonando metade da comida comprada para o mês porque, ao comprá-la, não sabia que seria obrigada a se desfazer tão cedo da geladeira.

*Por outro lado*, pensou, *não era para ser desse jeito. Eu nem devia estar fazendo planos para morar nesta van.*

Bea desceu do veículo e voltou ao trailer.

Havia três caixas no chão da sala, onde antes ficava a poltrona. Estavam fechadas com fita adesiva e marcadas com caneta marca-texto, em letras grandes: "OPAL MARTIN/ROBERT MARTIN". Ela as deixaria no caminho, quando saísse do vale.

Não com Opal pessoalmente, pois a amiga tentaria convencê-la a não ir, e se sentiria culpada por não poder fazer nada. Não. Bea as deixaria com o guarda no portão e estaria fora da cidade antes que Opal soubesse de sua partida.

Todo o resto ficaria, exceto a gata.

Bea parou na sala de estar, olhou em volta e foi tomada pela primeira onda de pânico. Tudo naquele lugarzinho, por menor e mais insignificante que fosse, era algo que ela queria guardar. Tudo tinha uma história. Tudo era muito familiar. Era a sua vida, era ela própria. Não podia abandonar aquilo.

Cada lâmpada tinha uma história de onde a havia comprado. Cada utensílio de cozinha era carregado de história. O descanso para colher do píer de Santa Bárbara, comprado em sua primeira viagem ao litoral. As taças de champanhe que foram presente de casamento. As canecas compradas da padaria do Herbert quando ela foi fechada. A ideia de ir embora e abandonar cada detalhe que ajudara a construir sua existência a deixava tonta. Literalmente tonta.

Sentou no sofá por um momento para recuperar o equilíbrio.

Então, tomada por uma repentina onda de determinação, decidiu que era hora de partir. Naquele instante. E nem um segundo depois. Se esperasse, Arthur poderia encontrar provas de seu plano. Além do mais, era como todo o resto: esperar pela partida poderia ser pior que a partida propriamente dita.

Pegou as três caixas que deixaria com Opal e o máximo possível de alimentos perecíveis que poderia consumir antes de estragarem. Tinha um cooler para piquenique, pelo menos poderia conservar tudo por dois ou três dias, se usasse todo o gelo do freezer.

Limpou a caixa de areia e a levou para a van, onde a deixou no assoalho do banco do passageiro.

Depois fez a última viagem para pegar Phyllis.

Bea pegou a gata velha, abraçou o corpo quente e ronronante junto de si, depois a acomodou em uma caixa que havia preparado com buracos para permitir a passagem de ar. Phyllis provavelmente não passaria muito tempo nela. Só o bastante para ir do trailer até a van. Mesmo assim, coisas vivas necessitam de ar.

Phyllis — que nunca havia estado fora de casa durante toda a sua vida, nem nunca havia morado em outro lugar que não fosse o trailer nos dezoito anos desde que Bea a adotara, ainda filhote — miou. Um som profundo, ao mesmo tempo ameaçado e ameaçador, saído do fundo da garganta. Um miado alto. Fácil de ouvir.

Obviamente, Bea não queria chamar atenção para sua escapada noturna. Por isso, correu como uma ladra, jogando a chave do trailer no tapete, por cima do ombro, e deixando a porta destrancada.

Era melhor que fosse assim, a fim de evitar mais um terrível momento de pânico. Estava ocupada demais fugindo da casa onde havia morado durante dezenove anos para compreender completamente o que aquilo significava.

Pelo menos naquele momento.

Mais tarde, Bea entenderia, e seria um duro golpe. E ela sabia disso. Mas agora não era mais tarde. E Bea não tinha a intenção de fugir arrastando problemas. Então só ligou o motor e arrancou.

# 6

## POR QUE VOCÊ TEM TANTO E EU TENHO TÃO POUCO?

Bea estacionou a van mais ou menos às dez da manhã e desligou o motor. Em seguida, ficou ouvindo o estalo do metal esfriar.

Podia estar em Ventura ou Oxnard. Ou seja, tinha conseguido chegar ao Oceano Pacífico. E tinha encontrado o estacionamento de um BuyMart, onde poderia parar embaixo de um poste de luz e de uma câmera de segurança.

*Por três semanas?*

Talvez. O BuyMart declarava que vans podiam passar a noite em seus estacionamentos.

Havia sido uma viagem longa, e o ponteiro do combustível apontava para menos de um quarto, o que era assustador. Mas sentia que valia a pena ter ido para o litoral. Era sempre mais fresco durante o dia e mais quente à noite.

Sua primeira ideia foi ir para as montanhas, mas teve medo. Lá em cima havia menos cidades, e eram mais distantes umas das outras. E se ficasse sem gasolina no meio do nada? E se não encontrasse serviços de apoio? Precisava de mais que um banheiro. Precisava de acesso à água e da segurança de outras pessoas por perto em caso de emergência. Não podia apenas estacionar no meio do nada. Por isso, decidira buscar a segurança do clima litorâneo, sem ter certeza de que a gasolina seria suficiente.

Viu uma mulher andando pelo estacionamento entre os carros, não muito longe dali. Abriu a janela do lado do motorista e a chamou.

"Por favor."

A mulher olhou em volta.

"Eu?"

"Sim, você. Mora por aqui?"

A expressão da mulher era um misto de medo e desconfiança.

"Por quê?"

"Só queria saber como é o tempo. Faz muito calor durante o dia?"

"Uma média de 23 graus", respondeu a mulher, um pouco mais relaxada.

"E à noite? Faz frio à noite?"

"Não. Não muito. Uns dez graus, talvez."

Bea acenou para agradecer e fechou a janela. Tirou a chave da ignição. Foi para a parte de trás da van e fechou a cortina atrás dos bancos. Depois foi ainda mais para trás e fechou as cortinas das portas traseiras também.

Pegou a caixa da gata de sua poltrona e se sentou.

O plano era soltar Phyllis imediatamente. E foi o que Bea fez. Mas a gata quase provocou um acidente quando se encolheu embaixo do pedal do freio, depois se deitou em cima do acelerador quando Bea tentou tirá-la de lá com o pé. Em seguida, ela voltou para a caixa, onde ficou até a van ser estacionada. Seria assim até Phyllis olhar em volta e se sentir confortável para não causar problemas.

Bea abriu a caixa e Phyllis pôs a cabeça para fora como um soldado que se atreve a espiar as linhas do front de dentro de uma trincheira. Como se mísseis pudessem passar assobiando entre suas orelhas a qualquer segundo. Depois pulou da caixa e imediatamente passou por baixo da cortina e desapareceu na cabine da van.

Bea se recostou na cadeira e suspirou.

*Bem, aqui estou eu*, pensou.

O que aconteceu em seguida foi seu segundo e terrível momento de pânico.

Ali estava ela. Por semanas. E agora? O que *faria*?

Naquele instante se sentiu tomada de assalto pela claustrofobia. O interior da van era frio e apertado. Como poderia resumir seu mundo àquilo? Como isso seria possível? O que poderia fazer para aquelas horas e dias passarem?

*Respire, Bea*, pensou. *Livros. Você trouxe livros. E pode comer alguma coisa.*

Mas sentia o estômago contraído e estranho, e a leitura passou por páginas e mais páginas sem que conseguisse absorver nada.

Com o tempo, ela abandonou o livro e empurrou a poltrona para mais perto das portas traseiras da van, onde ficou sentada, segurando uma ponta da cortina. Vendo as pessoas passarem. Pensando.

Precisaria de dinheiro para comer. Não tinha o suficiente para se alimentar até o próximo mês. Precisaria de dinheiro para a gasolina, se alguém do BuyMart pedisse para ela sair dali.

Precisava muito de dinheiro. E aquelas pessoas tinham muito dinheiro.

Não conseguia parar de olhar para elas. Elas empurravam carrinhos repletos de comida e brinquedos, mas pareciam entediadas e infelizes. Como alguém podia ir a uma loja, comprar tudo de que necessitava — e queria, a julgar por alguns carrinhos — e ainda parecer insatisfeito? De que mais aquelas pessoas precisavam para ser felizes, então? E se tudo aquilo não fosse o suficiente?

E havia algo mais. Elas carregavam aquele aparelho na mão. Bea sabia que eram telefones, mas não conseguia imaginar como alguém fazia uma ligação naquela coisa. Quanto mais observava, mais obcecada ficava pelos telefones das pessoas.

Bea tinha visto celulares. Telefones pequenos com flip e teclados comuns para fazer uma ligação. Mas aqueles equipamentos eletrônicos nas mãos das pessoas... não eram parecidos com um simples telefone com flip. Eram de tela inteira, sem botões, e as pessoas olhavam para esses aparelhos enquanto andavam, digitando alguma coisa com os polegares. Bea viu algumas delas quase serem atropeladas, tão completa era a atenção que davam à tela.

Era como se todo mundo tivesse uma coisa daquelas em todos os lugares, como se ninguém pudesse sequer ir fazer compras no BuyMart sem manter os olhos grudados naquele troço.

Depois de uma hora ou mais de observação, Bea precisou ir ao banheiro. Saiu da van, tomando cuidado para não deixar Phyllis escapar pela porta aberta, e caminhou, rígida, em direção à loja.

Usou o banheiro feminino e lavou as mãos, depois se olhou no espelho. Parecia cansada. Desarrumada e desleixada. Perdida.

Em seu terceiro e terrível momento de pânico, Bea se deu conta de que logo as pessoas saberiam que ela era uma sem-teto, só de olhá-la.

*Não.*

Não seria assim. Poderia se lavar sempre que houvesse um banheiro privativo, em vez de um comunitário. Poderia lavar os cabelos na pia e mantê-los penteados. Tinha a bolsinha que havia preparado, mas, logo percebeu, esquecera-a na van.

Tudo bem. Acabaria se aprimorando com o passar do tempo.

Saiu do banheiro feminino. Do outro lado da loja lotada, viu um balcão de equipamentos eletrônicos. Dava para ver dezenas daqueles telefones-computadores dentro da vitrine.

Eles a atraíram até lá.

Não queria um. De jeito nenhum. Na verdade, achava repugnante a ideia de andar pela rua olhando para aqueles aparelhinhos. Mas queria saber o que eles faziam pelos proprietários. Mais que isso, queria saber quanto custavam.

Esperou alguém se aproximar para tentar convencê-la a comprar um. Mas não havia ninguém atrás do balcão. Bea se sentiu invisível. Andou de um lado para o outro na frente da vitrine, olhando os intrigantes aparelhos. Eles eram embalados em caixas estampadas com fotos coloridas dos fones em ação. Nas telas, Bea viu relatórios de meteorologia e imagens de esportes. Viu que exibiam vídeos, como um pequeno aparelho de tv ligado a nada.

E custavam até 700 dólares!

Aquelas pessoas que passavam andando por sua van pagavam por esses brinquedinhos ridículos quase tanto quanto a administração do seguro social esperava que fosse o bastante para ela sobreviver durante todos os meses de sua vida.

Bea voltou à van sentindo a revigorante brisa do mar, mas esqueceu de aproveitá-la. Alguma coisa estava mudando dentro dela, e depressa. Ela não saberia quantificar o sentimento ou traduzi-lo em palavras. Mas havia uma sensação firme de que naquele momento todas as apostas estavam feitas. A fina linha em que se equilibrara com tanto cuidado durante toda a vida era só um borrão no chão que agora ela pisava. E ela não se sentia inclinada a olhar para trás.

Era uma vida nova. Não era boa. Só nova.

# 7

# COMO VOCÊ LIMPA ESSA COISA?

Bea ficou deitada de lado no asfalto do estacionamento, meio erguida sobre um braço, esperando alguém aparecer. Estava escuro, mas não muito, e a van estava ali perto, se precisasse de alguma coisa. Também estava perto o bastante da van para que esta a impedisse de ver a câmera de segurança do BuyMart e de que fosse por ela flagrada, o que era fundamental.

O braço estava ficando um pouco cansado de sustentar seu peso, e ainda não havia aparecido ninguém. Que sorte a dela, escolher justamente um momento de calmaria no vaivém de consumidores.

Para passar o tempo, mergulhou ainda mais fundo no papel. Tinha caído de verdade uma vez — bem, para falar a verdade, mais de uma vez, mas não gostava de admitir — e recuperou a lembrança sensorial. A sensação de estar fisicamente debilitada e mentalmente desorientada. O jeito como sumiu de repende tudo que tinha acontecido antes da queda.

"Senhora? Está passando bem?"

Uma voz masculina. Ela se ergueu um pouco mais sobre o braço e olhou com ar frágil por cima do ombro.

Era um homem de 30 e poucos anos, talvez 40, com uma sacola de compras em cada mão e uma menina loira de cada lado segurando os passantes de sua calça jeans por segurança, já que estavam em um estacionamento.

"Ele levou a minha bolsa", disse Bea. "Ele me derrubou e, antes que eu entendesse o que estava acontecendo, saiu correndo com ela."

Bea acenou com a cabeça na direção dos arbustos entre o estacionamento e a rua.

O homem correu na direção dela e as garotinhas correram para acompanhá-lo.

"Está se sentindo bem? Ele machucou a senhora?"

"Sim, estou bem. Não, ele não me machucou. Só levei um susto e ainda não tinha conseguido me levantar."

O homem deixou as sacolas no chão e lhe estendeu a mão, ao que Bea aceitou. Então a ajudou a ficar em pé.

"Posso chamar a polícia", disse ele, e tirou do bolso da camisa um daqueles aparelhos irritantes. "Eu tenho um celular."

*Claro que você tem um celular*, ela pensou. *Quem não tem um hoje em dia, exceto eu?*

"Ah, não sei se vai adiantar." Ela limpou o traseiro da calça enquanto falava. "Eles nunca vão encontrar o sujeito. Não consegui nem olhar para ele. Não tem nada que eu possa dizer para ajudar a resolver o crime. E não estou machucada. Só vou ter que tirar outra carteira de motorista. E cancelar aquele cartão de crédito. E... Ah, não. Acabei de lembrar. Estou quase sem gasolina e ia usar o cartão para encher o tanque para ir para casa. Eu moro em Santa Maria e estou com o tanque quase vazio."

O homem apontou para o luminoso de um posto de gasolina entre o estacionamento do BuyMart e o mar.

"Encontramos a senhora lá, está bem? E eu passo meu cartão para encher o tanque do seu carro."

"É muita bondade sua. Tem certeza de que não vai fazer falta?"

"É claro que tenho. Nem se preocupe com isso. A senhora precisa ir para casa. Tem certeza de que está bem?"

"Tenho, sim. Obrigada. Um pouco nervosa, só isso."

"Consegue dirigir até lá?"

"Com certeza. Eu o encontro lá em alguns minutos."

"Não precisa lavar o para-brisa", disse ela. "Não quero abusar."

"Não, tudo bem", respondeu ele.

O homem havia estacionado a suv perto, do outro lado da bomba, para poder ficar de olho nas duas meninas loiras no banco de trás. Ele checava se estavam lá a cada poucos segundos. Enquanto isso, a bomba enchia o tanque da van de Bea.

"Espero que não se importe", continuou, "mas chamei a polícia enquanto dirigia até aqui. Eles vão nos encontrar no local onde o assalto aconteceu. Achei que era importante, sabe? E se ele fizer isso com outra pessoa? E se alguém se machucar, na próxima vez? Além do mais, talvez não faça diferença o fato de você não ter visto o sujeito. O estacionamento tem câmeras de segurança."

"Infelizmente, minha van encobria o local onde isso aconteceu. Aposto que ele calculou bem, foi de propósito."

"Talvez outra câmera pode ter registrado."

*Ah*, Bea pensou. *Verdade. É possível que outra câmera mais afastada tenha registrado a cena. Isso poderia ser um problema.*

Ela o encarou e ele sustentou seu olhar. Parecia curioso, como se não soubesse bem o que encontraria ali ou o que estava procurando. Depois sorriu como se quisesse tranquilizá-la. Bea se sentiu mal, porque ele era muito gentil. Mas ela se lembrou que, certamente ele não acordaria no meio da noite e descobriria que havia sido enganado. Ele se sentia bem em relação ao que estava fazendo. Ajudar uma mulher idosa que fora vítima de um assalto, conforme acreditava, era uma atitude que lhe fazia bem. E podia pagar pela gasolina. Ele mesmo havia dito.

Mesmo assim, Bea tomou uma decisão enquanto fitava aqueles olhos. Naquela fração de segundo. Teria que pensar em um plano diferente. Não representaria mais a velha indefesa fingindo estar machucada, porque isso só despertava o que as pessoas tinham de melhor. E quem quer explorar alguém que mostra o melhor de si?

Não, ela exploraria só quem mereceria ser explorado. Não seria difícil encontrar gente assim.

"Acho que entendo por que achou melhor ter chamado a polícia", disse ela. "Mas insisto que vá para casa com suas meninas. Você já fez demais. Posso esperar no estacionamento com as portas da van travadas. Eu vou ficar bem. E me recuso a dar mais trabalho."

"Se tem certeza, acho que tudo bem, então."

"Sim, eu tenho certeza."

Ele fechou o tanque da van e devolveu a mangueira à bomba, depois acenou. Ela agradeceu e acenou de volta. Ele foi embora. E ela também.

Agora rumo a Santa Bárbara.

De manhã, Bea acordou, saiu com algum esforço da poltrona e abriu as cortinas. Estava parada na rua da orla de Santa Bárbara. À direita, as ondas lavavam uma praia de areia branca. Entre a van e o mar havia uma faixa estreita para estacionamento e uma ciclovia. De quando em quando, corredores e patinadores passavam depressa, normalmente em duplas.

Bea escolhera aquele lugar para estacionar porque a caminhada até o píer era curta e ela sabia de antemão que lá encontraria banheiros públicos.

Desceu da van. Quando se dirigia à calçada, teve de passar por cima de um bueiro junto da guia.

E foi naquele momento que ela teve uma grande ideia.

Bea hesitou por um ou dois minutos, parada bem em cima do bueiro. Esperou. Esperou alguém aparecer com um daqueles telefones absurdamente caros. Não imaginou que demoraria.

*Que interessante*, pensou. *O mesmo cérebro que não conseguiu calcular quanto tempo demoraria para compensar um cheque agora acabou de ter uma ideia genial.* Ela não pensou aquilo com todas as palavras, mas o padrão — o fato de o cérebro apreender o que queria e ignorar o que não queria — não foi difícil notar. Enquanto esperava, percebeu como tudo parecia diferente. O sol batia forte em seus ombros e na cabeça, e a brisa parecia soprar através dela, proporcionando uma sensação de limpeza. Não se sentia à mercê do mundo. Não sentia medo. Nem se sentia pequena. Nem sem opções. Tentava se lembrar se já havia se sentido daquele jeito antes, mas nada lhe veio à mente.

Duas jovens mães se aproximavam correndo juntas pela ciclovia, empurrando carrinhos de bebê. A mais alta olhava para um daqueles aparelhos infernais. Não olhava para onde ia.

"Com licença", disse Bea.

Elas pararam.

"Desculpem. Posso pedir um favor a vocês? Minha van quebrou e preciso ligar para a oficina. Meu mecânico habitual. Sabem como é. Ele vem me rebocar."

A mulher ficou ali parada por alguns segundos. As duas ficaram paradas.

"Só vai levar um segundo. É uma ligação local."

A mulher que segurava o telefone olhou para ele. De um jeito quase melancólico. Como se o que tinha em sua mão fosse seu filho e quem estava no carrinho fosse só uma vaga lembrança. Como se só de pensar em se separar do aparelho por alguns segundos a fizesse sofrer.

Então ela se aproximou e ofereceu o celular a Bea.

Bea não tinha nem ideia de como usar uma engenhoca como aquela, é claro. Mas não tinha importância. Ela olhou para o celular, depois virou e protegeu os olhos, procurando uma posição que diminuísse o reflexo do sol na tela. Em seguida enfiou o celular no bolso interno do casaco. Depois se abaixou de repente, como se tentasse pegar um objeto que caía.

"Ah, não!", gritou, olhando novamente para a mulher. "Desculpe. Eu derrubei sem querer."

E estendeu as mãos vazias.

"Quebrou?", perguntou a mulher, correndo para perto dela, a voz ganhando uma nota estridente.

"Bem, não sei. Não consigo nem ver. Caiu lá dentro."

Bea apontou para baixo. Ela e a mulher ficaram ali por um momento, olhando para o abismo escuro e aparentemente sem fundo do bueiro.

"Aquilo era um iPhone 6 de 700 dólares!", gritou a mulher. "Quase novo!"

Bea agradeceu à mulher em silêncio, na privacidade dos próprios pensamentos, por ser alguém de quem não se incomodava por tirar alguma coisa.

"Sinto muito, estou me sentindo péssima. Se pudesse, eu pagaria pelo seu telefone, mas não tenho esse dinheiro. O que eu faço agora?"

Bea observou o rosto da mulher no silêncio que se seguiu à sua declaração. Estava ficando vermelho. Um tom alarmante. E ela não falava nada. E, sim, Bea estava com medo. É claro que estava. Quem não estaria? Mas o medo a deixava eufórica. Fazia com que se sentisse viva.

Ela havia passado a vida toda sentindo medo, sendo vítima dele, especialmente da carência que parecia se esconder em cada esquina. Mas agora ela não tinha nada a perder e aquela era sua nova arma secreta. Uma liberdade que gente como ela desconhecia.

Passados alguns segundos, a amiga da mulher se aproximou, segurou-a pelo ombro e levou-a pela ciclovia, enquanto trocavam palavras tensas.

"Mas ela..."

"Não há nada que você possa fazer, Bev. Foi um acidente."

"Mas ele era novo..."

"Ela não tem dinheiro. Não pode pagar pelo celular. Vamos. Deixe para lá."

Ressentida, a dona do celular olhou para trás, para Bea. Como se houvesse alguma chance, ainda que remota, de ter a perda ressarcida. Depois olhou para a frente.

Bea esperou e as observou, até que foram embora.

Então começou a lenta e longa caminhada até o píer e seus banheiros públicos.

"Com licença", disse ao atendente de um estacionamento pelo qual passou. "Esta cidade tem uma loja de penhores?"

"Tem algumas", respondeu ele. "Conhece a cidade?"

*Que irônico*, Bea pensou. Pelo que tinha visto na vitrine do BuyMart, o telefone que tinha no bolso provavelmente poderia localizar uma loja de penhores para ela. Se soubesse usá-lo ou se tivesse interesse em aprender.

"Foi presente da minha neta", disse Bea ao homem do balcão. "É muito importante que ela não fique magoada. Ela não pode saber que eu o vendi. Mas eu nunca vou usá-lo. Então só preciso que me explique como posso ter certeza de que ela nunca vai descobrir. Ela ficaria arrasada."

Bea realmente não sabia se aqueles aparelhos armazenavam informações pessoais. Mas sabia que havia um registro de números e um histórico de ligações nos telefones residenciais, e seria melhor se o novo proprietário do celular não recebesse ligações destinadas à corredora.

"Ah, é fácil. Se não estiver travado, ou se a senhora tiver a senha, podemos apagar tudo de uma vez só", disse o homem. Ele tinha costeletas grandes, que Bea acreditava terem saído de moda anos atrás, e vestia um colete jeans sobre uma camiseta de mangas curtas. "É só ir em *configurações...*"

"Eu não sei como ir em *configurações*. Nunca entendi essa coisa direito."

"Quer que eu faça isso?"

"Por favor."

Ela entregou o celular ao homem e mediu a própria temperatura emocional. Não dava para evitar. Era uma atitude muito ousada. Sabia que devia estar com medo. Mas estranhamente... não estava. Era só uma velhinha, afinal. Quem suspeitaria dela? E não havia boletim de ocorrência pelo roubo daquele celular. Nunca haveria.

Bea sentia... Bem, era uma coisa difícil de admitir, mesmo para ela mesma, mas sentia certo orgulho de si por ter pensado em como roubar um celular de um jeito que jamais resultaria em um boletim de ocorrência.

"Tem certeza de que quer apagar tudo?"

"Sim, tudo."

"Ok."

Enquanto esperava, Bea olhou em volta. Viu um saxofone em uma vitrine de vidro fechada. Dois rifles pendurados na parede atrás do balcão. Vários amplificadores no chão, do tipo que os músicos usam. Uma guitarra elétrica.

Pensou nas luminárias e nos utensílios de cozinha em sua casa e imaginou se as pessoas que haviam penhorado aqueles objetos haviam sentido o mesmo pânico da perda — a sensação quase de um apagamento de identidade — e se alguma delas veria seus preciosos objetos de novo.

"Pronto", disse o homem. "Tudo certo."

"Foi rápido. Quanto me dá por ele? Acho que devia ter perguntado primeiro."

"Depende. Quer penhorar ou vender?"

"Ah, vender. Não vou querer de volta nunca."

"Trouxe o carregador?"

"Não, nem pensei nisso. Tem problema?"

"Eu poderia oferecer mais, se tivesse o carregador. Mas o modelo é novo. Posso dar 75."

"Fechado."

Ele contou o dinheiro e pôs as notas na mão dela.

Bea saiu e piscou ao voltar à rua ensolarada. O ar era morno, a brisa, fresca. O tanque da van estava cheio. Tinha dinheiro suficiente no bolso para mais um tanque de gasolina, quando aquele acabasse. Podia até parar para comer um hambúrguer, se quisesse, naquele *fast-food* que via dali.

Mas decidiu quase imediatamente que não passaria muito tempo em Santa Barbara. Porque não era necessário. Podia subir a costa. Ficar parada é para quem não tem dinheiro para a gasolina.

Quando voltou à van, encontrou Phyllis tomando sol em cima do painel.

*Estamos as duas nos acostumando com as coisas*, Bea pensou.

Que loucura pensar que aquela nova vida seria tediosa, com horas intermináveis para ocupar e nada para fazer. O mundo era cheio de lugares que ela nunca tinha visto, e pessoas e celulares para ajudá-la a chegar lá.

"Para onde vamos agora?", perguntou ela à gata.

E ligou o motor. Phyllis deu um pulinho, caiu na caixa de areia e correu para ir se esconder embaixo do banco do passageiro.

Aquilo devia ter servido de aviso para Bea, como um presságio. Um sinal para não se sentir tão confiante. Mas, naquele momento, ela estava ocupada demais se sentindo bem, para variar.

Naquela noite, com Phyllis roncando em seu colo, Bea ficou acordada em sua poltrona por um bom tempo, desejando ter novamente aquele telefone.

Se ainda o tivesse, aprenderia a usar aquela coisa. E ligaria para Opal. Mesmo que não fosse adequado, não àquela hora, porque a casa não era realmente de Opal, e ela não ia querer criar problemas ligando tarde da noite. Mas uma dor dentro dela despertava a vontade de ouvir uma voz conhecida.

Teve que se contentar com os roncos de Phyllis.

# Allie
## Parte Dois

# 8

# A IRMÃ BANDIDA DA CARMEN MIRANDA

Para Allie, começou assim: ela sabia e não sabia. Observava os pais e sabia que alguma coisa estava errada. Qualquer um é capaz disso. Qualquer idiota sabe quando alguma coisa está errada. *Que tipo* de coisa era essa é que era o xis da questão, e Allie não conseguiu descobrir.

Durante semanas, andara pelas salas, ricamente decoradas por um profissional, na casa localizada em Pacific Palisades, e notara a rapidez com que os pais frequentemente paravam de conversar e se afastavam no meio de um cochicho.

Allie deduzira que talvez o pai tivesse um caso. Que em breve seus pais anunciariam o divórcio.

Nunca imaginou que certa noite ela desceria e veria o pai de classe média-alta — que nunca havia tido problemas com a lei, até onde Allie sabia — ser levado de casa algemado, enquanto a mãe ouvia um policial lhe recitar a Advertência de Miranda, aquela história sobre ela ter direito a ficar em silêncio etc.

Então, quando tudo aconteceu, no choque e na confusão, Allie não se culpou por ter deduzido errado. Não de um jeito superficial, como pode parecer, mas naquele caos de pensamentos desconectados que acompanham o pânico repentino.

Quando a mente deveria ter apreendido o que estava acontecendo, por que e o que aquilo significaria para o seu futuro, ela se apegou àquele detalhe sem importância, como a bainha de uma calça enroscada em um prego saliente. Fazia sentido que não tivesse conseguido deduzir aquela charada, porque era algo muito longe do provável.

Ela não viu o rosto do pai naquela noite. Ele não olhou para trás. Certamente não percebeu que ela havia descido a escada. Ela só o viu passar pela porta e sair, e isso foi tudo. Um homem de terno o conduzia pelo cotovelo. Nenhum dos desconhecidos usava uniforme, o que poderia ter tornado a situação difícil de decifrar, inicialmente. Mas algumas coisas são simples, podem ser entendidas com alguma observação.

Quando um homem de terno e gravata algema sua mãe, diz que ela tem direito a um advogado, e que, se não puder pagar pelos serviços de um, o Estado lhe providenciará um defensor, e pergunta se ela entende quais seus direitos, você sabe que sua mãe foi presa.

Quando sua mãe balança a cabeça para indicar que entende os tais direitos e não faz perguntas, você sabe que ela está menos surpresa com a prisão do que você.

O que você não sabe é o porquê.

Allie tinha terminado de descer a escada. Viu a mãe ser levada. E quando estava pensando *Espera aí. E eu? Vocês estão levando meu pai e minha mãe*, a mãe dela virou a cabeça e a viu ali perto. Não disse nada com palavras, mas os olhos eram eloquentes. Eles diziam que ela estava arrependida e envergonhada, e que a melhor parte dela jamais planejara terminar daquele jeito, embora não houvesse surpresa.

E então, porque ela virou a cabeça, o homem que a conduzia também se virou. E parou. A mãe dela fez o mesmo. Desviou o olhar de Allie, provavelmente exausta depois de tudo que aqueles olhos haviam sido forçados a dizer.

"Alberta Keyes?", perguntou o homem.

Como se Allie pudesse ser várias pessoas diferentes. Como se a casa pudesse ser uma caixinha de surpresas, cheia de possíveis moradores.

"Sim", respondeu, mas a voz soou estranha. A língua parecia grossa demais, como quando se acorda de um sono muito profundo.

Enquanto isso, tudo que ela conseguia pensar era *Volta. Volta.* Alguns segundos antes, tudo era normal. Tinha que haver um jeito de voltar à normalidade. Aquela estranha e nova tragédia tinha poucos segundos de vida. Talvez não precisasse durar. Talvez fosse recente demais para ser necessariamente permanente. Talvez ela ainda pudesse saltar aquela simples rachadura e voltar ao normal.

"Um oficial vem ficar com você até..."

"Ele chegou, Frank", veio a voz da varanda. Não era uma voz conhecida. Ela imaginou que devia ser do homem que conduzia seu pai algemado.

"Ah, que bom", disse o que ainda estava dentro da casa.

Ele levantou a cabeça e olhou dentro dos olhos de Allie. Por uma fração de segundo, ela permitiu, porque estava surpresa. Depois desviou o olhar, sentindo as ondas de choque radiarem da barriga para o peito.

*O que está acontecendo com você é péssimo.*

Foi isso que ela viu nos olhos dele.

Quando levantou a cabeça de novo, ela viu um policial em pé e uniformizado, parado no *hall* de sua casa. E mais ninguém.


"É bom a gente ficar confortável", disse ele a Allie após um instante, quando não falar já havia se tornado um esforço grande demais.

Ele era jovem. Não como Allie, é claro. Era um homem adulto e tinha um emprego. Parecia ter uns 20 anos. Mas Allie não sabia se era possível ser policial tendo só 20 anos, então presumiu que ele devia ter mais, embora parecesse mais jovem.

Seu rosto era brilhoso e barbeado. Ele tirou o quepe de policial e o segurou. O cabelo escuro era penteado para trás com algum tipo de produto que o fazia parecer molhado e preservava as marcas do pente.

"O que estamos esperando?", perguntou Allie.

Allie percebeu que parecia bizarro ter feito uma pausa, mesmo que rápida, antes de perguntar. Era uma pergunta óbvia. Enchia a sala tão completamente que deslocava todo o ar. Ela mal conseguia respirar.

Sentia o coração bater — bater muito forte —, mas era como se ele pulsasse nos ouvidos, não no peito.

"Tenho que ficar aqui até alguém do Conselho Tutelar chegar. Vem. Vamos nos sentar."

Ele estendeu a mão para segurar seu cotovelo, mas ela se esquivou. A imagem em sua cabeça ainda era muito fresca: os pais sendo levados por homens que os seguravam daquele mesmo jeito. Forçados a deixar a própria casa. A deixá-la.

"Eu vou sozinha", disse ela para quebrar a tensão. "Não precisa me levar."

Allie o acompanhou até a sala de estar. Ele se sentou no sofá. Ela, do outro lado da sala, na poltrona reciclável do pai, mais ereta. Na beirada da cadeira. A tv berrava. Algum tipo de programa policial ao qual o pai devia estar assistindo, antes daquele buraco negro se abrir e tragar a vida deles.

Allie pegou o controle remoto e apertou o mudo.

"Obrigado", disse o policial. "Não conseguia ouvir nem meus pensamentos."

"Em que estava tentando pensar?"

"Acho que em um jeito de fazer você entender que não sou um homem mau."

"Eu nunca disse que você era."

"Não. Acho que você não disse."

O silêncio ecoou. Allie era capaz de jurar que dava para cutucar aquele silêncio com um palito. Seguir suas ondas pela sala. Enquanto isso, ela ainda conseguia ver os policiais de uniforme azul na TV. Eles perseguiam um bandido pelas ruas de alguma cidade grande. E havia um policial sentado em seu sofá.

"Oficial Macklin", disse ela. "Mas pode me chamar de Johnnie."

Mais silêncio.

"Nessa parte você fala o seu nome", acrescentou.

"Não sabe qual é o meu nome?"

"Não. Por que saberia? Acabei de chegar."

"O outro cara sabia o meu nome."

"O outro cara faz parte do caso."

"E vocês não conversam entre si?"

"Dentro do departamento, às vezes. Mas aqueles caras não trabalham comigo. Os caras que estiveram aqui são *Federales*."

Ele deu uma ênfase sombria à palavra e a pronunciou como um vilão de língua espanhola em um filme de faroeste.

"Não sei o que isso significa", disse.

"Federais. São agentes federais."

"Está dizendo que meus pais acabaram de ser presos por um crime federal?"

"Aparentemente, sim."

"Você sabe que crime é esse?"

"Não."

*Isso não pode estar acontecendo comigo*, ela pensou. *Não pode. Alguém embaralhou as cartas do meu carma. Onde eu peço para corrigir?*

"O que você sabe?"

"Sei que estava voltando para a delegacia quando recebi um chamado sobre uma menor de idade que precisava de supervisão até a chegada do CT."

"CT?"

"Conselho Tutelar."

"Ah."

Uns bons quatro minutos soaram, envoltos no mais completo silêncio. Literalmente soaram. O relógio sobre a lareira era antigo e de corda, feito uma miniatura de um relógio de pêndulo. Os minutos se passavam fazendo um barulho forte. Tique, tique, tique.

"Eu posso ficar sozinha, sabia?", disse ela finalmente, com uma voz cortante e aflita, como uma faca interrompendo violentamente todo aquele silêncio. "Não sou nenhuma criança. Já tenho 15 anos."

"Talvez você possa. Mas tem uma diferença entre poder, de ser capaz, e poder, de ter permissão. Você não pode ficar sozinha. Você é menor de idade, e, até que a localizem no sistema do CT, alguém tem que ficar com você."

"O que vai acontecer comigo?"

A pergunta encurvou sua boca para baixo, fazendo o lábio inferior tremer. Ela não conseguia mais manter o controle total da situação. Ainda não havia lágrimas, mas os lábios a denunciavam.

Ele percebeu.

"Nem imagino", disse. "Sinto muito."

De volta ao silêncio barulhento. Tique, tique, tique.


"Sabe", falou ela, e ele pulou de susto. "Quando eu era criança... Isso é esquisito... Quando eu era criança e aprendi essa coisa que chamam de Miranda... Como a polícia tem que ler para as pessoas os direitos de Miranda, sabe? Pensei que tinha alguma coisa a ver com a Carmen Miranda. Lembra dela?"

Allie fez uma pausa, mas ele não disse se lembrava.

"Aquela dançarina que usava uns arranjos de cabeça cheios de frutas. Eu achava que tinha sido presa ou alguma coisa assim, e que quando criaram a lei sobre ler os direitos, deram esse nome por causa dela. Mas a minha professora explicou que não, que não tinha nada a ver com ela. Mas eu continuei pensando que tinha alguma coisa a ver com alguém da família dela. Como se ela tivesse uma irmã mais velha e má que se meteu em alguma confusão com a lei."

Allie parou de falar. Uma voz em sua cabeça manifestou alívio por isso, ao dizer: *Uau. Que diabo foi isso agora?*

A sala foi novamente invadida pelo silêncio. Então ela deduziu que Johnnie Macklin também estava pensando no assunto.

"Acho que isso é uma coisa estranha para se dizer em um momento como esse."

Nada ainda.

"Quer dizer... é?"

Ele a encarou. E lá estava aquilo novamente. Como o último policial que havia olhado em seus olhos.

*Isso que está acontecendo com você é péssimo.*

Não que ela não soubesse. Mas seu cérebro demorava um pouco para processar a informação. Enquanto isso, o cérebro das outras pessoas tinha tudo processado.

Ele falou e ela se assustou sem nenhum motivo aparente.

"Está perguntado o que eu acho?"

"Parece que sim."

"Acho que isso tudo que você está passando agora é uma porcaria. Acho que eu queria poder fazer mais por você, mas não consigo pensar o que poderia ser. Então, sei lá, acho que você deve lidar com esse problema do jeito que funcionar melhor para você. Eu não costumo julgar."

Naquele momento, o cérebro de Allie alcançou o de todo mundo. E ela chorou. Completa e abertamente.

## 9
### MALAS POLÊMICAS

A mulher do CT fez Allie desejar a volta de Johnnie Macklin, de uniforme azul e tudo. Com ele, Allie sentia que ao menos compartilhava uma espécie de humanidade familiar. E aquela nova pessoa, cujo nome ela já havia esquecido — ou bloqueado —, tinha sido mandada porque Allie se sentiria supostamente mais confortável com uma mulher.

Mas não estava funcionando.

Com 50 e poucos anos, ela era uma dessas mulheres que usa meias de náilon embaixo de calça social de poliéster. Três-quartos ou meia-calça, Allie não sabia. Nem queria saber. Mas podia vê-las nitidamente em seus tornozelos, porque a calça era curta demais. E Allie simplesmente não conseguia se identificar em nada com ela. Além do mais, ela se apresentou como sua assistente social. E, realmente, aquilo era uma coisa muito difícil de assimilar.

"Você devia pegar suas coisas", falou a mulher.

Ela fornecera a Allie uma lista de coisas para pegar. Um tipo de apostila, mas para o cotidiano, não para o trabalho a ser feito em sala de aula. Estava em cima da cama, ao lado de Allie, completamente intocada.

A assistente social preenchia um formulário ou fazia anotações. Não tinha prancheta, só uma pasta que dobrava sob a pressão da caneta. Allie não conseguia deixar de prestar atenção às pequenas ironias e esquisitices de sua situação em vez de encará-la de forma mais abrangente.

E não se mexia para começar a pegar suas coisas. Não estava tentando dificultar nada. Seu corpo só parecia ter perdido a capacidade de locomoção. Lembrava-se de ter tido uma sensação parecida no ano anterior, quando pegou gripe e, uma semana depois, tentou se levantar da cama e voltar à escola — com resultados surpreendentemente ruins. Seu corpo parecia um enorme saco vazio. Vazio de motivação. Vazio de força. Vazio de rigidez. Vazio de interesse.

Nada parecia dar certo.

"Quantos avós vivos você tem, se é que tem algum?"

"Dois."

"Isso é bom. Vamos entrar em contato com eles para ver se estão dispostos a assumir a custódia temporária."

"Duvido", comentou Allie.

"Não custa perguntar."

"Os dois moram em asilos."

"Ah."

A mulher adotava um tom de voz animado, mas artificial. Contudo, naquele "ah", a encenação acabou. Porque, sério, não havia nenhum motivo para animação, nada mesmo, e as duas sabiam disso.

"E tias e tios?"

"Não. Nenhum. Minha mãe não tem irmãos. Meu pai tinha um muito mais velho, mas ele... morreu."

A Senhora Assistente Social fez mais algumas anotações em sua pasta flexível.

"Amigos cujos pais podem hospedá-la sem aviso prévio?"

Allie suspirou e fechou os olhos. Sentia falta de Angie. Angie a ajudaria a sair daquela situação.

"Só tenho três amigas, na verdade. A maioria das pessoas não gosta muito de mim. Angie, minha melhor amiga, acabou de se mudar para Michigan com a família. E quando digo que 'acabou', estou falando sério. Eles ainda devem estar na estrada. Ainda nem chegaram à casa nova. E minhas outras amigas... Bem, talvez eu esteja errada. Talvez sejam só duas. Uma das meninas em quem eu pensei, a Paula... Sim, ela é minha amiga. Mas morre de medo do pai e eu também tenho medo dele. Ela nunca poderia pedir uma coisa dessas para ele. E eu não me atreveria a chegar nem perto da casa dela desse jeito. E a outra... não sei. Acho que ela não gosta de mim, na verdade. Às vezes, até as pessoas que eu penso que são minhas amigas... fico em dúvida se gostam mesmo de mim."

Allie fechou a boca, humilhada por boa parte do que tinha acabado de falar.

"Tudo bem", respondeu a Madame Poliéster. "Não há muito o que fazer."

"E o que vai acontecer comigo?"

"Vou pensar. É para isso que me pagam. Vou ter que encontrar uma colocação para você."

"Como assim, uma *colocação*? Eu não sei nem se entendo o que é isso. Tipo... sei o que a palavra significa, de maneira geral. Mas não sei o que seria uma colocação em uma situação como essa."

"Nós sempre tentamos encontrar um lar substituto. Algo mais parecido com o cenário familiar com que as crianças estão habituadas. Lamento dizer que, no momento, não há nenhum disponível. Nem mesmo de emergência."

Allie sentiu o medo apertar seu peito, dificultando a respiração. É claro que já havia sentido medo antes. Muitas vezes. Inclusive em cada minuto daquela noite. Mas agora esse sentimento era diferente, novo.

"O que vamos fazer, então?"

"Bem, vou ter que encontrar um lugar para você."

"E onde eu vou ficar enquanto isso?

"Às vezes, em caso de emergência, podemos levar um adolescente para uma detenção juvenil. Por pouco tempo, é claro."

No silêncio que se seguiu à declaração, Allie sentiu o queixo cair, mas não conseguiu se concentrar em fechar a boca. Havia muitas outras coisas na fila, à espera de soluções.

"É uma prisão."

"Nesse caso, seria..."

"Eu não fiz nada errado!", gritou Allie, e a voz saiu como um guincho constrangedor.

"Eu sei disso, querida, mas é que estou sem opções imediatas. Temos uma vaga em uma moradia coletiva, mas não faz parte do procedimento usar esse lugar como colocação emergencial. Ou deixar uma adolescente lá tarde da noite."

"Por favor, não me leve para a... prisão juvenil. Por favor. Qualquer coisa é melhor do que isso."

"Não sei. Não é um procedimento aceitável adotar outras soluções." Houve um silêncio prolongado, cheio de medo. "Mas é sério", falou a mulher, "você precisa pegar suas coisas."

Allie respirou fundo e se levantou. Deu certo. Seu corpo parecia ter se lembrado de como se manter ereto. Ela deu alguns passos em direção à porta do quarto, que estava aberta.

"Aonde você vai?", perguntou a assistente social.

"Pegar as malas."

"Queremos que ponha suas coisas nas sacolas que eu trouxe."

Ela não esclareceu exatamente quem eram as outras pessoas que "queriam". Será que estava falando por todo o condado de Los Angeles? Nada parecia fora de questão.

Com um movimento do queixo, a assistente mostrou dois sacos de lixo dobrados que havia deixado no tapete do quarto. Allie já os tinha visto, mas nunca poderia imaginar que importância eles teriam em sua vida. Nem mesmo em sua nova e horrível vida.

"Mas eu tenho malas."

"Esse é o procedimento padrão."

"Mas não faz nenhum sentido. Muito bem. Você leva sacos de lixo à casa de um adolescente. Eu entendo. Se o adolescente não tem malas, ele pode usar os sacos. Mas eu tenho. Por que não posso usar minhas malas, então?"

"Nem todas as meninas que vai conhecer agora têm essa sorte."

"E por isso eu tenho que fingir que sou pobre demais para ter malas, para ninguém se sentir mal? Minhas coisas não são lixo. Não quero carregar minhas coisas nesses sacos."

Allie parou de falar. Reviu os comentários mentalmente e decidiu que não gostava deles. Não era esnobe ou insensível com outras pessoas. Pelo menos não a todo momento. Não em circunstâncias normais. Mas como as circunstâncias normais nunca a abandonavam completamente, tudo agora seria uma surpresa, até mesmo sua nova personalidade. Até mesmo a pessoa que mostraria ser.

Ela decidiu colocar a situação de outro jeito, fazendo um esforço maior para ser clara.

"Olha só. Eu estou vivendo a pior noite da minha vida. Meus pais foram presos. Não sei por quê. Não faço a menor ideia de quando eles vão voltar. Você não sabe me dizer nem quando vou poder falar com eles por telefone. Estou me preparando para ir morar em um lugar completamente estranho, com gente completamente desconhecida. E não culpo você por nada disso. Tudo de ruim que aconteceu comigo esta noite, até agora... Não há nada que você pudesse ter feito quanto a isso. Mas essa última do saco de lixo é demais. É muito horrível. E essa é a única parte dos horrores desta noite sobre a qual você pode fazer alguma coisa. Então dá um tempo, ok? Vai ser o único que eu vou ter em toda essa porcaria de..."

Então ela percebeu que não tinha uma palavra para o que estava acontecendo. Para o que tudo aquilo representava. Além do mais, ainda não havia acabado. Essa era a parte mais assustadora.

Ela levantou a cabeça e viu a Madame Poliéster olhando diretamente para ela com uma expressão que sugeria que se importava, mas só na medida em que estava exausta de se importar. Para ela, aquelas tragédias não eram nenhuma novidade.

"Esse não é o único refresco que você vai ter esta noite. Também vou passar por cima das regras e te levar para a moradia coletiva, em vez de para a prisão juvenil. Espero não perder meu emprego por isso. Mas... Bem, tudo bem. Ok. Vá pegar as malas, e eu te ajudo a pegar suas coisas."

## 10
## CONHECENDO O MEDO.
## CONHECENDO TUDO SOBRE O MEDO.

Allie sentou-se na cozinha da moradia coletiva com a mulher pequenina que supervisionava o lugar. Era tarde, possivelmente já passava da meia-noite, e Allie e sua assistente social haviam tirado a mulher da cama.

Ela ouviu o estalo da porta da frente fechando e soube que a assistente social estava indo embora. Surpreendentemente, isso provocou uma onda de medo que lhe apertou o peito, impedindo a respiração. Quem poderia imaginar que no fim daquela noite horrível a Madame Poliéster seria seu elo mais próximo com alguma familiaridade? Que Allie teria medo quando a ouvisse ir embora?

Sentiu um aperto de saudade no fundo do peito. Queria sua mãe.

A cozinha era iluminada apenas por uma luz suave sobre o fogão. Todo o resto da casa estava escuro. Impossível de ver. De conhecer. Um casulo de possíveis surpresas.

"Onde estamos?", perguntou Allie.

"Na moradia coletiva feminina Novos Começos."

"Sim, isso eu sei. Mas onde, exatamente? Estava escuro, e os bairros foram ficando cada vez menos conhecidos. Mas eu tive a impressão de que seguíamos para o centro da cidade."

"É mais ou menos isso. Estamos no limite do centro de Los Angeles. De onde você veio?"

"Pacific Palisades."

"Ah. Entendi. Está bem longe de casa, não é?"

A declaração funcionava em alguns níveis. Quase poética. Certamente simbólica. Definitivamente, mais que geográfica.

Allie não respondeu.

"Então", disse a mulher, depois parou. Como com a assistente social, Allie já havia esquecido seu nome. "Tem muita coisa que você precisa saber sobre este lugar e sobre morar aqui. Há regras, e elas são importantes. Peço às meninas para assinarem um papel declarando que entendem todas as regras e que aceitam segui-las."

"Mas e se eu ficar aqui só por um ou dois dias?"

Allie viu a Gnoma piscar na luz pálida. Seu cabelo cacheado estava a um passo do *frizz*. Vermelho-cenoura. Para Allie, era como uma peruca que um palhaço de circo poderia usar.

"Isso não é comum. Por que acha que só ficaria por um ou dois dias?"

"Amanhã cedo vão ter que levar meus pais a uma audiência com um juiz, certo? Provavelmente o juiz vai estipular uma fiança, então os meus pais pagam e fica tudo resolvido."

A Gnoma desviou os olhos. Olhou para a luz do fogão. Como se alguma coisa importante acontecesse ali.

"Mesmo assim...", disse ela. Depois ficou quieta por um momento. "Mesmo que seus pais voltem para casa amanhã depois de pagar a fiança... Eles teriam que fazer mais que apenas virem te buscar. Teriam que fazer uma solicitação legal para te levarem para casa de novo. Há fatores que precisam ser colocados na balança. Quando serão julgados, quais são as acusações, se as... atividades deles... puseram você em perigo."

Allie não sentiu nada depois de ouvir a resposta, porque a única emoção disponível era uma decepção esmagadora, e essa ela recusava.

"Quando vou poder falar com eles?"

"Bem, não sei. Isso é a sua assistente social que vai dizer."

Allie havia perguntado. Claro que sim. Muitas vezes. Mas a Madame Poliéster ainda não sabia. Allie percebeu que havia sido tolice pensar que a Gnoma saberia mais do que a outra.

"Você deve estar cansada", disse a Gnoma. "Sei que foi um dia duro. Então vamos dormir, e amanhã, depois do café, falamos sobre as regras e a orientação."

"Café", repetiu Allie.

E, naquele momento, o que restou de seu mundo desabou sobre ela. De uma só vez. Sentiu o teto desmoronar, assim como as pequenas placas de gesso que o circundavam.

"Como vou comer aqui?", perguntou ela, sem saber se falava com a Gnoma ou com ela mesma.

"Acho que não entendi a pergunta."

"Sou vegana, e há muitas coisas que não como. Açúcar, por exemplo. E carboidrato refinado. Ou qualquer coisa com soja, óleos hidrogenados ou xarope de milho com alto teor de frutose. Tudo isso é processado. Quando estou fora de casa, é muito difícil encontrar algo adequado para comer. As coisas que as outras pessoas consideram comida não são coisas que eu comeria de jeito nenhum."

"Temos jantar vegetariano duas vezes por semana. Normalmente, macarrão com queijo."

Allie encarou o rosto da Gnoma na quase escuridão para ver se ela estava brincando.

"Macarrão com queijo não é vegano. É uma mistura de farinha de trigo refinada com manteiga, leite e queijo."

"Ah. Bem, a gente vai pensar em alguma coisa. Posso separar um pouco de macarrão antes de misturar o molho de queijo. E normalmente temos salada, pão e manteiga. Ah, manteiga. Verdade. Bem, tem pão. E posso fazer a mesma coisa com as batatas. Separar um pouco antes de pôr manteiga e queijo. E sempre temos mingau de aveia no café."

Allie não respondeu. Não podia responder.

*Diga adeus às proteínas*, isso era tudo que ela conseguia pensar. *E falando em pensar, pense muito enquanto pode. Porque quando a comida for só massa, batata, pão e aveia, não vai ter um raciocínio muito claro.*

Muito carboidrato e pouca proteína sempre a deixavam lenta e confusa, como se tivesse dormido demais e não conseguisse acordar direito.

"Talvez seja melhor você relaxar um pouco com essa história de carne enquanto estiver aqui."

De novo, Allie olhou para o rosto da Gnoma na penumbra. Como se para saber se aquele era o pensamento mais lúcido da mulherzinha.

"Não posso só 'relaxar' com isso."

"Por que não?"

"Sou vegana desde os 9 anos. Minha digestão não conseguiria mais processar carne. Eu ficaria muito doente. Isso se existisse a possibilidade de eu pensar nisso. E não existe. Porque não vou fazer parte dessa crueldade. Não posso."

Allie esperou, caso a mulher quisesse responder. Mas não estava esperando uma resposta.

"Vou te levar para o seu quarto", disse a Gnoma. "Mas vamos ter que fazer silêncio para não acordar sua companheira. Vou pegar suas coisas."

A Gnoma se levantou e sumiu no corredor escuro a caminho da porta da frente. Allie não a seguiu. Aquele sentimento de medo apertava seu peito de novo. Não teria nem um espacinho privativo. Nada que fosse só seu. Por essa ela não esperava.

"Oh", ela ouviu a Gnoma falar no hall de entrada. "Malas."

Allie levantou-se e foi encontrá-la.

"Eu carrego", disse.

"Não costumamos receber meninas com malas."

"Já me disseram."

Allie tirou as malas das mãos da Gnoma.

"Às vezes recebemos meninas com aquelas mochilas que as pessoas fazem e doam para o serviço social. Mas não vemos muitas malas por aqui. Acho que essa é a primeira vez."

"Não sei por que todo mundo implica tanto com malas", disse Allie, puxando-as escada acima.

"Talvez entenda quando vir o espaço que cada menina tem para guardar suas coisas."

"Ah."

Elas subiram juntas, na ponta dos pés. A casa era enorme, com muitos quartos. Uma casa antiga, dos primórdios de LA. Provavelmente, elegante em seu tempo. Talvez até uma casa para mais de uma família. Allie imaginou que, quando amanhecesse, ela descobriria que era a única no bairro que não havia sido transformada em um prédio de apartamentos.

"Não posso só guardá-las embaixo da cama?"

"Ah, acho que sim."

Elas passaram por três portas fechadas, e a Gnoma abriu uma porta do lado direito do corredor.

"O nome da sua companheira de quarto é Lisa Brickell", cochichou a Gnoma, aproximando os lábios da orelha de Allie. "O banheiro fica ali, seguindo pelo corredor. E o café é servido às sete."

Depois disso, ela desapareceu na escuridão.

Allie foi para a cama sem tomar banho nem escovar os dentes. Ficou deitada no escuro, imaginando o rosto da mãe. Imaginando-se abraçada por ela. Provavelmente não seria, de qualquer maneira, mesmo que a mãe estivesse ali. Ela não era muito de abraçar. Mesmo assim, era bom imaginar.


Allie acordou e piscou muito. O quarto tinha uma luminosidade bizarra e ofensiva, e ela não conseguia entender por quê. Sentada na cama, olhou em volta.

E então, do nada, a gloriosa fração de segundo na qual havia imaginado que acordava em seu quarto, em sua vida, terminou. A ilusão sumiu, abandonando-a na moradia feminina Novos Começos.

Havia uma menina sentada no chão de madeira riscada, alguém que, Allie deduziu, só podia ser sua nova companheira de quarto, Lisa Brickell. Por alguma razão estranha, esse nome não desapareceu da cabeça de Allie. Lisa era magra e leve, com cabelo queimado de sol e dreadlocks. A pele era bronzeada a ponto de estar castigada, o que dava a impressão de que Allie tinha uma palidez sinistra. E tinha mesmo. A menina havia puxado suas malas para o meio do quarto e examinava suas coisas cuidadosamente. Ou o que restava delas.

"Com licença", disse Allie.

Nenhuma resposta. Nem uma inclinação de cabeça. Nenhum sinal de que a menina estranha a ouvia.

"Com licença", repetiu Allie, dessa vez mais alto.

Lisa Brickell olhou rapidamente para Allie. Seus olhos eram azuis, de um azul muito claro. Na verdade, era quase como se nem tivessem cor. E neles, Allie viu... nada. Nenhuma preocupação. Nenhuma personalidade. Só a frieza de um espaço vazio.

"Pode passar", respondeu Lisa Brickell. Sua voz era áspera e profunda, como a de um velho fumante. "Só não faça mais isso."

Ela voltou a vasculhar as roupas de Allie e parou nas meias.

As meias de Allie eram muito importantes para ela. Cada par custava mais de 30 dólares, tinham prazo de validade indeterminado e eram produzidas especialmente para mochileiros. Mas Allie as usava todos os dias, porque sentia os pés protegidos.

Lisa Brickell tirou as próprias meias, finas, brancas e molengas, sem elásticos, com buracos nos calcanhares. Ela as jogou sobre as roupas de Allie e começou a calçar as meias de mochileira.

"Ei!", exclamou Allie e pulou da cama.

Lisa Brickell já estava totalmente vestida com jeans rasgado nos joelhos, aparentemente de propósito, e camisa de brim com aplicações. Era estranho encará-la vestindo pijama. Dava a sensação de que estava em constrangedora desvantagem.

"Ei!", repetiu, porque o primeiro "ei" não provocara nenhuma resposta. "Você não pode fazer isso."

Lisa Brickell calçou o segundo pé de meia.

*Quando eu pegar essas meias de volta, vou ter que lavá-las*, Allie pensou.

"Acho que você está enganada. Tipo... eu acabei de fazer. É meio esquisito me dizer que não posso fazer alguma coisa, sabia? Uma coisa que eu já fiz. Dá a impressão de que você não sabe o que está dizendo."

"Devolve."

"Ou...?"

"São minhas."

"Eram. Mas acho que não são mais."

"Devolve."

"Ou vai fazer o quê?"

"Ou vou falar..." Allie percebeu que não lembrava o nome da mulher que administrava o lugar.

Um movimento atraiu o olhar de Allie. A porta do quarto estava aberta, e outra menina passava a caminho do banheiro segurando uma toalha junto ao peito e uma escova de dentes. Ela era magra e alta. Bonita, com cabelo comprido até a altura do quadril. Havia suavidade nela. Allie procurava suavidade desde que saíra de casa. Só não tinha percebido ainda.

"Você vai *falar*?" Agora a companheira de quarto de Allie estava em pé, calçando as meias caras, e então veio caminhando em sua direção. Seu rosto havia endurecido ainda mais, se é que era possível, os olhos gelados pareciam penetrar o cérebro de Allie. "Vai *falar*?"

Allie olhou além dela para a menina no corredor, esperando alguma ajuda. A garota de cabelo escuro balançou a cabeça com cuidado e Allie entendeu o significado do gesto. Ela sugeria uma resposta à pergunta de Lisa. Estava claramente dando a informação de que Allie precisava.

"Bem, não", respondeu Allie. "Eu não vou falar."

A menina no corredor assentiu e suspirou visivelmente.

"Bom saber. Por um minuto, pensei que fosse tão nova, tão mimada e tão burra que não sabia o que acontece com garotas que têm a língua solta."

"Não", respondeu Allie. "Mas quero minhas meias de volta."

"Eu quero um monte de coisas. Uma Ferrari. Uma casa na praia. Mas não espero que me dê nada disso. Portanto, não conte comigo para ter suas meias."

"Mas elas são minhas."

"Eram."

Finalmente, os olhos gelados se desviaram. Lisa Brickell virou e saiu do quarto.

Allie olhou para a menina no corredor.

"Oi", disse.

"Oi."

Allie invejou o cabelo liso e sedoso. O dela era longo, grosso e enrolado, e ficava todo arrepiado ao menor sinal de umidade. Sempre havia sido um fardo.

"Você é nova aqui."

"Sou."

"Meu nome é Jasmine."

"Allie."

"Toma cuidado com a Brick. É sério, toma muito cuidado. Ela é meio louca, e não estou falando que é 'louca' como as pessoas costumam falar por aí. Estou falando sério. Ela pode ser perigosa."

Allie tentou respirar, apesar do aperto de medo no peito. Era difícil.

"Que sorte ter uma companheira de quarto assim", disse, tentando manter a voz leve.

"Ah, não tem nada de sorte nisso. Se tem algum espaço em algum quarto, nenhuma menina quer ficar com a Brick. Só fica com ela quem não tem opção."

Elas ficaram ali paradas por um momento, meio sem jeito. Sem dizer nada.

Depois, Allie perguntou:

"Como eu pego minhas meias de volta?"

"Depende. Vale a pena arriscar a vida por elas?" Outro silêncio incômodo. "Vou entrar na filha do banheiro. Enquanto tem água quente."

Allie se sentou à mesa do café e olhou para as outras nove meninas quando elas não estavam olhando. Queria memorizar os rostos das residentes. Avaliar cada uma de um jeito que pudesse ser útil. Mas não tinha certeza do que *útil* poderia significar naquele contexto.

A mesa acomodava seis pessoas confortavelmente; oito, no máximo. As outras pareciam dominar a arte de encolher os cotovelos. Allie aprendia a habilidade do jeito mais difícil.

Enfiou a colher na aveia cozida. As opções de acompanhamento eram manteiga, leite, açúcar ou xarope. Não, não, não, não. Se aquela fosse a sua casa, haveria leite de amêndoas. Uvas-passas brancas. Tâmaras secas. Pecãs torradas.

*Para o caso de eu precisar lembrar que esta não é a minha casa,* pensou.

A Gnoma foi para a sala de estar e Allie encarou Brick, que estava sentada do outro lado da mesa, na diagonal.

"Que foi?", perguntou Brick, fingindo extrema inocência.

"Quero minhas meias de volta."

De repente, todas as meninas à mesa encontraram um lugar diferente para olhar. Todas ao mesmo tempo. Em outras circunstâncias, poderia ter sido engraçado. Uma começou a examinar o gesso do teto, outra, o dorso da mão. Uma menina corpulenta, com cabelo fino e oleoso, puxou uma caixa de cereal e começou a ler, fascinada, a lista de ingredientes.

"Não sei do que você está falando", Brick respondeu.

Allie deixou a colher no prato. O coração batia acelerado, e ela temia que o medo transparecesse na voz. Mas, às vezes, simplesmente não dá para recuar.

"Quer dizer que você vai passar a vida desse jeito? Ameaçando as pessoas para conseguir o que quer e amedrontando quem se incomoda com violência? Essa é sua contribuição para a sociedade? Sério? Esse foi o melhor plano de vida que conseguiu imaginar?"

Brick mudou o jeito de segurar a faca. Segurou o talher como se pretendesse usá-lo como arma em uma briga. Era só uma faca cega de manteiga, mas o recado foi claro.

"É. E está dando certo. Obrigada por perguntar. Por exemplo, meus pés estão *muito confortáveis*."

"Pois fique sabendo que eu não vou desistir. Não me interessa o que vai acontecer comigo." Mas interessava. De verdade. Teria sido mais preciso dizer que todo o interesse que tinha pelo que aconteceria com ela — e era muito — não a faria parar. Allie se sentia como uma pessoa que tenta parar um vagão de trem usando os pés como freios. "Porque o que é errado é errado. E o que você está fazendo é errado. E se eu ficar quieta e for embora porque você faz o tipo ameaçadora, vou fazer parte desse sistema terrível. E isso tudo é errado."

Allie sentiu que Jasmine tentava desesperadamente atrair seu olhar. Enfim, o esforço se traduziu em palavras. Ou melhor... em uma palavra.

"Allie!"

"Eu não ligo, Jasmine. Isso não é certo. Não é."

Brick riu, uma risada meio ronco, meio chiado. Depois levantou e se afastou da mesa.

"É isso, novata", disse a menina grandalhona com a caixa de cereal. "*Seus* dias estão contados."

Allie tentou pegar a colher de novo, mas as mãos tremiam, e ela não queria que as outras meninas vissem. Não era por causa do comentário sobre os dias contados. Isso era bobagem, havendo ou não alguma verdade por trás do aviso. A perturbação tinha mais a ver com a coragem necessária para enfrentar alguém diretamente. Allie havia conseguido se controlar enquanto tudo acontecia, mas agora que tinha acabado, seus alicerces balançavam.

Ela levantou a cabeça e viu a Madame Poliéster em pé na porta da cozinha.

"Alberta?"

O que parecia estranho. Porque ela olhava diretamente para Allie. Então qual era a necessidade do esclarecimento?

"Hum. Sim."

"Está pronta?"

"Para quê?"

"Temos que fazer sua matrícula na escola. E depois vou tentar telefonar para um dos seus pais."

# 11

## DEFINA OK

A mesa da Madame Poliéster tinha uma mancha de café em forma de círculo. Allie não conseguia parar de olhar para ela.

Primeiro, porque era uma mesa espetacular. Como estavam em um escritório do governo no Departamento de Serviço Social, Allie deduziu que a mesa era antiga e estava naquela sala havia gerações. Provavelmente, ninguém notara que ela era uma valiosa antiguidade. Uma antiguidade digna de cuidado.

E, segundo, porque a mancha estava bem na frente da cadeira de Allie, do lado do convidado. O que significava que havia sido deixada por algum visitante relapso.

Se aquela mesa fosse dela, não teria conseguido conter a irritação diante de tanta falta de consideração. Ela já não conseguia conter, e provavelmente nunca mais sentaria naquele escritório.

Todos esses pensamentos haviam servido como uma eficiente distração de outros mais importantes. Pensamentos como: *Por favor, que seja minha mãe do outro lado da linha. Não meu pai. Estou brava demais com ele, e nós nunca conversamos de um jeito que significasse alguma coisa, de qualquer maneira.*

E também: *O que ela está passando nesse lugar onde está?*

E ainda: *Quando eu a verei de novo?*

"Eu vou te avisando com sinais", disse a Madame Poliéster, levantando três dedos. "Aviso quando faltarem três minutos, quando faltarem dois minutos, e um minuto. Não quero parecer fria, mas os detentos só podem receber chamadas, e alguém vai ter que pagar a conta aqui."

*Por que eu não tenho dinheiro?*, Allie especulou. *Eu sempre tive. Por que isso não estava na lista de coisas que eu devia pegar antes de sair de casa?*

O telefone tocou. Allie paralisou em um bloco sólido de medo, sem saber exatamente por quê. Houve um tempo em que falava com os pais cada vez que olhava para o lado. O exemplo mais recente desse tempo fora ontem.

*Isso deveria ser fácil*, ela pensou.

Mas pensar desse jeito não tornava as coisas mais fáceis.

"Sim, eu aceito a cobrança", disse a Madame Poliéster, oferecendo o temível telefone a Allie.

Allie olhou para ele por dois segundos além do necessário. Depois estendeu a mão e o pegou. Engolindo com dificuldade, com os olhos fixos naquela irritante mancha de café, aproximou o fone do ouvido com cuidado.

"Allie?" Era a mãe. "Querida, está me ouvindo?"

"Sim."

"Você está bem?"

Allie achou a pergunta tão ridícula que ficou literalmente sem fala. Parecia algo saído do teatro do absurdo. E a mancha de café ainda a atormentava. *É só usar um porta-copo, sabia?*

"Meu bem, está me ouvindo?"

Estava. Mas havia se perdido por um momento, se afogado na emoção provocada pela voz familiar da mãe.

"Sim. Estou aqui."

"Você está bem? Para onde te levaram?"

"Aqui é um tipo de... moradia coletiva..."

"O lugar é ok?"

"Acho que depende da sua definição de ok."

Allie ouviu a mãe se desmanchar em soluços e ficou assustada.

"Meu bem, eu sinto muito", disse a mãe.

Mas Allie não queria ouvir a mãe dizer que lamentava. Queria ouvir as partes da situação que não eram tão óbvias. Por quê. Quanto tempo. Essas coisas mais densas.

"Preciso saber o que aconteceu", disse ela.

"Foi... seu pai e eu... Bem. Você sabe que a situação dos negócios do seu pai era excelente nos últimos anos..."

"Mãe. Eu estou sentada no escritório de uma assistente social que vai me mostrar com os dedos quando meu tempo de ligação estiver acabando. Porque uma chamada a cobrar não cabe no meu orçamento hoje em dia. Preciso da versão resumida. Você e o papai foram presos e acusados de..."

"Fraude fiscal."

Allie olhou em silêncio para a mancha por um momento e a viu se mover — flutuar — de um jeito que não deveria. Talvez só estivesse olhando com atenção demais. Ou talvez não.

"Então...", disse Allie. Depois parou, esperando para ver se isso era algo que teria coragem para dizer ou não. "Então... quando vocês fizeram a piscina no quintal... e quando o papai comprou o barco, vocês podiam ter usado o dinheiro para pagar os impostos, e agora todos estaríamos em casa, e nada disso estaria acontecendo?"

Silêncio do outro lado, exceto por um ou dois soluços.

"Falar depois é fácil, Allie. Você pode olhar para trás e ver como deveria ter feito as coisas..."

"Não. Não, não. *Nem vem*. Sempre é fácil. Quando você deve impostos, você paga. Todo mundo sabe disso. Por que não me contou que isso estava para acontecer? Não me deu uma chance de me preparar, mesmo que só um pouco?"

"Nós não sabíamos que seríamos presos, meu bem."

"Sabiam, sim! Eu via vocês cochichando um com o outro, ficando quietos quando viam que eu estava chegando."

"Nós desconfiávamos, mas não tínhamos certeza."

"Por que vocês não me contaram?"

"Porque você é muito... Bem... Você sabe como é."

"Não. Como eu sou?"

"Você tem essas... ideias rígidas sobre o que as pessoas devem fazer."

A mancha de café girou ligeiramente outra vez. Allie olhou para a Madame Poliéster para ver se havia algum dedo erguido. Ainda não.

"Você está me acusando por eu ser honesta, é sério?"

"É claro que não. De jeito nenhum, meu bem. Só estou tentando explicar por que ficamos com medo de falar sobre isso com você."

Um movimento atraiu o olhar de Allie, que viu três dedos erguidos.

"Escuta, podemos falar sobre isso outra hora, mãe. Agora, preciso saber se vai haver fiança."

Uma pausa. Depois:

"Não".

"O juiz não vai estipular fiança? Vocês não são assassinos."

"Não, ele estipulou. E determinou um valor alto, porque acho que eles pensam que podemos fugir. De toda forma, existe uma fiança estipulada. Mas... Ah, como eu vou explicar? Quando o fisco descobre que você deve muito dinheiro para eles... mas ainda não sabe quanto... eles têm que fazer uma investigação superdetalhada para descobrir quanto existe de renda escondida. Literalmente ou no sentido figurado. Ou os dois. A casa. O barco. A conta no banco. Nada é nosso neste momento. Nada disso. Não temos acesso a nada."

Allie não disse nada. Porque não sabia o que dizer. Queria saber se perderiam a casa onde ela havia morado desde que nascera. Mas, se perguntasse, poderia descobrir.

A Madame Poliéster dobrou um dos três dedos.

"A maioria das pessoas tem parentes. Alguém que pode ser fiador, pagar a fiança. Mas nós só temos a vovó e o vovô, e a poupança dos dois mal cobre os custos do asilo onde eles moram, e ela já está acabando. E eles não podem ir a lugar nenhum, de qualquer maneira..."

"Certo. Já sei que a família é pequena. Tenho plena consciência disso, especialmente agora. Não tem medo de que esses telefonemas da prisão sejam monitorados, grampeados ou alguma coisa assim? Ou que alguém escute a conversa? Está admitindo que vocês praticaram fraude fiscal..."

"Não temos nenhuma intenção de declarar inocência, meu bem. Vamos nos apresentar ao juiz e torcer para ele não ser muito duro, só isso."

"Estamos falando em anos, então. Vou ficar aqui fora sozinha durante anos. Daqui a dois anos e meio, vou fazer 18 anos, vou ser adulta e sair do sistema sozinha? É isso que está me dizendo?"

Allie levantou a cabeça e viu um dedo só.

"Não serão anos. Bem, espero que não. Talvez tenhamos sorte. Um ou dois anos, talvez."

"Dois anos são anos."

Um dedo acenando.

"Mãe, tenho que desligar."

"Meu bem. Não sei nem dizer como..."

A Madame Poliéster apontou para o aparelho, avisando que era hora de desligar. E Allie desligou.

E ficou ali sentada por um momento, olhando para o círculo de café.

"Isso não te deixa maluca?"

"Isso o quê?"

"Essa mancha."

"Não, por que deixaria? A mesa continua servindo."

"Eu enlouqueceria, porque ficaria pensando nessa pessoa que foi tão descuidada com sua xícara."

"Eu nunca presto atenção nisso. Posso lhe fazer uma pergunta? Por que sua mãe também foi acusada? A renda não era dos negócios do seu pai? Não é só curiosidade, juro. É que é difícil ver uma menina perder o pai e a mãe para a prisão ao mesmo tempo. Então só fiquei pensando..."

"Ela é a contadora dele."

"Ah, entendi", disse a Madame Poliéster.

Allie estava sentada no carro da Madame Poliéster, olhando para as mãos. Ficou assim até o carro parar junto da calçada. Quando levantou a cabeça, Allie se surpreendeu ao ver que tinham voltado à moradia coletiva.

"Pensei que eu tivesse que ir para a escola."

"Eu avisei que você começa amanhã. Não sabia quanto tempo ia demorar para conseguir esse telefonema de um de seus pais. E sabia quanto isso era importante para você. Então tire o dia de folga. Descanse. Durma um pouco, se quiser."

"Obrigada."

Allie saiu do carro. Não foi tão fácil quanto deveria ter sido. Ela se sentia fraca, esgotada. Por um momento, pensou em perguntar novamente o nome da assistente social, mas não teve energia para isso.

Bateu a porta do carro e começou a caminhar pela calçada de concreto.

A porta da casa estava trancada e ela teve que tocar a campainha.

A Gnoma atendeu depois de um tempo, após afastar a cortina atrás do visor de vidro na porta. Intrigada, puxou a porta alguns centímetros, mas não parecia propensa a deixar Allie entrar.

"Devia estar na escola."

"Minha assistente social disse que posso começar amanhã."

"Por que ela diria isso?"

"Porque tivemos que ir ao escritório dela, depois da matrícula. Para eu poder falar com um dos meus pais. E ela não sabia quanto tempo ia demorar..."

A Gnoma a olhava, desconfiada.

Allie compreendeu que sua nova situação de moradia não era só superlotada e potencialmente perigosa, mas também altamente condicional. Se não tivesse as respostas na porta, talvez não pudesse entrar. Era evidente que muitas coisas podiam dar errado ali. Pena que Allie não soubesse que coisas eram essas.

"Sabia que vou ter que ligar para sua assistente social e confirmar sua história?"

"Pode ligar." De repente, Allie ficou duas vezes mais cansada.

A Gnoma deu um passo para o lado e a deixou entrar.

"Vou dormir um pouco. Foi minha assistente social quem sugeriu. E pode verificar essa história com ela."

Cambaleou levemente a caminho da escada.

Allie ficou deitada em "sua" cama por alguns minutos, mas um cochilo parecia estar fora de questão. O colchão era horrível. Velho, fino e cheio de caroços. E o café de carboidratos fora digerido havia muito tempo, o que nunca era uma boa receita para pegar no sono. Nada como uma hipoglicemia para te deixar olhando para o teto.

Em vez disso, Allie olhou para as próprias meias por um ou dois segundos, depois se sentou de repente. O movimento súbito fez a cabeça girar.

Ela se debruçou sobre a beirada da cama e puxou uma das duas malas. Não tinha tido tempo de desarrumá-las e não pretendia passar esse momento livre cuidando da organização. Só queria ver suas meias.

Não havia meias. Mas a maluca com quem dividia o quarto havia jogado suas coisas no chão e Allie havia recolhido tudo às pressas. Talvez as meias tivessem ido para a outra mala. Ela puxou a segunda mala e a abriu. Bem no meio, em cima de tudo, havia quatro pares de meias. Brancas. Molengas. Sem elástico. Furadas.

Allie se levantou e enfrentou outra onda de tontura. Atravessou o quarto, foi até a cômoda de Brick e abriu a primeira gaveta. Lá estavam quatro de seus seis pares de meias incríveis. Os pares que nesse momento não estavam nos pés de Allie nem nos de sua companheira de quarto.

Ela os pegou de volta e guardou embaixo do colchão, pegou os quatro pares de meias brancas e pôs na gaveta de Brick, onde era o lugar deles, e empurrou as malas de novo para debaixo da cama.

Ficou acordada por um bom tempo, certa de que nunca cochilaria. Mesmo assim, era como estar em um pedacinho do paraíso. Só ficar ali deitada. No silêncio. Sem ninguém por perto para questioná-la.

Era como ter um momento só dela, um luxo que não sabia se teria de novo.

Com o tempo, conseguiu pegar no sono.

Allie acordou assustada, com dor. Alguém pressionava suas costas com os joelhos e torcia seu braço para trás, em direção à omoplata.

"Ei!", gritou, esperando chamar a atenção da Gnoma.

"Mexeu nas minhas gavetas?" A voz era um sussurro rouco perto de sua orelha. Sentia o hálito nela. "Podia morrer por menos do que isso. Aquela cômoda é minha. Nunca mexa nela! Nunca passe perto dela! Você não sabe o que eu sou capaz de fazer!"

Allie reuniu toda força que tinha e virou depressa, jogando Brick no chão.

Depois pulou da cama e ficou em pé. Preparada. Mas, estranhamente, Brick continuou no chão. Não voltou a atacar.

"A cômoda é sua", disse Allie. "Eu ouvi. E entendi." A voz tremia, mas ela tentava ignorar. "Mas as meias são minhas. Nunca mais pegue nada meu e ponha na sua cômoda, e eu prometo nunca mexer nas suas coisas. Você não vai roubar as minhas coisas e colocar nas suas, nunca mais. E eu não toco em nada do que é seu. Fechado?"

Brick abriu a boca, mas antes que pudesse falar, as duas viram a Gnoma parada na porta do quarto.

"O que está acontecendo aqui?"

Brick olhou para Allie. Um olhar de desafio. Uma incitação para que ela respondesse.

"Nada", disse Allie. "Ela tropeçou, só isso. Está tudo bem. Por um minuto, pensei que tivéssemos um problema, mas acho que agora está tudo resolvido."

E, com a absoluta confiança própria da juventude, Allie acreditava que essa era a verdade, e o modo como havia resumido a situação era como tudo seria.

# 12

## OÁSIS NO MATO

Quatro dias depois, o primeiro sábado de Allie na Novos Começos, ela entrou no quarto e encontrou Brick deitada de costas na cama, contando dinheiro. Mais dinheiro do que uma menina deveria ter naquele lugar. Notas de 20. Allie não conseguiu ver exatamente quantas. Pelo menos cinco ou seis.

Brick olhou para a cara de Allie e sorriu daquele jeito inquietante. Allie não falou nada. Brick começou a cantarolar uma música vagamente familiar. Uma canção antiga, com mais de uns dois séculos. Uma daquelas melodias que todo mundo conhece por alto, mesmo que nem fosse vivo na época em que ela surgiu.

Allie sentou-se na cama, torcendo para a cantoria acabar logo. Odiava todo tipo de distração como aquela. Cantarolar, cantar, bater com o pé no chão. Isso desviava sua atenção, e ela não conseguia ficar com os próprios pensamentos e bloquear outros estímulos.

Depois de mais alguns momentos agitados, ela se levantou e saiu do quarto para se livrar da irritação. Enquanto caminhava pelo corredor, identificou a canção. Era uma música antiga sobre ter dinheiro de novo, depois da Grande Depressão.

Desceu a escada, pensando que seria agradável se sentar ao sol, no quintal.

Era um espaço amplo, bagunçado, uma mistura de mato e concreto. Foi andando e batendo nos arbustos altos com as costas da mão, procurando um lugar para ficar. Quando encontrou uma pequena clareira, já estava ocupada. Jasmine estava lá, abraçando os joelhos e fumando um cigarro. As pontas do cabelo comprido e liso encostavam na terra.

"Shh!", Jasmine reagiu, levando um dedo aos lábios. "Não vai me dedurar."

Fumar era uma das transgressões que podiam justificar a expulsão de uma menina da Novos Começos. Uma de muitas.

"Tudo bem", disse Allie.

Sem perguntar, sentou-se de pernas cruzadas na pequena clareira, junto de Jasmine. Porque, se pedisse permissão, poderia ouvir um "não". Allie sentia falta de ter amigas. De ter alguém. De não ser a única pessoa em seu planeta solitário. Queria poder telefonar para Angie, mas não tinha dinheiro nem telefone. Além do mais, o número dela estava em seu aparelho, em casa. Não sabia o número de cor.

Jasmine não protestou.

"Não sou o tipo de pessoa que dedura os outros", disse Allie. "Principalmente se o que os outros fazem não é da minha conta, como isso. Eu só disse aquelas coisas... Bem, porque eu não sabia o que dizer. Alguém pega suas coisas daquele jeito e pergunta o que você vai fazer. E não tem nada que você possa fazer, mas você não quer reconhecer isso..."

"Quanto menos você falar com a Brick, melhor."

"Além de você, ela é a única aqui que fala comigo."

"Não leve para o lado pessoal. É que elas não querem encrenca com *ela*. As meninas aqui são legais, a maioria, pelo menos. Talvez haja uma ou duas exceções. Mas ninguém quer se meter em problema, entendeu? Por isso cada uma cuida da sua vida. Elas não querem dar a impressão de que estão tomando partido."

"Sei como é". Allie parou para pensar no que faria se estivesse no lugar delas. Ela defenderia a menina oprimida? Esperava que sim. "Mas *você* não fingiu que não via nada."

"Ah." Jasmine bateu a cinza do cigarro no mato. "Não vou ficar aqui por muito mais tempo. Estou prestes a decolar de novo."

"Quer dizer..."

"O quê?"

"Deixa para lá. Não é da minha conta."

"Sim. A resposta é sim. Vou decolar. Tipo, voar, sem permissão oficial."

"E vai para onde?"

"Tenho um namorado."

"Então por que veio parar aqui?"

"Bem, você sabe. Tenho 16 anos. Não posso ir morar com ele. Se eu tiver algum problema, volto a aparecer no radar e acabo aqui de novo. Se eu conseguir escapar da atenção, posso ficar lá. Tudo depende de como vão ser as coisas."

Allie ouviu o silêncio por um momento, alimentando a decepção.

"Que pena", disse. "A única menina da casa que fala comigo... e que não é maluca... e você vai embora."

"Vem comigo."

Era uma ideia tão sem propósito que Allie recuou um pouco. Tanto quanto possível, com as pernas, que mantinha cruzadas. A parte superior do corpo recuou, foi isso.

"Você nem me conhece."

"Você parece legal."

"Seu namorado ia adorar se levasse uma estranha com você."

"Ele não ligaria. Mas tudo bem. Eu entendo. Você acha que tem uma chance melhor aqui. Eu também era assim. Mas tome cuidado. Essa sua briga com a Brick pode custar caro."

"Não é uma briga. Acho que encontramos um jeito de uma não atravessar o caminho da outra."

"Quer dizer que não está brava por ela ter vendido suas malas?"

Allie abriu a boca e o único som que saiu dela foi um grunhido constrangedor.

Allie abriu a porta do quarto e o encontrou vazio. Nada da Brick. Ficou ali por alguns minutos, respirando fundo. Liberando mais medo do que sabia conter.

Depois se aproximou da cama, ajoelhou-se no chão e olhou embaixo dela. Não foi nenhuma surpresa achar o espaço vazio.

Ela encontrou a Gnoma em seu escritório. Uma espécie de escritório, na verdade. Em algum momento, parecia ter sido uma salinha, mas agora abrigava uma mesa enorme de aparência barata, coberta de pastas e papéis.

*Que caos*, Allie pensou. *Como alguém consegue trabalhar nessa bagunça?*

A Gnoma olhava para um velho monitor de computador. Olhava de perto, como se enxergasse mal.

*Não é de admirar que ela não consiga ver tanta coisa que acontece por aqui*, pensou.

"O que posso fazer por você, Alberta?", perguntou a Gnoma, dando sinal de que havia notado a presença de alguém na sala.

"Estou com um problema."

"Sente-se, então."

Allie se sentou. E esperou. Por muito tempo. O suficiente para começar a se perguntar o que estava esperando. Mesmo assim, a Gnoma olhava para o monitor, com os olhos a poucos centímetros da tela.

Allie tinha dificuldades para ficar quieta. Era como se os músculos recebessem pequenas correntes elétricas. Queria que a Gnoma fizesse alguma coisa. Que a ajudasse a não ter mais essa sensação. Mas sabia que era altamente improvável que ela tivesse alguma coisa tão útil na manga. Nada faria isso tudo melhorar.

Finalmente, a Gnoma abandonou o monitor e olhou para Allie.

"Pode falar."

"Estou enfrentando problemas com minha companheira de quarto."

A Gnoma suspirou.

"Que tipo de problema?"

"Ela roubou e vendeu minhas malas."

Por um momento, nada. Nenhum tipo de reação.

Depois:

"Viu? Por isso às vezes é melhor não trazer coisas de valor para uma casa como esta".

"É sério? Está dizendo que ela roubou minhas malas porque simplesmente tenho malas?"

"Não. Acho que não." Outro longo suspiro. Outra longa espera. "Essa é uma acusação séria. Como sabe que foi ela?"

"Porque ela mesma contou para todo mundo."

Allie não sabia para quantas meninas Brick havia contado. Só sabia que não queria envolver Jasmine naquela confusão. Não queria mencionar o nome dela.

"O que quer que eu faça? Quer que eu converse com a Lisa?"

"Ela não vai mudar por causa de uma conversa. E, mesmo que mude, isso não vai trazer minhas malas de volta."

"Podemos discutir o assunto com a assistente social que supervisiona esta casa."

"Não sabia que havia uma. Eu nem conheço essa pessoa."

"Bem, você é nova aqui. Quer denunciar o caso à polícia?"

Allie abriu a boca, depois a fechou de novo. Sabia que o que diria a seguir teria muito peso. Aquelas palavras determinariam seu futuro imediato. E, mesmo assim, não sabia o que dizer. Prender a companheira de quarto era algo importante. Uma atitude radical, perigosa. Talvez fosse melhor não fazer nada. Mas aquilo não acabaria enquanto não se impusesse. Brick a perseguiria. E perseguiria. E perseguiria. Agora era um jogo. Allie não queria jogar, mas já estava envolvida. E a partida continuaria até que ela não tivesse mais nada. E já tinha muito pouco. Quase nada. Quanto mais podia se permitir perder?

Sentiu o corpo todo estranhamente desperto e vivo. O tipo de sentimento que só o perigo era capaz de produzir. Como se estivesse à beira de um abismo, com os dedos além da beirada. E nenhuma possibilidade de voltar atrás.

Então respirou fundo e saltou.

"Sim. Eu quero fazer uma denúncia à polícia."

## 13
### TOQUE DE RECOLHER, EM VÁRIOS SENTIDOS

"Não acredito que você fez isso", disse Jasmine.

Elas estavam juntas na frente da janela da sala. Jasmine segurava um lado da cortina. Olhavam os dois policiais uniformizados que se afastavam, de volta para a viatura.

"Eu sei", disse Allie. "É estranho. E grave. Ou pelo menos eu sinto que é. Mas eu tive que fazer. Obrigada por contar à polícia o que ela te disse."

"Ah, tudo bem. Mas..."

Allie seguiu o olhar de Jasmine para entender por que ela havia parado no meio da frase. Brick estava voltando para casa. Andava pela rua em direção à moradia coletiva. Vinha de cabeça baixa, digitando no celular.

"Ela sempre teve celular?", perguntou Allie.

"Não que eu saiba. Talvez tenha comprado com o dinheiro das suas malas."

"Droga. Eu devia ter vendido as malas e comprado um telefone. Não pude trazer o meu. E ainda não sei por quê."

Enquanto falava, Allie percebeu que sua voz parecia calma e natural. Havia uma bola de medo dentro dela, um sentimento que ainda não havia analisado. Era como se não existisse uma porta para ele. Nenhum acesso. Não que quisesse acessá-lo, de qualquer forma.

"Porque não tem mais ninguém do outro lado para pagar a conta. Acha que ela já viu a polícia?"

"Acho que ainda não."

Mas os policiais a tinham visto. Allie sabia que sim. Eles pararam na calçada ao lado da viatura e pareciam esperar para falar com ela. Afinal, tinham uma boa descrição dela. Nada dessa bobagem de "estatura mediana, cabelos e olhos castanhos". Dreadlocks loiros. Com que frequência se vê uma adolescente com dreadlocks loiros?

A uns dez passos dos policiais, Brick pareceu notar alguma coisa sobre a telinha do celular. Um lampejo azul, talvez.

Ela parou onde estava. Olhou para os policiais. Eles olharam para ela.

"Agora ela viu", disse Jasmine.

Por um momento estranho e congelado, não houve movimentação. Nem do lado de dentro da janela nem na rua.

Em seguida, Lisa Brickell virou e correu em sentido contrário, como uma ladra.

*Combina com ela*, Allie pensou.

O mais jovem dos dois policiais só precisou correr uns dez ou doze passos para alcançá-la. Ele a trouxe de volta pelo braço e a pôs no banco de trás da viatura. Exatamente como se vê na televisão, com uma das mãos sobre a cabeça dela.

Um pouco antes de os oficiais fecharem a porta do carro, Brick olhou para a casa e viu Allie e Jasmine na janela, observando. Jasmine soltou a cortina, mas não foi rápida o bastante.

"Pelo menos ela comprovou sua denúncia quando correu", disse.

"Só espero que não a tragam de volta para cá esta noite. Ou melhor... nunca mais. Mas pelo jeito como os policiais falaram... O que será que significa 'indiciar', nesse caso? Fiquei com vergonha de perguntar, porque achei que é uma dessas coisas que todo mundo sabe, menos eu."

"Significa que vão registrar o que ela fez. E ela vai ter que pagar uma multa. Se não puder pagar, vai ter que passar uns dias na cadeia ou na detenção para menores, mas ela tem um tempo para tentar arrumar o dinheiro. Portanto, pelo menos por mais um mês, ela ainda vai morar aqui. E vai te matar."

Allie deu risada. Ou tentou, pelo menos. Produziu um som, mas não o que pretendia.

"Mas não literalmente." Silêncio. Um silêncio muito longo. "Certo?"

Jasmine acenou com a cabeça para os fundos da casa. Allie a seguiu até o quintal. O sol estava forte; o ar, surpreendentemente limpo para uma região tão próxima do centro da cidade. Uma brisa morna mantinha a névoa de poluição afastada. Parecia errado. Era como se o mundo seguisse seu rumo, dolorosamente desatento ao desastre que era a vida de Allie. Não parecia justo.

Elas se sentaram na clareira que Jasmine havia feito, no mato, os joelhos próximos.

Allie esperou Jasmine acender um cigarro. Queria ouvir o que sua única amiga tinha a dizer, quanto seu futuro poderia ser realmente ruim.

"Talvez literalmente", disse Jasmine. "Ou não, não *te matar* de verdade, mas talvez você tenha que pensar se te matar é a única coisa que ela pode fazer de tão assustador."

"Finalmente eu fui mais forte que ela."

"Mas você não pode ser mais forte que o namorado dela."

Um arrepio gelado percorreu Allie por dentro e ela falou sem denunciar o que sentia.

"Ela tem namorado?"

"Ah, tem. Ele estava na cadeia alguns meses atrás. Não sei a história toda, mas foi alguma coisa mais séria que roubar as malas de alguém. Passou anos preso. Ele dirige uma moto. É um cara grandalhão. Na última vez que uma menina criou problemas para a Brick, o namorado segurou a garota para ela. Ela não a matou, mas a mandou para o hospital. Foram uns duzentos pontos, mais ou menos. A menina não teve coragem de denunciar e a Brick nunca teve problemas por isso. O caso acabou por aí."

Uma sensação fria e pegajosa contraiu o estômago de Allie. Um medo líquido. Uma sensação com a qual ela não se imaginava capaz de viver por muito tempo, mas que também sabia que não desapareceria sozinha, não tão cedo.

Ela não respondeu, mas Jasmine deve ter visto o medo em seus olhos.

"Eu tentei te avisar, Allie. Tentei te prevenir. Falei que isso era sério. Perigoso de verdade. Que ela é louca mesmo, não louca como as pessoas falam por aí para qualquer coisa."

"Sim, eu sei. Você me avisou."

A cabeça de Allie estava cheia de possíveis planos de recuar. Podia procurar a Gnoma. Ir para algum lugar diferente. Se fosse preciso, faria alguma coisa para ser presa. Sob custódia da polícia, pelo menos estaria segura em relação a Brick. Tentava não imaginar em que partes do corpo aquela pobre menina tinha levado tantos pontos.

*No rosto, não*, pensou. *Que não tenha sido no rosto.*

"Eu só...", Allie começou, mas a cabeça ficou vazia.

"Eu sei. No lugar de onde você veio, nada era tão perigoso."

"Isso!"

Ser compreendida era um pequeno conforto.

"Bem-vinda ao mundo real, Allie. Ninguém tem garantia de estar seguro."

Elas continuaram sentadas por um bom tempo. Allie virava o corpo ligeiramente para escapar da fumaça. Odiava respirar a fumaça dos outros.

"Então", disse ela, alimentando aquele medo líquido. "O convite para fugir com você ainda está de pé?", perguntou, pois a amiga parecia que não tinha falado sério.

"Sim, com certeza. Por via das dúvidas, acho que vou hoje à noite ou amanhã. Porque ela pode ter descoberto que eu também falei com os policiais."

"Não sei se é preciso fazer uma coisa tão radical quanto fugir", disse Allie, deitada de costas na cama da companheira de quarto de Jasmine, depois de um jantar em que nem havia tocado, esperando para ver se Brick voltaria. E pensando na mãe. Lembrando seu rosto. Querendo estar em casa com ela. "Eu podia pedir para eles me mandarem para um abrigo diferente."

"Normalmente não há vagas. Você teve sorte por ter encontrado uma aqui."

"Você chama isso de sorte? Onde eu estaria se fosse azarada?"

"Provavelmente naquela enorme prisão para adolescentes no centro da cidade. Acha que este lugar é ruim? Pois te digo que você não ia querer ir para lá. Aquele lugar é o inferno, comparado a isto aqui."

"Nossa", disse Allie, deixando o silêncio se estender por falta de algo útil ou coerente para dizer.


"Eu não consegui me segurar quando ela pegou minhas coisas", comentou Allie. Provavelmente, depois de uma hora de silêncio. "Há uma semana, eu tinha todas aquelas coisas. Nunca nem pensava nisso. Só achava que era tudo garantido. Sempre tive o suficiente, sabia? Tudo de que precisava e mais do que queria para ser feliz. Então a assistente social apareceu e me obrigou a largar quase tudo. O que tive que deixar para trás... é como se fosse uma parte de mim. Não sei nem quem sou sem aquelas coisas. Sempre jurei que não seria uma dessas pessoas que se apegam às coisas. Mas de repente só tinha o conteúdo daquelas duas malas. E a Brick começou a mexer em tudo e a pegar o melhor para ela, sem chance de parar. Você sabe disso tão bem quanto eu. Ela teria levado tudo, se eu não tivesse reagido. É sério." Allie se apoiou nos cotovelos e olhou para Jasmine, que olhou de volta para ela. As duas se entreolharam profundamente. "O que acha que eu devia ter feito?"

"Não sei, Allie. De verdade, não sei. É complicado. Assim que me falaram que você ia dividir quarto com ela, eu já sabia que sua vida viraria uma merda."

A companheira de quarto de Jasmine apareceu uma hora mais tarde. Uma menina gorda, de rosto redondo, com cabelo volumoso e cara de esperta. Ela olhou para Allie deitada em sua cama e não disse nada por um tempo. Só ficou parada na porta como se tentasse entender o que aconteceria ali.

"Oi", Jasmine lhe disse. "Tem alguma coisa... e estou falando de qualquer coisa... que eu possa fazer para te convencer a dividir o quarto com a Brick por mais um tempinho? Isto é, se ela voltar. Se não voltar, o quarto fica só para você."

"Nada. Não mesmo. De jeito nenhum. Nada. E isso inclui uma arma apontada para a minha cabeça. De grosso calibre. Não, não vou fazer isso. Lamento se sua nova amiguinha vai morrer. Ninguém quer isso para você, garota." Ela disse a última frase olhando para Allie.

"Hum", respondeu Jasmine.

Allie se animou com o som. Talvez Jasmine tivesse outra ideia na manga. Talvez tivesse falado sério quando lhe ofereceu algum tipo de proteção. Ou ajuda, pelo menos. Mesmo que não fosse nada disso, no mínimo amizade. Alguém estava a seu lado.

"Alguma coisa que eu possa fazer para te convencer a descer depois do toque de recolher e dormir no sofá?", Jasmine perguntou à menina que dividia o quarto com ela.

A garota, talvez seu nome fosse Bella, mas Allie não confiava na própria memória, pensou por alguns segundos. Parecia ruminar a ideia, quase literalmente.

"Ah, ok. Acho que isso não vai me matar." disse ela e olhou para trás, para Allie, antes de sair. "Boa sorte".

Meio encolhida, Allie esperou um instante, certa de que ela acrescentaria ao comentário alguma coisa reveladora.

Mas ela não falou mais nada.

Nem precisava. Já estava tudo muito claro.

Meia hora antes do toque de recolher, a Gnoma bateu na porta do quarto de Jasmine. Imediatamente depois de bater, tentou entrar. Não conseguiu. Jasmine tinha encaixado o encosto de uma cadeira embaixo da maçaneta.

"Jasmine? Bella? Como a porta pode estar trancada? Vocês puseram uma tranca na porta? Isso é estritamente contrário às regras."

"Não, senhora", respondeu Jasmine. "Não tem nenhuma tranca. Só uma coisa atrás da porta."

"Sabe onde está Alberta?"

Jasmine olhou para Allie sem saber o que dizer.

*Então essa é a vida nova*, Allie pensou. Esse é o grau de seriedade com que essas meninas tratam o conceito de não delatar ninguém. Jasmine não responderia à pergunta sem sua autorização. Havia todo um conjunto de regras, um código complexo. E, pelo jeito, todo mundo o conhecia, menos Allie.

"Estou aqui", disse a própria Allie.

"Tudo bem. Entendi. Bem... Vou buscar a Lisa e trazê-la de volta. Entendo que esteja um pouco nervosa, mas saiba que vou conversar com ela no caminho para casa e avisar que não vou admitir nenhum tipo de vingança."

"Ãhã", respondeu Allie, sem saber mais o que dizer.

Jasmine revirou os olhos e Allie retribuiu com o mesmo gesto. Era bom debochar de alguma coisa, só para variar.

"Pode passar uma noite fora do seu quarto, se realmente sente que é necessário, Alberta. Mas amanhã de manhã vamos nos sentar e conversar, nós três, e resolver isso de uma vez por todas."

"Está bem", concordou Allie. "Obrigada."

Pequenos passos de gnomo se afastaram pelo corredor.

"Ah, ela vai *falar* com ela", disse Jasmine, enfatizando o absurdo da palavra. "Isso vai fazer dela uma pessoa normal de novo. Você não tem mais nenhum motivo para se preocupar."

"É. Agora me sinto muito melhor. *Qual é* a dessa mulher, aliás? Ela não entende que a Brick é horrível? Ou só acha que merecemos essa garota aqui na casa?"

"Acho que ela não sabe. A Brick é praticamente uma atriz. Além do mais, a única pessoa que pensou que fosse uma boa ideia delatar a garota foi você."

Menos de uma hora depois, elas ouviram a porta da casa abrir e fechar. Allie estava acordada no escuro, de olhos bem abertos. Não conseguia enxergar Jasmine direito, mas era difícil imaginar que a amiga estivesse dormindo.

"Está acordada?", cochichou.

"Sim."

Allie esperou, tentando desesperadamente respirar, sentindo o pânico se alojar dentro do peito. Não como um obstáculo que impedia a passagem do ar. Era mais como um agente paralisante que não deixava o diafragma funcionar, criando ainda mais pânico.

Ouviu os passos de Brick no corredor. Passando pela porta fechada pela barricada. Esperou o momento em que abriria a porta do quarto que dividia com ela e não a encontrasse lá.

Não aconteceu nada.

A porta foi aberta. Depois fechada.

A vida seguiu em frente.

Allie respirou fundo na medida do possível, até o peito se expandir um pouco.

Toda aquela tensão havia sido por nada? De alguma forma, parecia lógico deduzir que sim. Garotas se atacando em moradias coletivas "do sistema"? Isso era coisa de séries de TV. Todo mundo estava exagerando um pouco no drama.

Fazia muito mais sentido pensar daquele jeito, e era muito mais parecido com o mundo que Allie sempre conhecera.

Ela ficou acordada por um tempo, pensando na própria situação. Pondo os pensamentos no lugar. Com o passar das horas, até dormiu um pouco.

"Allie", sussurrou Jasmine.

Ela se sentou na cama depressa e quase deu uma cabeçada na amiga, que estava debruçada sobre ela.

"Que foi?"

"A Brick acabou de descer, ela saiu."

Allie tentou clarear os pensamentos, acordar completamente. Até tentou se sacudir para espantar o sono. Mas ainda não sabia como interpretar a informação.

"Sim, e... o que tem isso?"

"Ainda não sei. Mas achei melhor te acordar. Vamos checar para entender o que isso significa."

Allie levantou da cama e se aproximou da janela. Tinha dormido vestida. As duas estavam vestidas. Caso tivessem que tomar alguma decisão rapidamente.

"Está vendo?"

Jasmine apontou para uma silhueta fina, etérea, em pé na calçada de entrada da casa, a três quartos do caminho para a rua. Estava lá, parada sob o luar pálido, como se esperasse alguma coisa.

"Talvez ela tenha ligado para o namorado", disse Jasmine.

E, com o comentário, exatamente na palavra "namorado", como se houvesse um roteiro, elas ouviram o ronco de uma motocicleta.

"Vamos", disse Jasmine. "Nós temos que ir."

"Espera!"

"Esperar o quê?"

"E se não for ele? E se for uma moto qualquer passando na rua?"

"E se, quando ela parar, for tarde demais?"

Elas ficaram paradas por alguns segundos. Três, talvez. A moto parou algumas casas antes da moradia coletiva. Antes mesmo de o motor ser desligado, Brick começou a caminhar naquela direção para ir ao encontro dela.

"Pronto", Jasmine falou. "Agora acredita em mim?"

Elas se olharam, depois correram para a porta do quarto. Chegaram lá exatamente ao mesmo tempo. Ombros e quadris se chocaram, e elas se afastaram. Allie acabou caindo de costas no chão.

Quando conseguiu ficar em pé de novo, Jasmine tinha movido a cadeira, e a porta estava aberta. Elas saíram na ponta dos pés, juntas. Allie pensou com tristeza no resto de suas coisas, mas não havia nada que pudesse fazer agora. Tinha coisas mais importantes com que se preocupar, por exemplo, se os quatro se encontrariam na porta da frente.

"Vem", sussurrou Jasmine. "Vamos sair pelos fundos."

Quando elas estavam passando pela porta da cozinha, Allie ouviu a porta da frente se abrir.

Ela correu atrás da amiga pelo quintal escuro. Chegaram ao portão em segundos, mas estava trancado com um cadeado. A cerca de madeira tinha um metro e oitenta de altura, sem nenhum apoio que pudessem usar para pular. Não que Allie pudesse ver, pelo menos.

"Eu conheço isto aqui", anunciou Jasmine.

Foram as palavras mais lindas que Allie poderia ter imaginado ouvir. Cada um de seus órgãos se encheu de gratidão e reconhecimento por Jasmine, que sabia o que fazer. Sem ela, poderia estar morta àquela altura. Ou nas mãos do grandalhão, enquanto Brick... Afastou o pensamento à força.

Jasmine cavava o mato perto de um galpão, no canto do quintal. De repente, surgiu uma escada. Jasmine a posicionou como se tivesse saído do nada. Como mágica. Ou, pelo menos, como a magia de saber onde encontrar o que precisava.

Apoiou a escada na cerca e subiu até o último degrau. De lá, subiu na cerca. Ficou lá, equilibrada por um instante, atenta a cada movimento. Depois pulou e desapareceu.

Allie tentou subir na escada, mas não se sentia tão confiante quanto Jasmine. Quanto mais subia, menos segura ficava. Então parou, convencida de que não conseguiria alcançar o último degrau e subir na cerca sem se espatifar no quintal. Mas era questão de vida ou morte. Sendo assim...

Ela esticou um braço e, rápida, agarrou a cerca e impulsionou o corpo para cima. Jogou uma perna e montou na extremidade das tábuas. Depois escorregou para o outro lado, ficou pendurada pelas mãos por uma fração de segundo e se soltou.

Com o coração batendo nos ouvidos, correu atrás de Jasmine por uma viela escura, permeada de cercas. Nos primeiros segundos, sentiu um misto de terror e euforia. Tinham conseguido. Estavam do lado de fora. Tinham sobrevivido.

No entanto, antes de chegarem ao fim do quarteirão, aquela euforia evaporou, deixando só o terror.

Eram duas adolescentes sozinhas, no centro da cidade, à noite. Para onde iriam?

# 14
## E PARA O VICTOR, NADA...

Quando elas chegaram a uma via mais movimentada, uma rua onde era possível ver carros passando, em vez de só ouvi-los, Allie teve a sensação de que o peito ia explodir.

Pararam pela primeira vez desde que pularam a cerca, e Allie apoiou as mãos nos joelhos e arfou.

Quando endireitou o corpo, viu Jasmine com o polegar levantado para os motoristas que passavam. Pedindo carona. Para Allie, aquilo era assustador. Era noite de sábado no centro de Los Angeles. Eram só duas meninas. Jasmine não tinha alertas internos e bandeiras vermelhas para avisar o que era ou não perigoso?

Mais assustador ainda era que em tão pouco tempo já haviam conseguido uma carona.

Um motorista estava parando. Um caminhão enorme. Um homem, sozinho. Devia ter uns 50 anos.

"Viu?", disse Jasmine. "Fácil."

"Está brincando, não está?"

"Não, por que estaria? Vamos sair daqui."

"Não acha que isso é um pouco..."

"Confia em mim. Sei julgar as pessoas. E sei me virar."

*Talvez*, Allie pensou. *Talvez saiba se virar, Jasmine. Mas agora o que você fizer não vai sobrar só para você. Eu também estou aqui.*

Mas Jasmine já estava na cabine, sentada no banco da frente. E segurava a porta aberta para Allie entrar. Ela não queria ficar sozinha na rua. Por um segundo, fechou os olhos e se deixou invadir por aquela imagem de novo... O abraço seguro da mãe. Quando os abriu, ainda estava no mundo sem mais ninguém, além de Jasmine. Então subiu, feliz por haver uma pessoa entre ela e o desconhecido.

Allie bateu a porta, e o caminhão arrancou com um ronco pavoroso do motor. Como se o cara quisesse se exibir. Mostrar que seu caminhão era potente e que ele não tinha medo de usar aquela potência.

"Para onde vão as mocinhas lindas?", perguntou, definitivamente tentando flertar.

*Se vira aí, Jasmine*, Allie pensou.

"Bem", respondeu Jasmine. E continuou falando. Só falando. Não havia como não notar, como se confundir... Ela estava flertando também.

Jasmine estava flertando com um desconhecido de 50 anos. Tinha acabado de se transformar em outra pessoa. Alguém que Allie jamais imaginara que ela pudesse ser.

*Quero ir para casa*, Allie pensou. E fechou os olhos. Mas, é claro, quando os abriu, continuava no caminhão do estranho, no meio da noite. Ou talvez estivesse na companhia de dois estranhos.

"Se me fizer um grande favor", continuou Jasmine, "eu te responderia com mais certeza. Mas vou ter que ligar para o meu namorado e perguntar aonde ele quer que a gente vá encontrá-lo. Se eu puder usar seu celular..."

O celular estava no porta-copos no painel e Jasmine o pegou. Como se não houvesse a menor possibilidade de ouvir um "não".

"Fica à vontade. Estou um pouco decepcionado por você ter um namorado, para falar a verdade."

Jasmine sorriu, mostrando os dentes surpreendentemente brancos. Allie nunca tinha visto aqueles dentes antes. Jasmine nunca os exibia na Novos Começos.

"Ah, não precisa ficar tão desapontado. O Victor e eu temos um esquema bem legal."

*O que estou fazendo aqui e como faço isso parar?*, Allie pensou.

"Victor", falou Jasmine ao telefone.

Uma pausa enquanto ele respondia.

"Sim, saí. Onde a gente se encontra?"

Pausa.

"É, acho que sei onde fica. Nós comemos lá uma vez. Só me fala o nome da rua."

Pausa.

"Ok. Quando quiser. A gente come alguma coisa enquanto espera. Tem uma garota comigo."

Uma pausa mais longa. Allie sentiu o estômago doer. Que ridículo pensar que ele não se incomodaria. Sabia que isso era impossível. Sempre soube. Não fazia nenhum sentido. Além do mais, pensando em um cenário mais amplo... E se Jasmine não fosse... confiável? E se ela tivesse uma visão de mundo da qual Allie não quisesse fazer parte?

"Acho que sim", disse Jasmine a Victor. "Vamos ver."

Ela desligou e devolveu o celular ao porta-copos.

"A gente vai se encontrar no Auggie's. O restaurante. Sabe onde fica?", perguntou ao motorista.

"Acho que sim."

"Vira à direita no próximo semáforo. Mas pode deixar a gente na esquina, se quiser, e vamos a pé."

"Deixo vocês na porta. Duas meninas na cidade, à noite. Assim é mais seguro."

Silêncio.

Allie o interrompeu.

"O que vai dizer sobre mim?"

"O que foi que eu falei sobre o Victor? Acha que estávamos falando de você agora no final? Não. Mudamos de assunto."

"Mas o que ele achou de eu ter vindo?"

"Não se incomodou nem um pouco. Eu disse que ele não ia se incomodar."

Allie seguiu Jasmine e uma *hostess* até uma mesa no Auggie's, ainda perplexa demais para expressar preocupação. O restaurante era bom. Não era chique a ponto de ter um código de vestuário, mas também não era um *fast-food* ou um botequim. Era um restaurante de verdade.

A *hostess* entregou um cardápio, que ela pegou, porque é isso que se faz em um restaurante, especialmente quando não quer explicar que não tem um centavo no bolso.

Depois, eram só Allie e sua nova... O quê? Jasmine era sua amiga? Deveria ser? Allie se atrevia a fazer amizade com essa nova pessoa, essa menina ousada e sedutora que tinha acabado de se revelar mais abertamente?

"Ele vem de Sherman Oaks", contou Jasmine. "Trânsito de sábado à noite, sabe como é. Vai demorar uns 45 minutos, pelo menos. Talvez uma hora. Então vamos nos sentar aqui e comer."

Allie se inclinou para falar no ouvido de Jasmine:

"Não podemos pedir comida."

"É claro que podemos", continuou, olhando o cardápio.

"Eu não tenho dinheiro. Você tem?"

"O Victor vai pagar a conta quando chegar."

"Como você sabe? Ele disse isso? Disse com todas as palavras?"

Jasmine deixou o cardápio sobre a mesa e encarou Allie.

"Eu sei que vai, porque o conheço. Porque tudo isso já aconteceu antes, como está acontecendo agora. Escuta, Allie. Você precisa respirar fundo e se acalmar. Está tudo bem. Você está entrando em pânico por nada. Não comeu nada no jantar, deve ser isso. Pede alguma coisa legal. Vai se sentir melhor depois que comer."

"Ah...", Allie pegou o cardápio, "nisso você tem razão. Não só não jantei, como tudo que comi nos últimos... Nem lembro quantos dias, foi pão, salada, macarrão e aveia. Muito carboidrato e nenhuma proteína. Isso me deixa meio alterada. Fica difícil me acalmar."

Será que era isso mesmo? Estava tudo bem e ela só não tinha conseguido perceber ainda?

"Faça uma boa refeição. O Victor paga."

Allie estudou o cardápio. O Auggie's tinha uma seção inteira de pratos vegetarianos, muitos deles com uma opção vegana. E não era só massa. Tinha cogumelo recheado e hambúrguer de feijão preto e cevada. Tinha até um prato chamado Feijão e Verdes, com um molho de tahine.

"Não acredito", comentou. "É incrível. Aqui tem umas três ou quatro coisas que posso *comer*."

"Está melhor?", Jasmine perguntou durante a sobremesa.

Ela havia pedido tiramisù. Allie, que não queria ingerir açúcar para não prejudicar a tranquilidade recém-adquirida, comia uma porção de frutas frescas.

"Estou. É incrível como um estômago cheio me acalmou. Não conseguia comer na Novos Começos. Não de maneira correta, pelo menos. Desculpa se estava me comportando de um jeito esquisito."

"Tudo bem."

"Ainda estou preocupada com algumas coisas. Tipo, não tenho nada, só a roupa do corpo. Não tenho nem uma escova de dentes, mas não estou mais surtando com isso, como estava alguns minutos atrás."

"Que bom. Vai ter tudo de que precisa de novo."

Silêncio. Mais algumas framboesas, que estavam muito boas. Tão boas que fizeram Allie perceber que havia estado fechada para a simples experiência de estar viva. E aquelas framboesas a fizeram despertar de novo.

Mas alguns detalhes passavam por sua cabeça, em um ciclo repetitivo.

"Como?", perguntou para Jasmine.

E como fazia muito tempo que a conversa fora interrompida, Jasmine não entendeu a pergunta e a devolveu com a boca cheia de tiramisù.

"Como o quê?"

"Como vou recuperar tudo de que preciso? O que você faz aqui fora? Como faz para comprar as coisas? Eu vou trabalhar, vou ter algum tipo de emprego? Para mim, tudo bem. Não sou preguiçosa. Mas eu... você sabe. Tenho só 15 anos. Teria que ter documentos especiais. E não tenho, nem vou conseguir ter."

"Está ficando toda nervosa de novo."

"Não, eu só queria saber como vai ser."

"Tem muita coisa que é possível fazer em lugares onde ninguém pede documentos especiais."

Uma sombra caiu sobre a mesa. As duas olharam para cima. Havia um homem parado ali. Olhando para baixo e sorrindo. O sorriso era... Allie não conseguia decidir. Tranquilizador? Pegajoso? Um pouco de cada? E ele não se movia. Continuava ali parado.

Devia ter quase 40 anos. Talvez mais. O cabelo claro podia ser loiro ou grisalho. Ou alguma coisa entre um e outro. Era ralo e comprido, penteado para trás e cobria o colarinho na nuca. A pele estava bronzeada e dividida entre linhas de sorriso e preocupação. Apesar da noite quente, ele usava uma jaqueta de couro de aparência cara.

"Ah, aqui estão duas moças encantadoras", ele disse.

*Por favor, que a Jasmine não comece a flertar com ele também*, Allie pensou.

Jasmine levantou da cadeira e o abraçou. Eles se beijaram. Na boca. E não foi um beijo rápido. Foi longo o bastante para Allie se sentir incomodada, e teria tido essa mesma sensação independentemente de quem fossem as duas pessoas.

Quando eles finalmente encerraram o beijo, Jasmine olhou para Allie, ainda pendurada no pescoço do homem que era quase um senhor de meia-idade.

"Allie, este é o Victor. Victor, Allie."

## 15
## ENTENDENDO O QUE NÃO É SUA CARA

Allie acordou de repente, assustada com um sonho de que não conseguia se lembrar. Precisou de um minuto para se orientar, saber não só onde estava, mas onde esperava estar. Agora, nem metade dessa equação era conhecida.

Ela sentou e apertou os olhos contra a luz.

Tinha dormido no banco traseiro de um carro vagamente familiar. Olhou pela janela para ver onde estava. O carro estava parado no jardim de uma casa em um bairro que Allie imaginava ser Sherman Oaks. Porque era lá que Jasmine disse que Victor morava. A casa de reboco tinha dois andares, era enorme e pintada de um tom meio desbotado de salmão. Não era bem cuidada. A vegetação estava alta, e a última pintura devia ter sido feita há décadas. Mesmo assim, não era uma propriedade barata, nem um bairro ruim.

Allie esfregou os olhos e tentou reunir o que conseguia lembrar.

Victor tinha pedido três taças de vinho, piscando para o garçom e jurando que as três eram para ele. O garçom sabia que não eram todas para ele, mas serviu mesmo assim. Allie havia sido incentivada a beber uma delas. Normalmente, teria recusado, mas estava nervosa, se sentindo presa em um pesadelo sem saída. E como a maioria dos adultos pode confirmar — ou deixar suas atitudes confirmarem, pelo menos —, o álcool é a saída em um lugar completamente fechado e trancado.

Depois teve outra taça de vinho e o trajeto até ali. Allie estava no banco de trás, porque preferiu ficar longe da energia dos dois e dar a eles um pouco de privacidade. Jasmine viajava com os braços em volta do pescoço de Victor. De vez em quando, Victor virava e a beijava com uma intimidade que não só constrangia Allie, como despertava nela a vontade de gritar: "Olhe para a frente!".

De repente, ela se lembrou de tudo. O medo. O estresse. A privação de sono. A fome, pelo menos de proteína, seguida pela solidez sonolenta da primeira refeição decente em dias. O vinho. Devia ter adormecido antes de chegarem à casa.

Mas era estranho. Eles não podiam tê-la acordado e convidado para entrar?

Allie abriu a porta do carro e saiu para o jardim de vegetação abundante. A manhã era densa, o ar era pesado. Já fazia calor.

Ela se dirigiu à porta da casa como se esta fosse uma bomba que teria que desmontar. Se tivesse outro lugar para ficar, sairia correndo dali naquele mesmo instante. Mas a vida a privava de opções, e ela não conseguia pensar em nenhum lugar aonde ir.

Bateu na porta de leve.

Não tinha como saber que horas eram e não queria acordar ninguém. Mas os sentidos sugeriam que era cedo.

Uma fração de segundo antes de desistir e desabar no degrau da entrada, provavelmente em lágrimas, Allie ouviu passos do outro lado da porta.

Houve um estalo da fechadura, e uma menina olhou para fora, para ela, piscando contra a luz. Uma menina que Allie nunca tinha visto antes. Era mais velha. Devia ter uns 19 ou 20 anos. O cabelo loiro estava arrumado de um jeito que podia ter sido elegante na noite anterior, mas havia desmoronado. O vestido era azul-turquesa, justo e surpreendentemente curto. A maquiagem era pesada e borrada embaixo dos olhos.

"Acho que bati na casa errada", disse Allie.

Realmente pensava nessa possibilidade, mas não fazia sentido. Porque, para que isso fosse verdade, Victor teria que ter parado o carro no quintal de outra pessoa.

"Quem está procurando?"

"Jasmine."

O rosto da menina sofreu uma transformação repentina, como se ela tivesse acabado de ouvir uma notícia triste.

"Lamento. Jasmine foi embora. Foi denunciada, teve que passar cinco meses em uma prisão para menores de idade, depois o governo a mandou para uma dessas moradias coletivas."

"Não, ela fugiu. Saiu da moradia coletiva ontem à noite."

"Sério? Ah. Talvez ela esteja aqui, então. Eu acabei de chegar. Entra."

Allie entrou.

Seguiu a menina estranhamente calma até a cozinha como se andasse em um sonho. O que podia ser uma fantasia de Allie, uma visão provocada pela vontade.

"Meu nome é Desiree", disse a garota se apresentando.

"Allie."

"Quer um pouco de suco de laranja, Allie? Eu ia pegar um copo."

"Hum. Quero. Obrigada."

Allie sentou-se em uma banqueta na frente de um balcão da cozinha. Seus pés não tocavam o chão, o que lhe transmitia uma sensação de ser pequena, muito jovem e indefesa. Olhou em volta. O interior da casa tinha um ar de habitado. Não, mais que isso. Talvez habitado por um exército. Roupas e bolsas cobriam os móveis e o tapete barato meio alaranjado. Bancadas e pias exibiam pilhas de louça usada que ninguém tivera tempo ou vontade de lavar. Allie sentiu um arrepio.

"Eu vivo dessa coisa", continuou Desiree.

Em seguida, pôs um copo grande com suco de laranja em cima do balcão, na frente de Allie. Parecia um copo para chá gelado. Devia comportar meio litro ou mais. Allie bebeu um pouco do suco. A acidez fez o estômago se contrair.

"Quando se trabalha com o público como eu, isso é a salvação", continuou Desiree. "Eu ficava enjoada o tempo todo. Agora melhorou." Ela parou de beber e encarou Allie. Ou tentou, pelo menos, pois Allie desviou o olhar. "Veio só para visitar a Jasmine? Ou é nova?"

"Nova?"

"Veio para *ficar*... aqui?"

"Não sei", respondeu Allie. "Tem muita coisa que eu ainda nem entendi."

Desiree encerrou a avaliação e virou para a geladeira. Aparentemente, o exame estava encerrado. E ela parecia satisfeita.

"Acontece com todas nós. Não se sinta mal. Todas temos dificuldades na vida." Ela pegou uma embalagem de ovos. Depois, olhou para Allie outra vez e a estudou demoradamente. "Mas preciso dizer que acho que isso aqui não é a sua cara."

"Minha cara?" Allie esperou, mas nada aconteceu. Nenhuma resposta. Ela bebeu mais um pouco de suco, mas o estômago se revoltou mais intensamente. "O que não é a minha cara?"

"Já entendi. Tem muita coisa que você não entendeu, mesmo."

Allie esperou, viu a menina bater os ovos e pensou que Desiree ia falar mais alguma coisa, mas não falou.

Sentiu um certo alívio por isso.

Alguns minutos depois, a porta da frente se abriu e outra menina entrou. Era roliça, mais exuberante, e usava saia de couro e uma blusa tomara que caia com a barriga de fora, o que não a favorecia. Allie achou que a maquiagem beirava uma caricatura.

Essa recém-chegada entrou na cozinha sem dizer nada, com uma cara meio azeda. Nem olhou para Allie. Olhou para a frigideira com os ovos batidos. Ela e Desiree resmungaram um cumprimento.

"Noite ruim?", Desiree perguntou.

"E todas não são?"

"Quer comer?"

"Não. Não mesmo." Ela fez uma careta de desgosto. "Vou direto para a cama."

E foi.

Allie sentiu a mão em seu ombro e abriu os olhos.

Victor estava sentado ao seu lado, na beirada do sofá, debruçado sobre ela. Allie devia ter dormido de novo, embora o plano fosse justamente evitar isso.

Ele sorriu de um jeito que fez o estômago dela se embrulhar. E a mão ainda estava em seu ombro.

"Allie, não é?"

"Isso."

"Vem. Vamos dar uma volta. Só eu e você."

Ele ficou em pé. Estendeu a mão para ela, como se quisesse ajudá-la a se levantar. Allie ficou onde estava, olhando para aquela mão. Um mapa gelado de medo se espalhou pela barriga, identificando territórios cuja existência ela desconhecia.

"Aonde nós vamos?"

O sorriso dele mudou. Agora era mais presunçoso.

"Sim. A Jasmine me disse que você faz o tipo cautelosa."

"A Jasmine." *Certo. A Jasmine. A minha salvadora.* "Onde ela *está*?"

"Ela foi fazer um serviço. Vem. Não vou te morder."

Allie sentou-se.

"Mas... aonde nós vamos?"

"Eu vou te levar para fazer uma boa refeição. A Jasmine me falou que a sua alimentação é meio complicada. Vamos a um lugar onde você vai comer a melhor refeição da sua vida. E depois vou te levar para fazer algumas compras. Roupas."

Allie continuou onde estava por mais um momento, sem saber o que pensar.

"É muita bondade sua", disse, sem saber como perguntar se ele era só um cara legal ou se havia ali alguma coisa que ela não entendia. Olhou para aquele rosto, mas não encontrou respostas. Só uma expressão indecifrável. "Mas..."

"Só uma vez na vida, garota, esqueça esse *mas*."

"Não posso. Não sou o tipo de pessoa que lida bem com essas coisas. Como vou pagar por tudo isso?"

"Quando estiver trabalhando, vai poder me pagar. Relaxa."

"Ah. Ok."

Parecia fácil. E fazia sentido. Allie esperava alguma coisa, qualquer coisa com essas características. O esforço para tentar avaliar a situação a deixava exausta, despertando nela um desejo desesperado de acreditar que Victor era uma pessoa legal. E ela agarrou a chance de acreditar naquilo.

"Tudo bem, então", disse. "Vamos."

Victor tinha um hábito, um tique nervoso, talvez, de passar a mão no cabelo, como se quisesse penteá-lo para trás, usando a palma para colocá-lo no lugar. Mas o cabelo nunca saía do lugar. Não precisava ser arrumado.

Ele olhou para ela várias vezes enquanto dirigia, desviando os olhos da rua por tempo demais. Usava óculos escuros que pareciam caros e que não escondiam os pés de galinha no canto dos olhos. Mas escondiam os olhos. Por isso, era difícil dizer de que maneira ele a analisava. No entanto, alguma coisa naquela atenção constante a incomodava. Bem, a incomodava *mais*, pois se sentia incomodada desde o momento em que, em casa, havia descido a escada e encontrado os pais algemados. Dali em diante, sua vida só piorava a cada acontecimento novo. Cada cruzamento envolvia mudanças de rota repentinas e proximidades cada vez mais perigosas.

"Sei que não é da minha conta", disse ela, aflita com o silêncio dentro do carro, "e não precisa responder, se não quiser. Mas fiquei pensando. Quem são aquelas meninas?"

"Bem..." Uma pausa. Uma ajeitada no cabelo. "Elas são... meninas. São as meninas."

"Todas moram com você?"

"Sim."

"Mas você é namorado da Jasmine, não é?"

"É um pouco mais complicado que isso."

"Deixa para lá. Esquece. Não é da minha conta. Não preciso saber."

Eles seguiram em silêncio por um tempo. Quase dois quilômetros, talvez, com semáforos em todas as esquinas, e Victor não conseguia pegar nenhum deles aberto.

Parado em um desses sinais fechados, ele virou para olhar para ela novamente, um olhar demorado e incômodo. Allie olhou pela janela, virando o rosto para o outro lado.

"Você tem um jeito bom", disse ele. E esperou para ver se ela responderia. Não respondeu. Ela não pretendia entrar naquele rio. "Não estou dizendo que é a menina mais bonita do mundo, nada disso. Mas tem um rosto agradável. E tem um jeito interessante. Inocente. Muitos homens gostam desse ar inocente. É uma coisa meio... quase de virgem. Você é virgem?"

Allie sentiu a cabeça girar e tentou avaliar as alternativas. Podia recuar, sair daquele lugar e correr de volta para a moradia coletiva. Ah, sim. Não, não podia. Ia acabar com duzentos pontos. Podia fugir de Victor e procurar uma delegacia. Pedir ajuda.

Não eram as melhores opções.

Talvez pudesse ser mais direta. Dizer a ele o que queria e o que não queria em termos de atenção. Valia a pena tentar.

"Podemos mudar de assunto?"

O sinal abriu e Victor pisou no acelerador, arrancando repentinamente.

"É claro. Desculpe se a deixei constrangida."

Allie respirou fundo e teve a impressão de que era a primeira vez que fazia isso em muito tempo. Tanto tempo quanto era capaz de lembrar.

Quando saíram da quinta loja de roupas na Sherman Oaks Galleria, ambos carregados com sacolas de compras, Victor parou e olhou para ela de novo. Um mar de humanidade fluía entre eles como um rio, transformando-os em uma ilha de dois.

Para Allie, era útil estar naquele lugar. Shoppings caros eram ambientes que ela conhecia. Era um alívio ter de volta parte de seu antigo mundo.

"De que mais precisa para ser feliz?", perguntou Victor.

O peito de Allie se encheu de calor. Será que o julgara errado? Ele realmente a queria feliz?

"Acho que chega de roupas."

"Não foi isso que eu perguntei. Não estou falando de roupas. Quero saber de que mais precisa para ser feliz."

"Ah. Bem..."

De início, ela não pensou em nada. Sabia que precisava de dinheiro. Daquela sensação normal de ter dinheiro no bolso para fazer as coisas. Havia segurança nisso. Poder pegar um táxi. Dar um telefonema.

*Um telefonema.*

Nesse momento, Allie compreendeu do que mais sentia falta, entre as várias coisas que havia deixado para trás.

"Seria bom ter um telefone."

Ela falou com um tom hesitante e quase quis engolir as palavras de volta. Um telefone era caro. Por outro lado, todas aquelas roupas também eram.

"É claro. É claro que você precisa de um telefone. Vamos lá, loja da Apple."

Era fácil assim. *Só pedir, que aparece.*

*Quase como ter pais.*

*Que não estavam na cadeia.*

Estavam sentados do lado de fora, comendo ao ar livre em um pequeno bistrô, em Ventura Boulevard. O ar era quente e denso. Um guarda-sol vermelho e branco garantia a sombra necessária à mesa.

Allie olhou para o almoço incrível. Ou era um jantar? Não sabia que horas eram.

Tinha pedido um hambúrguer de cogumelo e quinoa em pão integral, com abacate fatiado, brotos e aïoli, e uma porção de batata-doce frita para acompanhar. Era o sabor do paraíso, como ser salva. Victor tinha cumprido a promessa de comprar a melhor refeição de sua vida.

As duas cadeiras vazias eram ocupadas por pilhas de sacolas de roupas, e, de vez em quando, Allie olhava para o iPhone ao lado do prato. Por nenhum motivo especial. Ainda não tinha nenhuma informação nele, e ninguém ligava ou mandava mensagem. Olhava para o telefone porque era seu.

"Devíamos ter deixado todas essas roupas no porta-malas", disse ela.

"Bobagem. Elas têm que ficar empilhadas aqui perto. Fazem você se sentir... rica. Você merece essa sensação de fartura."

"Por que você é tão bom comigo?", ela perguntou de repente.

O clima eufórico da refeição desapareceu. De repente, o estômago de Allie não conseguia decidir se queria ou não aquela comida maravilhosa. Ela deu mais uma mordida no hambúrguer de cogumelo, mas era como se o sanduíche tivesse perdido o sabor.

Olhou para Victor, mas o rosto dele era inexpressivo.

"Eu posso ser legal", respondeu ele, parecendo estranhamente magoado, como uma criança.

"Desculpa. Não foi isso que eu quis dizer. Não insinuei que não fosse capaz de ser gentil. É claro que você pode ser legal. Acho que só estou preocupada porque... você gastou muito hoje. Estou preocupada porque não sei como vou pagar por tudo isso."

"Isso não é problema. Já disse. Você começa a trabalhar e fica tudo certo."

Allie sabia que estava franzindo a testa. Alguma coisa não fazia sentido.

"Eu pensei..." Mas não terminou a frase.

"Pensou o quê?"

"Pensei que ia arrumar um emprego e devolver o dinheiro que gastou comigo. Está dizendo que só preciso começar a trabalhar? Vou trabalhar para você, é isso?"

Allie derrubou o hambúrguer. Literalmente. Ele caiu no prato, mas metade do pão rolou pela mesa e caiu no chão, o que provocou uma revoada de pombos famintos.

"Ah, droga", exclamou.

Não queria ter falado em voz alta.

Mas, naquele momento, tudo se encaixou em sua cabeça. As meninas que moravam com um homem muito mais velho. As que tinham saído para trabalhar à noite em roupas minúsculas e voltaram só de manhã. A maquiagem. Jasmine "denunciada", cumprindo um tempo de detenção.

De repente, tudo ficou muito claro.

Allie se sentia uma perfeita idiota por não ter entendido desde o princípio.

"Não posso", disse. "Não."

"Não o quê?", Victor perguntou com uma voz fria.

"Não vou fazer nada que... você sabe. Nada ilegal. E não é... algo que eu faria. Tenho 15 anos. Ainda nem vivi tudo com um namorado, com alguém que eu amasse. Não posso me meter em uma coisa assim. Vou embora."

Silêncio. Um silêncio longo, perigoso. Allie não se atrevia a encarar Victor. Em vez disso, olhava os pombos brigando pelo pão. Bicando pedacinhos. Trocando bicadas. Arrancando a comida uns dos outros.

Finalmente, criou coragem e olhou para ele. Seu rosto parecia entalhado em mármore.

"Depois que gastei quase 2 mil dólares com você. Você vai embora."

"Desculpa. Podemos devolver tudo. Tenho as notas."

"Isso levaria a tarde toda. Eu já estava me preparando para encerrar o dia."

"Desculpa. Não sei o que dizer. *Eu levo* tudo de volta. E depois vou a pé até sua casa ou pego o ônibus para ir levar seu dinheiro. Faço o que for necessário para resolver essa situação. Qualquer coisa, menos... você sabe. Aquilo."

Mais um silêncio prolongado e potencialmente perigoso.

"Bem", disse Victor com uma voz tensa. "Vou ter uma conversa com a Jasmine por me colocar nessa situação. Ela devia avaliar melhor quem traz para casa." Depois suspirou e foi como se a tensão o deixasse, como se saísse com o ar que ele exalava. "Tudo bem. Tanto faz. Acho que essas coisas acontecem. Vamos para casa. Você pode dormir lá e amanhã decidimos o que fazer."

Eles se levantaram e saíram do bistrô. Allie abandonou no prato a melhor refeição de sua vida. Pesarosa, olhou para trás, arrependida. Arrependida da boca para fora, é claro. Porque não tinha mais apetite para comer, embora odiasse deixar a comida ali. Viu os pombos se jogarem sobre o lanche, loucos para atacá-lo.

## 16

## A RESPOSTA PARA "O QUE É PIOR QUE IR EM CANA?"

Allie estava sentada na sala da casa de Victor, no escuro, sozinha. No sofá, com os joelhos levemente erguidos em direção ao peito. Era tarde, muito tarde, provavelmente. É claro que não estava dormindo. Considerando a companhia disponível, era uma bênção estar sozinha. Por outro lado, era como estar em um mar de isolamento. Para todos os efeitos, Allie não tinha ninguém. Era difícil acreditar que não podia apenas ligar para a mãe e pedir para ir buscá-la. Durante toda a vida, aquele conforto havia estado ali, ao seu alcance. Era assustador pensar na presença familiar e não encontrar nada. Só um vazio.

Ela pensou nas poucas amigas na antiga escola em Pacific Palisades. Se gostavam dela ou não, era algo que não vinha ao caso em um momento como aquele. Mas elas não eram amigas adultas, gente que tinha a própria casa e podia receber um hóspede para dormir no sofá. Allie agora era uma fugitiva e precisava evitar pais. Quaisquer pais.

Mas uma dessas amigas talvez pudesse mandar dinheiro ou alguma coisa assim...

Allie procurou um telefone na casa, mas, por mais que pudesse olhar tudo em silêncio e no escuro, não havia uma linha fixa. Se Victor tinha telefone, mantinha no quarto, com ele. E ela não tinha dinheiro para fazer uma ligação de um telefone público.

Ouviu um barulhinho e virou para ver o que era.

Jasmine saía de um dos quartos no andar de baixo. Allie não sabia que ela estava em casa. Achava que só Victor estava por ali, infeliz em algum quarto afastado. Desapontado ou furioso com ela. Ou as duas coisas.

Jasmine acendeu um abajur ao lado do sofá e se sentou perto de Allie.

"Não sou sua maior fã nesse momento", informou Allie, evitando encará-la.

"Allie, escuta. Podemos passar a noite toda discutindo o que você pensa de mim. Mas esse não é seu maior problema agora. Tinha muita coisa que eu queria conversar com você sobre o Victor antes que passasse um tempo sozinha com ele. Não se diz 'não' ao Victor. Não mesmo."

"Eu já disse."

Allie levantou a cabeça e olhou para Jasmine. Seu olho direito estava inchado e meio fechado, e um hematoma roxo começava a se formar ali. O choque deve ter ficado estampado no rosto de Allie.

"Não é nada", avisou Jasmine, abaixando a cabeça para deixar o cabelo esconder o problema. "Só bati em um negócio."

*O Victor te bateu?*, Allie pensou, mas teve o bom senso de não perguntar em voz alta.

"Eu disse 'não' e ele pareceu entender", contou ela.

"*Pareceu...* Allie, você é ingênua demais. Eu meio que sabia, mas acho que não tinha percebido quanto. Você precisa sair daqui. Tipo, agora."

"Agora?" A pergunta soou estridente, e Jasmine a silenciou e olhou para trás, para a porta do quarto. O alarme vibrou no estômago de Allie, uma sensação terrivelmente familiar. Sua companheira constante. "Eu não posso ir agora. Está de noite. Eu não posso sair por aí, de noite, sozinha! Para onde eu vou? Como vou me cuidar lá fora?"

"No seu lugar, eu correria os riscos."

"Acho que posso voltar para a Novos Começos. Mas não vou poder ficar lá. A Brick me mataria. Mas posso voltar para o sistema e pedir para me colocarem em algum outro lugar. Não posso?"

"Sim. E deve. É o que eu faria. Eles vão te pôr em cana, mas..."

"Eles vão *o quê*? Por quê? Por que me prenderiam?"

"Porque você fugiu. É isso que eles fazem com quem foge do sistema. Acredite em mim. Eu sei."

Allie parou um momento para respirar. Para estabilizar a sala, que parecia se inclinar dentro de sua cabeça.

"Vou ficar até amanhecer e então eu penso em alguma coisa. Não posso ir agora." Silêncio. "O que pode acontecer comigo, se eu não for embora agora?"

Mais silêncio.

"O Victor só ajuda as meninas que entram no jogo", respondeu Jasmine. "As que ficam com ele para isso. É assim que funciona. Mas alguns caras não são assim."

Allie abraçou os joelhos com mais força e esperou Jasmine continuar. Ela não falou mais nada. Allie não sabia o que pensar das palavras da menina. Não tinha como aplicá-las à própria situação.

Esses outros caras não estavam ali, estavam? Então por que tinham entrado na conversa? Era como se Jasmine estivesse dizendo que Victor era melhor que a maioria, mas isso não explicava por que tinha que ir embora aquela noite.

Vários minutos se passaram em um silêncio eletrizante. Pelo menos, Allie o sentia eletrizante, agora que os nervos tinham voltado ao novo normal: alerta máximo paranoico.

"Por que você vive desse jeito?", perguntou a Jasmine depois de um tempo. "Por que não fica na moradia coletiva?"

"Não vamos falar sobre mim, ok? Eu vim aqui para te avisar que, no seu lugar, eu iria embora agora. Sem avisar ao Victor. Sem ser pega fugindo. Deixe tudo que ele te deu e vá embora, para o mais longe que puder e o mais depressa que puder. Pronto, já falei. Agora é com você. Eu avisei. Fiz tudo que podia."

Jasmine se levantou e voltou para o quarto, e Allie ficou ainda mais sozinha. Se é que isso era possível.

Durante as três ou quatro horas seguintes, Allie se levantou do sofá e caminhou até a porta meia dúzia de vezes, pelo menos.

Uma vez até a abriu.

A escuridão da noite da cidade a obrigou a voltar.

O que era pior? Andar sozinha até Ventura Boulevard? Pedir carona em algum lugar? Esperar um ônibus? Para onde? Será que tinha ônibus àquela hora? Allie nunca havia andado de ônibus, não tinha como saber. E ela lembrou que não tinha dinheiro para pagar a passagem, então não fazia diferença.

Também podia andar. Com os carros passando, e certamente passariam, mesmo no meio da noite. E se um deles a visse sozinha e parasse?

Voltou para dentro e fechou a porta.

Não havia ninguém acordado. Talvez nada acontecesse até de manhã. Mas até lá, temia pegar no sono. E aí, alguma coisa poderia acontecer antes mesmo de ela perceber que Victor havia acordado.

*Não se diz "não" para ele. Não mesmo.*

Allie se sentou no sofá outra vez; os pensamentos, um vazio assustador. Um momento depois, surgiu uma opção. A única, na verdade. Só não a tinha visto antes. Era como se nem a tivesse procurado. Simplesmente apareceu.

Sairia para aquele mundo escuro outra vez, sem nada além das roupas do corpo. E encontraria um lugar para se esconder. Algum lugar ali perto. Talvez na vizinhança. Ficaria abaixada atrás de uma cerca ou entraria em um galpão de jardinagem. Ou caminharia até um restaurante no *boulevard*, qualquer um que ficasse aberto a noite inteira, e ficaria lá com alguém, qualquer pessoa, até o dia amanhecer.

Sim. Era isso.

Ficaria longe daquela casa, apenas o suficiente, e se esconderia até aquela noite perigosa acabar. E depois... Não tinha a menor ideia. Não tinha plano para a manhã seguinte, nada além de se entregar. O que faria, provavelmente. Mas precisava sobreviver até aquele momento chegar.

Levantou-se do sofá e caminhou até o vestíbulo na ponta dos pés. Abriu a porta com cuidado, em silêncio, e saiu para o jardim cheio de mato. Ouviu o barulho da porta de um carro. Parecia estar parado entre o local onde ela estava e o portão que precisava atravessar. Talvez fosse uma das "meninas" voltando do "trabalho".

Será que contariam ao Victor, se a vissem saindo?

Allie abaixou a cabeça e correu sem pensar até o portão, tomada de adrenalina. Segundos depois, sentiu uma mão segurando seu punho e a puxando para trás. Uma mão forte.

Levantou a cabeça. Seus olhos não tinham se habituado à escuridão, e eram poucos os detalhes que conseguia registrar. Mas quem estava ali não era uma das meninas. Era um homem enorme. O tipo de homem que se vê na defesa de um time de futebol americano ou trabalhando como segurança em boate. E ele a segurava.

Torceu seu braço e o puxou para trás, junto das costas, e a levou de volta para a casa. Bateu na porta. Bateu com força. Esmurrou, na verdade.

Allie ficou sem ar. O coração batia tão forte no peito que ela achou que ele explodiria. Mas, em seguida, ele parava por um ou dois segundos, deixando um vácuo pavoroso no lugar, uma típica sensação de morte.

E então uma pausa aterrorizante. Depois, uma luz no interior da casa.

Victor abriu a porta com cara de sono. Despenteado, com o rosto escurecido pela sombra da barba. A luz da sala criava um halo atrás dele. Allie não conseguia ver seus olhos, mas sabia que olhavam para ela, o que era suficiente para fazer seu coração soluçar novamente.

O homem que a segurava tinha uma voz grave e profunda.

"Foi desta aqui que você falou?"

"Ela mesma", respondeu Victor. "Onde a encontrou?"

"Saindo."

Victor estalou a língua, emitindo um som de reprovação. Três vezes. Allie se sentiu um animal encurralado. Como a presa de um felino selvagem que gostava de brincar com sua vítima apavorada antes de... Allie não quis levar a analogia para mais longe que isso.

"Vai ter trabalho com essa aí", avisou Victor.

"Para mim, não faz diferença. Eu a levo de carro até lá e entrego. Não me importo. Ela não vai fugir de *mim*."

E o homem estendeu a mão para Victor. A mão que não segurava o braço torcido de Allie. Naquela mão firme, no raio de luz que transbordava da sala, Allie viu um pequeno envelope de papel pardo. Grosso, cheio de coisas.

"Pode contar", avisou o gigante. "Não vou me ofender."

"Tudo bem. Você trabalha para o Lassen; eu confio em você."

Victor pegou o envelope da mão gigantesca e fechou a porta. Com força. A batida fez Allie pular de susto.

O homem a levou em sentido contrário, na direção do carro. Naquele momento, ela sentiu a dor. O braço torcido estava doendo. Até então, aparentemente, o medo a impedira de registrar a sensação dolorosa.

O gigante abriu a porta de trás do sedã escuro e a empurrou para dentro com força. Allie caiu no banco e bateu com a cabeça na janela do outro lado. Sentou exatamente quando o homem fechou a porta. Quando ele começou a contornar o automóvel para ocupar o lugar do motorista, Allie agarrou a oportunidade.

Tentou abrir a porta. Estava travada. Tentou levantar o pino. Depressa, desesperada. Muitas vezes. Mas ele não se movia.

A luz do teto acendeu e Allie estreitou os olhos. O homem agora estava sentado ao volante, olhando para ela por cima do ombro. Quando os olhos se ajustaram à luminosidade repentina, quase violenta, ela conseguiu ver seus traços nitidamente. O cabelo era tão curto que quase não existia, o nariz era largo e deformado. O pescoço, grosso e curto, nem era um pescoço. Era mais uma curva para os ombros largos. Ele sorriu, exibindo dentes brancos, mas tortos.

"Trava de segurança infantil", disse com aquele tom grave de desenho animado. "Ninguém quer as crianças fugindo do carro."

Então ligou o motor, engatou a marcha e partiu.

Um pensamento surgiu na cabeça de Allie, uma espécie de versão emocional e sem palavras de "quero minha mãe". Mas era tarde demais para tudo isso agora.

"Pelo menos pode me dizer para onde está me levando?"

A voz parecia ofegante até para ela mesma. Fazia quase uma hora que tentava controlar a respiração, mas o medo continuava no comando.

Por um tempo, o homem não respondeu.

Tinham saído de San Fernando Valley. Allie conseguia ver o oceano iluminado pela lua crescente pálida e escura no horizonte. Seria bonito, se alguma coisa pudesse ser bonita naquelas circunstâncias.

Podiam estar em Camarillo ou Oxnard, talvez Ventura. Na escuridão e em pânico, era difícil saber.

Ele a encarou pelo retrovisor, com o rosto iluminado pelo brilho pálido das luzes do painel.

"San Francisco", disse.

O que não respondia à sua pergunta. Allie não queria saber para onde, exatamente, estava indo. Não no sentido geográfico da coisa. "Para quê" teria sido a forma mais correta de dizer, mas Allie não fez essa pergunta. Não estava preparada para saber.

Ela olhou para a luz sobre o Pacífico e pensou em um professor, o sr. Callahan, que lecionava inglês e escrita criativa, e que havia lhe ensinado a frase de Mark Twain: "Tive muitas preocupações na vida, a maioria delas nunca aconteceu". Eles tiveram uma discussão em sala de aula sobre problemas; sobre como eram, em sua maioria, os problemas que identificamos como tal. Problemas emprestados. Normalmente, o cérebro se projetava para o futuro até identificar um possível problema e se apoderava dele. Quando esse futuro virava passado, porém, as circunstâncias eram diferentes e o problema nunca havia se concretizado. O sr. Callahan dizia que, para a maioria das pessoas, era raro ter um problema de verdade no momento presente, um problema que acontecia de maneira literalmente inevitável.

Teria que contar a ele sobre isso. Se sobrevivesse.

A adrenalina a acompanhava havia muito tempo. Estava exausta, com os nervos tensos, quase a ponto de um colapso.

Uma ideia passou por sua cabeça. De repente. Quase como se viesse de fora dela.

*Não fica aí sentada. Tenta. Tenta se salvar. Tenta fazer alguma coisa.*

"Você tem filhos?", perguntou ela.

Ele a encarou pelo espelho, franziu a testa e estreitou os olhos.

"Não."

Allie esperou, mas ele não disse mais nada.

"Nunca sente... pena de meninas como eu?"

"Pena?"

Era quase como se ele não entendesse a palavra.

"Não tem pena das meninas que leva para San Francisco? Porque eu nunca tive tanto medo em minha vida. Essa é a pior coisa que já aconteceu comigo, e nos últimos tempos tenho colecionado acontecimentos horríveis. Isso não faz você sentir nada? Como pode não ter pena de alguém que não fez nada de errado e está apavorada? E você tem o poder de mudar essa situação."

Um longo silêncio. Allie conseguia ver parte do rosto dele, inclusive os olhos, pelo espelho. Mas ele não olhava para ela. Olhava para a rua. Ela tentou ver alguma coisa naqueles olhos, alguma evidência de que ele pensava em seu pedido. Ou, melhor ainda, de que sentia alguma coisa. Mas seu rosto era vazio e inexpressivo.

"Você fala demais", ele disse.

"Desculpa."

"Não faz mais isso."

"Tudo bem. Desculpa."

Seguiram em frente. A leste, Allie viu um sinal sutil do amanhecer sobre as colinas. O céu tinha uma coloração mais clara, as estrelas perdiam o brilho. A manhã estava chegando. A mesma manhã que ela pensara que traria segurança.

Mas era tarde demais para uma esperança tão extravagante.

"Preciso ir ao banheiro", disse Allie.

Tinham acabado de passar pelo Madonna Inn, ridiculamente enfeitado, e uma placa de trânsito alguns quilômetros antes anunciava que as próximas saídas eram para San Luis Obispo. Allie tinha mesmo que ir ao banheiro, mas poderia ter segurado. Mas ainda pretendia se salvar. Não havia desistido.

"Eu não nasci ontem", respondeu o homem.

Ela não falou nada por um tempo.

"Não sei o que vou fazer se você não parar."

"Segurar."

"Não dá para segurar até San Francisco. Faltam horas de viagem."

"Tenta. Não vamos parar."

"Tudo bem. Mas estou avisando, não vou conseguir segurar por muito tempo. Estou pensando em *você*. No seu carro. O banco de couro é lindo. E seria horrível ter que limpar tudo. Vai escorrer para trás do banco. E o cheiro! Mas o carro é seu. Só tentei evitar todo esse problema para você."

"Já disse para não falar tanto."

Allie fechou a boca. De repente. Decidiu que sua melhor aposta era mantê-la fechada. A última coisa que queria era deixar o homem bravo.

Menos de um minuto depois, ele fez uma manobra repentina e pegou uma rampa de saída, como se tomasse uma decisão de última hora. Virou à direita em uma rua — "Route 1", dizia a placa — e seguiu por alguns quarteirões até que um posto de gasolina apareceu à luz do início de manhã.

"É o seguinte", falou. "Vamos encontrar um lugar com banheiros do lado de fora. Não dentro da loja. Vou estacionar perto deles. Perto mesmo. Bloqueando a saída. Vamos esperar até não ter ninguém para quem correr. Se tentar correr para dentro da loja, ou para a rua, eu te alcanço em um segundo. Se alguém me vir te jogando dentro do carro, dane-se. Sou um bom ator. Digo que você é minha filha, que fugiu de casa e que estou disposto a qualquer coisa para te levar para casa em segurança, dessa vez. Se tentar alguma coisa, vai se dar mal. E, depois que se der mal, vai ser uma garotinha arrependida. Mais arrependida do que jamais esteve em sua breve vida até aqui. Entendeu?"

Era a primeira ameaça direta que ele fazia, e o coração de Allie disparou outra vez. Primeiro bateu muito forte, depois falhou algumas batidas.

"Entendi."

Ele entrou em um posto deserto. Chegou tão perto quanto pôde do banheiro feminino sem subir com uma roda na calçada. Infelizmente, os banheiros ficavam no fundo do posto. Escondidos de quem passasse pela rua. Allie sabia que as condições não eram favoráveis.

Sentiu suas esperanças murcharem. Encolherem. Quase morrerem.

Ele desligou o motor. Desceu. Destrancou a porta de trás com sua chave, pelo lado de fora, e a abriu.

Allie sentiu o ar fresco no rosto. A liberdade do mundo real. A vida prosseguia em volta dela. Outras pessoas tinham manhãs normais.

Ele a segurou pelo braço e puxou pelos três passos entre a porta do carro e a entrada do banheiro, que manteve aberta. Espiou lá dentro, como se quisesse garantir que não havia janela. Nem outra saída. Parou na frente dela antes de permitir que entrasse, e a voz soou como um grunhido profundo em seu ouvido.

"Estou a centímetros dessa porta. *Centímetros*. E não tranque."

Então a empurrou para dentro e fechou a porta.

Tremendo, Allie usou o banheiro e lavou as mãos na pia. Realmente precisava disso, em especial naquele momento, quando tudo estava prestes a acontecer. Para o melhor ou para o pior, mesmo que a tentativa resultasse na maior surra de toda uma vida. Mesmo que não sobrevivesse. Tinha que tentar. Não podia ficar sentada no banco de trás de um carro, permitindo que ele a levasse para uma vida de completa e degradante escravidão.

Aquela podia ser sua última chance.

Ela ouviu uma batida na porta e deu um pulo.

"Só um lembrete", disse o homem. "Eu estou... bem aqui."

Allie se aproximou da porta e a tocou. Era revestida com uma folha de metal. Grande e pesada. Provavelmente porque o pessoal do posto não queria que alguém a arrombasse para dormir lá dentro. Pessoas em situação de rua dormiam em banheiros de postos de gasolina, se pudessem. Allie tinha ouvido isso em algum lugar. Não conseguia lembrar onde. Mas agora entendia. Fazia sentido, de repente, que tão pouco abrigo e conforto pudessem parecer interessantes.

Talvez pudesse ficar ali. Trancar a porta, apesar da orientação. Esperar.

Não. Ele era um bom ator. Diria ao atendente da loja de conveniência do posto que sua filha, que já havia tentado fugir, estava trancada no banheiro. E convenceria o cara a abrir a porta.

Allie sentiu as paredes da vida se fechando em torno dela.

Tentaria alguma coisa. Tinha que tentar.

Ouviu os dedos dele batucando do outro lado da porta.

"Bem. Aqui", disse ele.

Que bom. Ele estava bem ali. Bem no caminho daquela pesada porta revestida de metal. Allie recuou um passo, e, segurando a maçaneta, jogou todo o peso do corpo e toda a sua energia contra a porta. Sentiu que o acertou. Ouviu o ruído que escapou de sua garganta. A porta balançou livremente, depois acertou as pernas dele onde estavam, estendidas no chão de concreto.

Ela saiu correndo, respirando, ofegante. Ele tinha caído. Estava no chão, perdendo sangue pelo nariz. Acertara seu rosto com aquela porta pesada. Talvez até houvesse quebrado o nariz. E o corte na testa sangrava muito, por isso torcia para que entrasse em algum tipo de choque.

*Ótimo.*

Ela pulou por cima dele.

Por um segundo, esperou sentir a mão agarrando seu tornozelo. Nada. Ele não tentou, ou não conseguiu. Allie não sabia. Só sabia que tinha passado por ele. Estava do outro lado, e livre.

Então, correu.

Contornou o posto e correu para a rua, olhando para trás com desespero. Esperando vê-lo em pé. Atrás dela, chegando mais perto. Pronto para agarrá-la.

Ele não estava lá. Ainda não. Devia estar no chão.

Allie passou correndo pela porta da loja de conveniência, olhou para dentro e não viu ninguém atrás do balcão. Não podia correr aquele risco.

Olhou para trás de novo. Ainda nada do gigante.

Correu para a rua.

O tráfego era calmo, quase inexistente, e Allie correu para o meio daquele trecho da Highway 1, levantando o polegar, em total aflição.

O único veículo que viu se aproximando era uma van branca e velha, com uma inscrição na lateral. Quando ela chegou mais perto, Allie viu uma mulher idosa ao volante e um gato dormindo, encolhido sobre o painel.

A estranha dupla de viajantes parecia ser sua única chance.

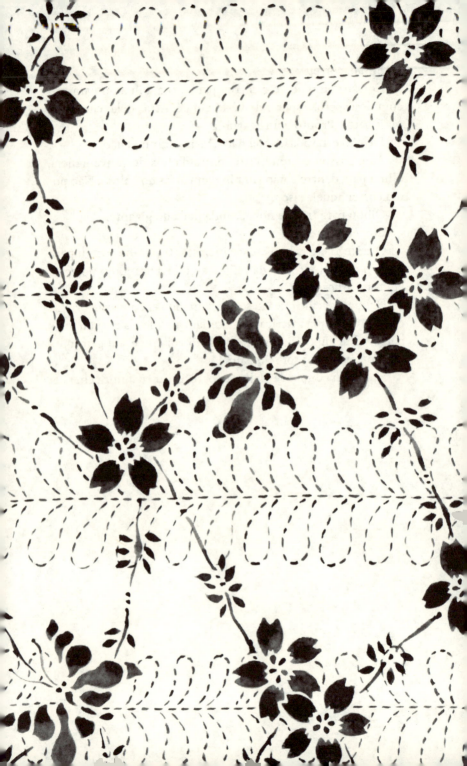

# Bea
## Parte Três

## 17

## ADOLESCENTES DE HOJE — TODOS GOLPISTAS POR TELEFONE E LADRÕES DE CARRO

"Não!", falou Bea alto dentro da van. "Não, não, não. Não dou carona. Não te conheço, não é seguro."

A menina estava a meio quarteirão de distância, em pé no meio da pista. Bea falava em tom normal com as janelas fechadas. Portanto, fazia os comentários para si mesma, não para a menina em questão. O que poderia explicar por que sua voz tinha aquele tom firme, como ela adotava em seus confrontos imaginários. Bea não vivia um desses episódios de ilusão desde que estava na estrada. A vida estava mudando, e ela era mais corajosa ultimamente.

A menina parecia ser nova demais para estar sozinha na estrada. Quase uma criança. Uma garotinha. O que significava que devia estar na metade do ensino médio. Quanto mais velha Bea ficava, mais novos esses garotos pareciam.

Essa... Tinha alguma coisa errada com ela. Não conseguia ficar parada. Quanto mais Bea se aproximava, mais percebia a agitação incomum da criança. A menina pulava. Olhava para trás. Acenava com o braço erguido, o que presumia que a preciosa van de Bea podia ser convocada como se fosse um táxi. Acenava loucamente, como se Bea pudesse não notar sua presença, sem todos aqueles gestos.

*Drogas*, Bea pensou. *Deve estar drogada. Muitos jovens usam drogas hoje em dia. Não é mais como quando eu era jovem e vivíamos ocupados com um emprego de meio período e o esforço para tirar boas notas. Não tínhamos tempo para essas besteiras perigosas.*

Quando se aproximou o bastante para ver o rosto da menina, Bea presumiu que ela também podia ver seu rosto. Franzindo a testa, balançou a cabeça com firmeza e mudou de faixa, à esquerda.

A garota fez justamente o contrário do que Bea esperava: pulou na frente da van.

Bea pisou no freio para evitar o atropelamento. Phyllis escorregou alguns centímetros e bateu no para-brisa. Tentou se endireitar, olhou para Bea com ar ressentido e pulou para a caixa de areia, de onde se esgueirou para baixo do banco do passageiro.

Bea viu a menina debruçada sobre o capô curto e compacto da van, batendo no para-brisa.

Abriu a janela do passageiro para expressar claramente sua fúria.

"Que diabo está fazendo? Podia ter se matado!"

Para a surpresa de Bea, a menina enfiou o braço pela janela aberta e puxou o pino da trava de segurança. Depois abriu a porta e entrou.

*Ai, meu Deus*, Bea pensou. *É um assalto. Sequestro relâmpago!*

"O que está fazendo? Sai da minha van!"

"Ah!", gritou a menina. "Por que estou pisando nessa porcaria de gato?"

"Porque está em um lugar onde não tem o direito de estar! Saia já da minha van!"

A menina não saiu. Fechou a porta, depois se jogou entre os bancos e aterrissou no assoalho de metal do veículo, a centímetros da poltrona de Bea. E rastejou de bruços até a janela de trás.

"*Dirige!*", berrou ela. Berrou! Era assustador. "Por favor, por favor, por favor, eu imploro! É questão de vida ou morte. *Dirige!*"

Bea ouviu cada uma das palavras — afinal, foram ditas bem perto dela, e em voz muito alta —, mas não recebeu todas com o mesmo peso. Depois da primeira palavra, que soou como uma ordem grosseira, Bea começou a pensar que aquela invasora poderia estar armada. E se ela tivesse um revólver? Hoje em dia, até os mais novos conseguiam armas.

Ela pisou no acelerador e a van arrancou. Conseguia ouvir e sentir o sangue rugindo nos ouvidos, bombeado mais depressa pelo coração disparado. Seu coração conseguiria sobreviver a um violento sequestro relâmpago? O velho órgão resistiria?

Viu pelo retrovisor a menina se arrastando de bruços pelo assoalho. Quando alcançou a janela de trás, ela afastou a cortina com cuidado, como se pudesse atrair tiros. As cortinas estavam abertas, mas cobriam um pedaço da janela nas duas extremidades, e a menina abriu um espaço entre a cortina recolhida e o limite da janela. Um espaço não mais largo que um olho. Colou o rosto na janela.

Bea ouviu o ar saindo dos pulmões da criança mesmo de onde estava, no assento do motorista.

Depois que fizeram uma curva na estrada, a menina ficou em pé, tanto quanto a altura do teto permitia, e andou até a frente da van.

"Não se aproxime de mim!", gritou Bea. "Ou eu bato com essa coisa! Não duvide!"

A garota ficou paralisada por um momento, um ou dois passos distante do ombro de Bea. Elas se olharam pelo espelho, mas nenhuma das duas disse nada.

Bea olhou para os dois espelhos laterais para ter certeza de que não havia carros próximos. Depois virou o volante bruscamente, primeiro para a esquerda, em seguida para a direita, cantando pneus. A menina foi jogada longe, bateu com a cabeça na lateral do veículo e escorregou para o assoalho.

"Ai", disse, e o gemido soou estranhamente triste e fraco aos ouvidos de Bea.

"É sério. Se tocar em mim, jogo a van em cima da primeira coisa que aparecer na frente. Tenho menos vida para viver que você, portanto, tenho menos a perder. Prefiro acabar com tudo para nós duas a deixar você me machucar."

Silêncio. Por vários segundos.

Depois a garota se sentou, meio atordoada, e pulou para o banco do passageiro, esticando as pernas para evitar a caixa de areia.

"Por que eu tentaria te machucar?"

Bea olhou para o rosto da garota e seu coração se acalmou um pouco. Não via mais sinais de drogas. Ela respirava profundamente e soprava o ar de um jeito barulhento, como se tentasse superar o medo. Seu rosto era confuso. Jovem. Assustado. Ela parecia mais assustada do que Bea.

"Bem, não sei", respondeu Bea com um tom ríspido, ainda sob o efeito da adrenalina. "Por que você se jogaria na frente da minha van? E entraria nela contra a minha vontade? Seu comportamento é muito estranho. Pensei que estivesse drogada. Achei que fosse um sequestro relâmpago, ou um assalto."

"Sequestro relâmpago?"

"Sim. É claro que já ouviu falar disso."

"Com o quê?" A menina levantou os braços, mostrando as mãos vazias. As roupas não eram suficientemente largas para esconder uma arma.

"Ah, não sei", respondeu Bea. "Como eu ia saber se tinha ou não alguma coisa com que pudesse me machucar?"

Bea saiu da estrada para uma via lateral e parou junto da calçada. Mesmo sendo um local proibido. Correria esse risco. Depois desengatou a marcha e apoiou a testa no volante.

"Você quase me matou de susto", disse.

"Desculpa. Eu falei que era uma questão de vida ou morte. Eu te pedi por favor."

"É mesmo?"

"Sim."

"Acho que fiquei com tanto medo que não ouvi."

"Eu estava com um tremendo problema. Você era minha última chance. Ou eu pensei que fosse, pelo menos. Se não entrasse no primeiro carro que passasse por ali, ele me pegaria. Eu tinha certeza disso. Mas olhei pela janela de trás e não vi o cara correndo. Acho que ainda deve estar lá, caído."

"Não sei do que você está falando."

"Eu fui raptada. Eu estava... bem... Eles iam me vender. Ou eu já tinha sido vendida, não sei bem."

"Não se pode vender uma *pessoa*", retrucou Bea. "Estamos nos Estados Unidos da América."

"Isso é ilegal", concordou a menina. "Mas parece que ainda acontece."

Bea levantou a testa do volante e sacudiu a cabeça, como se quisesse se livrar de todas as bobagens.

"Agora saia", disse, ainda dominada pelo medo. Precisava recuperar seu mundo silencioso. Precisava se sentir segura.

Mas, depois de um momento de silêncio perplexo, olhou para a menina. O que quer que houvesse acontecido, a pobrezinha estava realmente apavorada. Não era encenação.

"Não, por favor. Ele ainda pode estar atrás de mim. Por favor. Só me leva até a próxima cidade. É uma distância suficiente para eu ter certeza de que ele não vai me encontrar. E aí, se ainda quiser que eu saia, eu saio."

"Ah, eu ainda vou querer que você saia."

Bea engatou a marcha, fez um retorno maluco na rua lateral e voltou para a estrada — o trecho urbano da Route 1 para o norte.

O próximo trecho da viagem seria sua primeira oportunidade em muito tempo de dirigir ao longo da orla. Durante a maior parte da jornada para o norte, para San Luis Obispo, as Highways 1 e 10 corriam pelo continente, muitas vezes juntas. Bea esperava ansiosa pelo trecho em que as estradas se dividiam, quando poderia dirigir pela costa, com o oceano à esquerda. Era um luxo que tinha valido a pena esperar. E agora, em vez de aproveitar esse prazer, tinha que lidar com aquela confusão.

O distrito comercial havia ficado para trás, dando lugar a mais um cenário de beira de estrada, pastagens douradas de ambos os lados, duas faixas em cada sentido. Muitos carros. Onde estavam todos esses automóveis quando essa menina precisava de uma carona?

"Já sei o que vou fazer", anunciou. "A próxima cidade é Morro Bay. Vamos parar lá e procurar uma delegacia. Eu te deixo lá, você conta essa história maluca que acabou de me contar e talvez eles entendam alguma coisa."

A menina não respondeu.

Depois de um tempo, Bea olhou para ela. Agora o pior do medo havia passado e tudo que via era uma jovem arrasada e perdida.

"Droga", resmungou Bea, sentindo pena da garota.

"Não posso procurar a polícia."

"Por que não? Se é tão sério quanto disse? Rapto é um crime grave."

"Mas não sei nada que possa ajudar a polícia a pegar o cara. Não vi as placas do carro. Não sei quem ele era."

Bea pensou, naquele momento, no estacionamento do Buy-Mart, quando estava deitada no chão. Como havia dito ao rapaz que não valia a pena chamar a polícia, porque não tinha olhado para o assaltante.

"Um trambiqueiro reconhece o outro", disse ela, ainda cochichando.

"O que disse?"

"Nada. Isso que acabou de falar não é um impedimento. Não é que você não pode ir à polícia porque não tem toda a informação de que eles vão precisar. Você devia dizer que não sabe de que isso adiantaria. Mas disse que não *pode ir*. Por que não pode?"

Um longo silêncio. Bea não olhou para a menina, porque não queria sentir pena dela de novo. Quando você se envolve com essa coisa de piedade, a vida fica bem complicada.

"Porque eu estou fugindo. Eu fugi do sistema. Se me pegarem, vão me mandar para uma detenção juvenil, entendeu? É tipo uma cadeia, só que para menores de idade. Mesmo que eu não tenha feito nada de errado, exceto fugir. Mas eu tive que fugir. A menina ia me matar ou, no mínimo, me machucar até não poder mais. Mas eu não fiz nada errado."

"Ai, ai. O mundo está cheio de gente querendo te pegar, não é?"

Ela ouviu o suspiro manso do lado do passageiro. Depois silêncio.

E depois:

"Oh! Um gatinho. Oi, gatinho!"

Bea viu Phyllis esticando o pescoço de baixo do banco do passageiro para olhar para a menina. Aquela criança cheia de histórias improváveis. Era surpreendente que Phyllis não permanecesse escondida, porque, normalmente, a gata era uma excelente analista de caráter.

"Vi o gato dormindo no painel quando você se aproximava. Mas era tudo tão assustador e estranho, que esqueci. Esqueci mesmo, como se eu tivesse sonhado com essa parte. Porque, bem, não é uma coisa comum. Não tem muita gente por aí dirigindo com um gato no carro. Cachorro, talvez. Mas não gatos. Deve ser porque..."

Bea interrompeu o discurso ofegante da menina.

"Espere aí. Se você não tivesse feito nada de errado, não estaria no sistema."

"Não, não é esse tipo de sistema. Eu nunca estive no sistema prisional. Eu fugi do sistema de proteção à criança."

Bea viu a menina coçar a cabeça da gata, atrás das orelhas. E ouviu Phyllis emitir aquele ronronado familiar, rouco e irregular.

"Acho que não te culpo por não acreditar em mim", disse a garota.

"Não interessa no que eu acredito ou deixo de acreditar. Vou te levar até a próxima cidade, só isso. Não preciso ouvir sua história de vida. Não tenho que julgar o que é verdade ou não. Vou te deixar lá e encerramos por aí."

Viajaram em silêncio por vários minutos. Bea se sentia grata pelo sossego.

Depois de um tempo, ela viu Morro Rock ao longe, com as três chaminés que ficavam à beira da baía. Ela e Herbert haviam comemorado um aniversário de casamento lá. Para fugir do calor e aproveitar o mar.

"Vou te dizer uma coisa", anunciou a menina, e Bea se assustou. "Se algum dia você for assaltada e levada junto com o carro, coitado do assaltante. Você foi corajosa. Ameaçou bater a van e matar nós duas. Uau! Que coragem."

Bea ficou constrangida por um momento e sentiu o rosto corar. "Eu posso ser dura quando é necessário", disse, mas sabia que nem sempre fora assim. Nem mesmo no passado bem recente.

Bea parou em um dos vários postos de gasolina em Morro Bay Boulevard, perto da estrada. Não precisava de combustível. Queria pedir informações, mas não queria sair da van e deixar aquela invasora sozinha com todas as suas coisas.

Por isso abriu a janela e esperou alguém sair da loja de conveniência.

"O que estamos fazendo?", perguntou a menina.

"Tentando encontrar alguém que saiba nos dizer onde fica a delegacia."

"Já disse que não posso ir à polícia."

"Isso não é problema meu. Eu falei que a levaria a uma delegacia e é isso que vou fazer. Não vou ficar para ver se vai entrar ou se vai embora, porque isso não é da minha conta. Somos desconhecidas uma para a outra, caso tenha esquecido. Vamos seguir caminhos diferentes, e o que você vai fazer não me importa nem um pouco."

As duas ficaram em silêncio; um silêncio incômodo.

Uma mulher de 40 e poucos anos saiu da lojinha e passou na frente da van de Bea.

"Por favor", falou Bea. A mulher parou e olhou em volta. "Por acaso sabe onde tem uma delegacia por aqui?"

"Ali, no próximo quarteirão", respondeu a mulher, apontando para o lado oposto à estrada. "Aqui mesmo em Morro Bay Boulevard."

"Obrigada." Bea fechou a janela. "Pode ir a pé daqui", disse à menina.

Elas ficaram em silêncio por um tempo. Um tempo muito longo. A menina estava de cabeça baixa, olhando para as próprias pernas. Bea queria cortar aquele laço. Não adiar nem mais um momento. A garota era uma desconhecida, e Bea pretendia manter as coisas assim. Pior ainda, ela se sentia perigosamente próxima do limite de ter que se importar.

"Vá", disse.

A garota suspirou e abriu a porta do passageiro. Desceu da van. Olhou para Bea, com os olhos úmidos de emoção.

"Depressa, feche a porta antes que a gata saia."

A menina fez como Bea dizia.

Bea saiu do posto e seguiu pelo boulevard de volta à estrada. No meio do caminho havia um anel viário, e ela virou à direita para pegar a Highway 1 Norte, sentido Cambria e Big Sur. *Ali sim* havia um belo trecho de litoral.

Olhou pelo retrovisor e viu a garota. Andando de cabeça baixa, evidentemente sem pressa para ir a algum lugar. Não era surpreendente que caminhasse em sentido contrário ao da delegacia.

Bea perdeu a entrada da rampa para a estrada enquanto olhava pelo espelho e teve que dar outra volta no anel viário. Viu a menina entrar à direita em uma rua chamada Quintana, porque não tinha nada na frente dela, só a estrada. Nada adequado ao trânsito de pedestres.

Bea suspirou. Virou à direita e parou ao lado da criança. Abriu a janela do passageiro.

"Você comeu?"

A menina balançou a cabeça.

"Tem dinheiro para comer alguma coisa?"

"Nada. Nem um centavo."

"O que vai fazer, então?"

Para o desespero de Bea, a garota se desmanchou em lágrimas.

"Não faço ideia", soluçou.

As duas se olharam em silêncio por um longo momento. A garota levantou um braço como se fosse limpar o nariz na manga da blusa, mas pensou melhor e só fungou, para o alívio de Bea.

"Tudo bem, tudo bem. Vamos tomar café. Eu pago. Mas depois você segue seu caminho."

## 18
## MAIS CARBOIDRATOS REFINADOS FORTIFICADOS, POR FAVOR

Enquanto a garota olhava o cardápio e lia cada opção como se ainda não tivesse encontrado nada parecido com comida, Bea olhou pela janela, para a van. Só conseguia ver alguns centímetros do para-choque traseiro pela janela daquela cafeteria ou lanchonete, qualquer que fosse o nome que se quisesse dar ao lugar.

Ainda sentia os ecos do nervosismo depois do susto matinal e não conseguia tirar os olhos do veículo.

Antes daquela desconhecida pular em cima da van, que agora também era sua casa, Bea nunca havia pensado o que significaria perdê-la. Uma coisa é alguém roubar seu carro. Você arruma uma carona para casa e procura uma solução. Mas se alguém roubasse a van, levaria seu veículo, sua casa, sua gata e tudo que ela possuía no mundo. E só restariam aquelas caixas que havia deixado na casa de Opal. Caixas cheias de coisas que tinham valor sentimental, mas nenhuma utilidade específica. Por isso as havia deixado.

"Alguma coisa interessante lá fora?", perguntou a menina.

Bea estava distraída e as palavras a assustaram. Ela virou e viu a garota esticando o pescoço, tentando ver o que ela estava olhando.

"Não. Nada. Só estava pensando." E deu toda a atenção à menina. Ao lugar. "Ainda estou nervosa, depois daquele susto."

A jovem riu. Uma risada pesarosa.

"Qual é a graça?", Bea estranhou.

"Sei tudo sobre nervosismo. Se tivesse visto a encrenca em que eu estava antes de te encontrar..."

"Por que não tenta me contar, mas devagar, dessa vez, para eu poder entender?"

E durante os cinco minutos seguintes, enquanto esperavam a chegada da atarefada garçonete, a desconhecida contou sua improvável história. Era como um enredo de filme. Ou talvez não. Talvez a garota houvesse mesmo copiado a ficção e se apropriado de uma história que dizia ser dela. Havia pais que pareciam honestos e normais, até serem levados de casa algemados. Havia meninas difíceis em moradias coletivas, delinquentes que podiam ir atrás dela com uma faca sem nenhuma razão lógica. Mulheres da noite que haviam tentado aliciar uma garota inocente, e, depois, quando ela se mostrou virtuosa, homens que a raptaram.

E, é claro, a joia da coroa era que nada disso era culpa da mocinha. Tudo que ela fazia era tentar viver uma vida correta.

Bea não acreditava em nada daquilo.

*Você não vai conseguir dar um golpe em uma golpista*, ela pensou. Como uma recém-chegada ao mundo dos trambiqueiros, ela se sentia uma espécie de autoridade.

Quase disse isso em voz alta, mas a garçonete chegou naquele momento para anotar os pedidos.

Bea pediu ovos fritos com bacon, panquecas e *hash browns*. A garota só quis uma tigela de frutas e aveia.

"Sem manteiga, sem açúcar, sem leite", disse, segura demais para sua idade, diferentemente de alguém que tinha enfrentado o inferno de perigos que havia descrito. "Mas se tiver passas, pode trazer."

A garçonete assentiu, anotando tudo em seu bloquinho. Depois se afastou.

"Tenho que reconhecer que estou um pouco surpresa", disse Bea.

"Com o quê?"

"Quando eu disse que ia pagar o café, francamente, achei que ia pedir o cardápio inteiro."

"O que eu pedi é tudo que eles têm e que eu como."

"Como assim? Aqui tem de tudo."

A menina só grunhiu.

Bea quase perguntou o nome dela, mas se conteve. *É como um gato de rua*, pensou. *Se não pretende adotar, não lhe dê um nome.*

O plano era deixar para lá o comentário da desconhecida sobre comida. Mas se sentia meio descompensada depois da manhã perturbadora, toda agitada e aflita. Por isso, pensou alto, como um cachorro que não consegue se conter e vai puxar a perna da calça de alguém.

"O que você come e o que não come, para olhar um cardápio como esse e não conseguir escolher uma dezena de coisas?"

"Eu não como nada de origem animal", respondeu ela, torcendo o guardanapo de papel. "Café da manhã é difícil, porque todo mundo come ovos e carne."

"Você é vegetariana?"

"Vegana."

"Não sei qual é a diferença."

"Não precisa saber", disse com um suspiro. "Tanto faz. Se fôssemos nos conhecer melhor... Se eu fosse pegar carona com você para algum lugar, eu explicaria. Mas você vai me deixar logo depois do café. Já disse isso. E sei que é verdade. Sabe como eu sei? Porque ainda nem perguntou o meu nome."

Mais um silêncio incômodo. Bea se sentiu como se tivesse sido flagrada fazendo alguma coisa errada, mas se livrou do sentimento, porque não gostava dele e não o merecia.

"E você não disse o seu", continuou a menina.

"Você podia ter feito a mesma coisa. Podia ter se apresentado e perguntado o meu nome. Teria sido uma delicadeza, depois de ter invadido o meu carro e me assustado."

A garota abriu a boca para falar, mas naquele momento a garçonete se aproximou da mesa com um bule de café. Elas ficaram em silêncio, enquanto a moça virava a xícara de Bea e a enchia.

"Meu nome é Allie", disse a menina enquanto via a garçonete se afastar. "E o seu?"

"Bea. Qual é a diferença entre vegetariano e vegano?"

"Um vegano não come nada de origem animal. Nem ovos, nem derivados de leite. Muitos veganos não comem nem mel. Porque são as abelhas que fazem o mel. E elas são mantidas em cativeiro para isso, sabia? As abelhas. Para fazer o mel."

Bea interrompeu a tarefa de misturar leite e três cubos de açúcar ao seu café.

"Meu Deus! Por que alguém quer ser *isso*?"

A menina olhou para Bea de um jeito surpreendentemente maduro e compenetrado para sua idade.

"Tem certeza de quer que eu comece a falar sobre isso agora, justamente quando vão servir seu café?"

"Tem razão. Acho que não. Mas tem uma coisa que eu não entendo, Allie. Tem toneladas de coisas que se pode comer no café da manhã que não vêm de animais. Waffles, panquecas. Torrada francesa. Torrada comum."

"Waffles e torrada francesa contêm ovos. Além do mais, é basicamente farinha de trigo refinada."

"E você não come farinha de trigo porque..."

"Ah, eu *poderia*. Mas por que comeria? Eu pedi fruta e aveia. Isso é comida. Por que escolher um monte de farinha refinada em vez disso? Não tem nada de nutritivo. Eles tiram todos os nutrientes quando refinam a farinha. E depois a fortificam, mas é como tomar um comprimido de vitamina. Você pode só engolir um comprimido por dia e esquecer todos os carboidratos refinados, porque eles só servem para te deixar agitada e bagunçar sua taxa de açúcar no sangue. Não fazem nenhum bem ao corpo. E o único jeito de deixar essas coisas com algum sabor é cobrir com manteiga e xarope, e manteiga é de origem animal, e xarope é puro açúcar, e açúcar é a pior coisa que se pode comer..."

A garçonete chegou com os pedidos. Bea olhou para as quatro fatias de bacon, os três ovos fritos engordurados e a montanha de batatas crocantes e douradas. Ainda havia quatro panquecas em outro prato.

"Uau, isso parece *absurdamente delicioso*. Vou querer uma porção extra de manteiga e outra de calda, por favor."

Quando a garçonete se afastou, Bea olhou com desdém para o prato de frutas.

"Desculpe", pediu Allie. "Mas você perguntou."

"Se você conseguisse pensar em um lugar para onde ir...", Bea falou, sentindo o estômago cheio a ponto de quase incomodar. "Sabe... um lugar onde pudesse ficar segura, onde a acolhessem... eu poderia pensar em te levar até lá."

Allie ergueu os olhos do prato com frutas. Espetava o garfo meticulosamente em cada pedaço de melão e usava a faca para remover resquícios verdes e brancos da polpa. Bea a observava e tentava entender o comportamento, mas não disse nada.

"É muita bondade sua. Principalmente porque nem imagina onde eu poderia dizer que preciso ir. E se eu fosse para o lado oposto ao seu destino?"

"Posso ir na direção que eu quiser."

"Onde você mora?"

"Essa é uma pergunta meio pessoal."

"Como pode ser pessoal perguntar onde você mora? Todo mundo pergunta isso o tempo todo."

"Você não deve dizer onde mora a um desconhecido. É como escrever seu endereço na chave de casa e dar a chave a um estranho que estaciona carros. Não é o jeito certo para se manter seguro neste mundo de hoje. Mundo que, eu lhe digo, é muito diferente do mundo em que eu nasci."

Allie executou outra pequena cirurgia em um pedaço de melancia e mastigou a polpa, pensativa.

"Eu não pedi o seu endereço. Só queria saber a cidade. Em que cidade você mora?"

Bea não disse nada por um tempo. Só ficou olhando pela janela e sentindo o rosto corar. A última coisa que queria era ser pressionada para revelar a uma estranha que era uma sem-teto.

"Ah, tudo bem", retrucou Allie. "Esquece. Não é da minha conta, nada é."

"Eu morei em Coachella Valley durante décadas. Perto de Indio."

"Quando se mudou?"

"Saí de lá há uma semana, mais ou menos. Talvez um pouco mais. Acho que perdi a conta dos dias."

"Mas não vai voltar?"

"Não. Meu Deus, não. Lá é muito quente."

"Então por que morou lá durante tantos anos?"

"Naquele tempo eu tinha ar-condicionado."

Allie empurrou o prato vazio, pegou o guardanapo desfiado do colo e limpou a boca educadamente. Pelo menos tinha maneiras à mesa.

"Muito bem, eu sei para onde quero ir."

"Que bom. Para onde?"

"Para a *sua* casa."

"Engraçadinha."

"Não é brincadeira. Eu não tenho para onde ir."

"Bem, a minha casa não é uma opção. Eu não estava te convidando para morar comigo."

"Ainda não disse onde mora atualmente."

Bea sentiu o rosto esquentar ainda mais. Instintivamente, olhou pela janela, para a van no estacionamento.

"Ah, entendi", disse Allie.

"Entendeu o quê?"

"Você mora na van. Isso explica muita coisa. Por exemplo, por que tem uma poltrona lá dentro. E uma cômoda de papelão. E cobertores. E seu gato e uma caixa de areia."

"*Minha*."

"Sua o quê?"

"Minha gata. É *fêmea*."

"Tudo bem. Tanto faz. Gata. Uau, temos muito em comum. Há uma semana você tinha uma casa e agora está sozinha pelo mundo. Como eu."

"E é aí que nossas semelhanças acabam."

"Mas ainda é muita coisa para duas pessoas terem em comum."

A conta chegou e Bea deixou uma nota de 20 em cima dela para pagar as duas refeições e dar uma pequena gorjeta. E não fez nenhum esforço para continuar a conversa.

"Para onde estava indo antes de eu aparecer?", perguntou Allie.

"A ideia era ir para o norte pelo litoral."

"Legal."

"O que é legal?"

"Você perguntou para onde eu queria ir. Quero ir para o norte pelo litoral. Com você."

"Eu estava pensando em algum lugar onde pudesse te deixar."

"Bem, me dê a chance de encontrar um lugar. Se me deixar viajar com você por alguns dias, talvez eu consiga achar um lugar para ficar. Talvez arrume um trabalho ou faça uma amizade que possa me acolher. Se enjoar de mim, pode me pôr para fora a hora que quiser."

"Concordo com a última parte", respondeu Bea.


Enquanto caminhavam juntas pelo estacionamento, algo que pairava pela cabeça de Bea veio à tona.

"Você tem uma visão bem otimista do mundo para quem acabou de passar por tudo que me contou."

Allie parou de andar. Bea levou um momento para perceber. Alguns passos mais, e ela olhou para trás para ver onde estava a menina.

"Ainda não acredita em mim", concluiu Allie.

"É uma história difícil de acreditar."

"Não é do tipo que acredita nos outros, é?"

"Não. Por que deveria ser?"

"Porque muitas pessoas são boas. Eu acredito nisso."

"Bem, não conheci ninguém que se enquadrasse nessa descrição recentemente."

O homem com as duas meninas loiras surgiu como um lampejo em sua cabeça, mas ela o enxotou. Recusava-se a pensar no tanque de gasolina que ele lhe pagara, porque isso só complicava seu raciocínio.

"Conheceu, sim", retrucou Allie. "*Eu.*"

Bea parou por um momento, sentindo o sol esquentar sua cabeça na parte onde o cabelo era mais fino. Isso a incomodava. Tudo a incomodava.

"Você é que está dizendo. Então, você vem ou não vem? Porque, com ou sem você, a carruagem vai partir."


Em poucos minutos de viagem, o café da manhã e todos os últimos acontecimentos venceram a garota, que pegou no sono. Sua cabeça pendeu para o lado e tocou a janela, onde ficou apoiada.

Bea bocejou, sentindo de repente que estava com a barriga muito cheia e os pensamentos muito confusos para dirigir.

Parou em uma área de estacionamento da Highway 1, de frente para o mar, ao norte de uma pequena cidade litorânea chamada Cayucos. Lá, fechou as cortinas e se acomodou em sua poltrona reclinável.

"Por que paramos?", Ouviu a menina perguntar quando seus olhos se fechavam.

"Para você poder dormir."

"Mas pode dirigir, se quiser."

"Sua sonolência é contagiosa."

"Ah. Desculpa."

Mais um tempo, e Bea ouviu o barulho do cinto de segurança. A menina passou para a área aberta no fundo da van.

"Posso pegar dois desses cobertores? O assoalho de metal parece duro."

"Pode pegar o que achar necessário."

Menos de um minuto depois, a garota dormia profundamente de novo, roncando como uma serra elétrica, o que manteve Bea acordada o dia inteiro. Bem, isso e o fato de ter dormido à noite. Ou uma combinação das duas coisas.

Bea ficou acordada ouvindo os roncos, com Phyllis no colo, e teve uma ideia interessante. Talvez pudesse manter aquela criança inconveniente por perto. Deixando de lado o ronco e as ideias esquisitas sobre comida, uma jovem podia ser útil. A única coisa melhor que ser uma idosa precisando de ajuda era ser uma menor de idade em situação de carência. Mas desconhecidos imaginariam que ela estava viajando com a avó e não tentariam reuni-la à família ou às autoridades.

*Isso, vamos entrar em uma fase na qual uma menina aplica todos os golpes*, Bea pensou. *É o mínimo que ela pode fazer para retribuir a carona e o abrigo.*

Que alívio. Era bom sentir aquela horrível obrigação sair de seus ombros.

"Vamos deixar o trabalho sujo para a menininha", disse em voz alta para Phyllis.

A gata levantou a cabeça, bocejou e cravou as unhas nas coxas de Bea. Depois se espreguiçou e pulou de seu colo. Caminhou sem pressa até a garota adormecida e se acomodou confortavelmente sobre a barriga de Allie, que subia e descia.

Bea ficou bem ressentida com aquilo. Mas não valia a pena discutir com um gato.

## 19

## O NOME É TRABALHO.
## JÁ OUVIU FALAR DISSO?

"Que cidadezinha é esta?", perguntou Allie quando saíram da estrada de duas faixas.

A menina ainda massageava o quadril, que — como ela disse várias vezes — doía de dormir no assoalho duro de metal ondulado. Bea achou que o comportamento dela era meio dramático demais.

*Experimente só dormir no acostamento da estrada, na terra, com pedras espetando o seu corpo e ao relento. Mostre um pouco de gratidão. E a culpa é sua, se virou de lado. A gata também não gostou nada disso*, Bea pensou.

"É Cambria", respondeu.

Em seguida, entrou na rua principal da cidadezinha. Havia ali um posto de combustível. Bea o viu da estrada. Mas, quando chegou mais perto, ficou chocada com os preços anunciados no luminoso.

"Caramba", resmungou. "Devia ter abastecido antes."

"É, devia", concordou a menina com uma voz indiferente, que pareceu autoritária demais e ingrata para Bea. "E quanto mais subir pela costa, pior vai ficar."

"Pensei que não conhecesse bem essa região."

"Sei que é afastada. E que quanto mais longe, mais caro."

Bea não respondeu. Só seguiu em frente, passou por barzinhos, por um pequeno teatro e por mais antiquários e imobiliárias do que poderia contar. Viu outro posto de combustível à direita, menor que o primeiro. Só uma lojinha e uma fileira de bombas na frente. Os preços não eram muito bons, mas eram alguns centavos mais baixos.

Bea parou perto de uma bomba.

"Que horas são?", perguntou Allie.

. Bea olhou para o relógio de pulso, aproximando-o do rosto. Mantinha os óculos de leitura sempre no bolso, mas não se deu o trabalho de pegá-los. Se os perdesse, precisaria de um com um mostrador maior. E agora não tinha mais um relógio grande em cima do fogão, como em...

Não conseguiu acrescentar a palavra "casa". Não conseguia nem pensar nela. Era doloroso demais.

"Quase sete da noite."

"Achei mesmo que o sol estava quase se pondo. O dia passou depressa, não acha?"

Bea abriu a boca para responder que sim, que eles sempre passam depressa para quem dorme o dia inteiro.

Mas antes que pudesse falar, Allie desceu da van e bateu a porta, pouco se importando de ser educada ou em dar alguma satisfação. Bea a viu entrar na loja, pensando que teria sido gentil se Allie se oferecesse para encher o tanque.

Talvez a menina tivesse ido procurar um banheiro.

Bea se pegou pensando se seria forçada a pagar outra refeição para as duas. Provavelmente. O que mais poderia fazer? Não podia simplesmente comer enquanto a garota morria de fome. Mesmo assim, outra boca para alimentar era uma coisa de que não precisava.

"Se eu quisesse filhos, teria tido os meus", resmungou enquanto descia da van para encher o tanque ela mesma.

Uns bons dez minutos se passaram e Allie ainda não tinha voltado.

Bea estava cansada de esperar e a irritação a deixava mal-humorada.

Saiu da van novamente e foi olhar dentro da loja.

Nada.

Allie não estava ali. Não havia ninguém atrás do balcão. Só alguns corredores de produtos alimentícios, com uma montanha de caixas lacradas entre eles, como se um grande carregamento houvesse acabado de chegar. E havia um balcão de rotisseria com frango frito e algumas outras opções. O cheiro era bom, mas Bea decidiu não ficar para comer, porque a possibilidade de combustível grátis era muito mais interessante.

Voltou à van, entrou com um movimento rápido — repentinamente ágil, para a idade — e ligou o motor. Dirigiu alguns metros, algumas lojas adiante, e parou no estacionamento de um edifício vazio que exibia uma placa anunciando que o imóvel estava para vender.

Depois voltou à loja a pé para dar mais uma olhada.

Dessa vez, viu Allie. Estava com uma mulher que devia ser funcionária da loja ou a proprietária. Elas pareciam trabalhar. Pegavam as caixas uma a uma e as levavam para uma sala nos fundos da loja, talvez um depósito, onde ficavam por um tempo surpreendentemente longo.

Quando voltaram, Bea assobiou para a menina. Allie e a mulher da loja olharam para ela.

A desconhecida era idosa, talvez uns dez anos mais jovem que Bea, ou menos, mas bronzeada e forte. Bea sempre ficava irritada quando mulheres com idade próxima à dela exibiam boa forma e capacidade física.

"Bando de exibidas", ela e Opal diziam.

"Vá ver o que sua avó quer", a mulher disse a Allie.

Allie deixou no chão a caixa que estava segurando e percorreu o corredor na direção de Bea.

Ela quase disse que não era parente da pequena pedinte. O comentário quase escapou de sua boca antes que pudesse pensar nele.

"O que está fazendo?", perguntou à garota, com tom impaciente.

"Trabalhando."

"Trabalhando? Para quê?"

"Bem, é isso que as pessoas fazem quando precisam de dinheiro."

"Ela te ofereceu dinheiro?"

"Bem, mais ou menos. Depois que ela me deixou usar o banheiro, eu me ofereci para ajudar, porque ela disse que a funcionária do período da tarde tinha ficado doente. Só me ofereci por educação, sabe? Mas ela disse que, se eu realmente quisesse arrumar tudo, ela me pagaria por isso."

"Quanto?"

"Ela não falou."

"Erro de principiante. Sempre descubra quanto antes de começar."

"Qual a diferença? Vai ser mais do que eu tenho. Mais do que tive desde que fui arrancada da minha casa. Depois, vamos comer, e você não vai precisar gastar seu dinheiro comigo."

"Ah, gostei *disso*. Traga um pouco daquele frango frito. O cheiro é bom."

"Eca." Allie franziu o nariz sardento.

"Eu não falei que você ia ter que comer. Pedi para levar para *eu* comer."

"Tudo bem. Como quiser. Pode ter um pouco mais de paciência, enquanto eu termino? E não ir embora sem mim?"

"Tem sorte por eu estar salivando por aquele frango. É por *ele* que vou esperar."

A menina suspirou e voltou à loja.


Bea encontrou um lugar em uma esquina, a uns dois quarteirões da van, com um bueiro conveniente. E ficou lá esperando um alvo. Alguém com um celular caro, mas rico o bastante para comprar outro.

Não demorou muito.

Uma família de três pessoas se aproximava: mãe, pai e uma menina que não parecia ter mais que 10 ou 11 anos. Sim, Bea tinha dificuldades para julgar e achava que todo mundo parecia mais jovem do que provavelmente era.

E *a garotinha* olhava para a tela de um desses celulares modernos enquanto andava, sem se dar conta do que poderia acontecer.

Por que uma menina daquela idade precisava de um telefone tão caro? Bea podia quase imaginar que adultos e seus celulares tinham objetivos maiores. Manter contato com o trabalho ou não perder uma ligação da babá. Mas uma *criança*?

"Com licença", falou ela.

A família parou imediatamente e olhou para Bea.

"Desculpem se incomodo, mas minha neta e eu... Minha neta foi àquela lojinha no começo da rua para usar o banheiro... Íamos encontrar a mãe dela aqui, e está ficando tarde, e não sabemos onde ela está. Queria tentar ligar para o celular dela, mas... hoje em dia praticamente não se vê mais um telefone público. Antes havia um em cada esquina, mas o mundo está mudando depressa..."

"É verdade", respondeu a mãe. "Agora todo mundo tem celular."

Antes que Bea pudesse falar mais alguma coisa, a menininha se aproximou dela e estendeu a mão com o celular.

"Pode usar o meu."

"Você é um amor, meu bem", respondeu Bea com seu melhor tom de avó.

Enquanto isso, ela pensava: *Mas que droga, por que tinha que ser boazinha? Odeio quando a pessoa em quem vou dar um golpe é boazinha.*

Bea quase abortou o plano. Mas a menina já havia entregado o telefone, e Bea não sabia como forjar uma ligação. Não sabia usar o telefone nem para fingir. Se deixasse transparecer que não sabia nada, algum membro da pequena família pegaria o aparelho da mão dela e pediria o número para o qual ela queria ligar, e aí? Podia inventar um número, mas alguém atenderia.

Não, não tinha escolha, agora precisava ir em frente.

Ela deu as costas para a família e enfiou o celular no bolso interno da jaqueta grande e folgada. O bolso onde guardava os óculos de leitura, que pegou e ajeitou sobre o nariz, como se fosse olhar para o telefone. Mas era só para a própria mão que olhava.

Bea descobrira que esse era o truque. Provavelmente, o movimento da mão indo ao bolso podia ser visto por trás, embora tivesse escapado na primeira vez, então tomou o cuidado para pegar os óculos do bolso e justificar o movimento. Também teve o cuidado de manter a mão, como se o telefone ainda estivesse nela.

E encenou a queda.

No instante em que se esticava para a frente desesperadamente para tentar recuperar o telefone invisível, viu Allie parada a um metro e meio dela, segurando um saco de papel pardo, com uma cara desconfiada e evidentemente infeliz.

Não havia tempo para distrações, mas Bea sentiu o rosto corar, reação provocada por alguma coisa parecida com vergonha.

"Ah, não!", gritou Bea e virou para olhar para a família. "Desculpe! Eu derrubei. Não queria derrubar. Estou me sentindo péssima."

Por precaução, Bea se ajoelhou, apesar dos joelhos endurecidos e doloridos, sobre a grade do bueiro. Apoiou as mãos ali e olhou para dentro, como se quisesse encontrar um jeito de consertar seu erro.

Sentiu a pequena presença a seu lado. Era a dona do telefone. A menininha, que tocou o ombro de Bea como se quisesse confortá-la.

"Não sei nem dizer como estou me sentindo mal", disse Bea, com uma voz pouco mais que um sopro de ar.

"Tudo bem. Meus pais compram um novo para mim."

*Sim*, Bea pensou, aliviada. *Se não estou roubando de pessoas horríveis, que seja alguém que pode arcar com a perda. Agora me lembro de como fiz isso dar certo.*

"Mesmo assim, ainda me sinto péssima. Se pudesse, eu pagaria pelo telefone, mas não tenho muito dinheiro."

"Não se preocupe", disse a menina. "Sempre fazemos esse negócio do seguro com um celular novo."

"Dá para fazer seguro de telefone?"

"Ah, sim. Eu sempre perco o celular, por isso meus pais sempre fazem seguro. Aí, se eu perco, quebro ou alguém rouba, dá para comprar outro por um preço bem baixinho."

"É bom saber disso, mas continuo me sentindo horrível."

Bea levantou os olhos, tomando o cuidado de evitar os de Allie, que ainda estava ali perto, segurando o que Bea esperava que fosse o frango frito de seu jantar. Ela olhou para os pais, que agora estavam mais próximos dela e pareciam bem aborrecidos.

"Estou me sentindo péssima com isso", repetiu Bea. "Se pudesse, pagaria a vocês o valor dele."

A mãe conseguiu sorrir, mas era um sorriso forçado.

"Estamos acostumados com isso. Ela perde uns dois ou três por ano. Mas e agora, como vai fazer a ligação?"

"Não se preocupe comigo. Vou até aquele mercadinho, talvez alguém me deixe usar o telefone. Parece que só sei lidar com segurança com os que ficam presos à parede por um fio."

"Nenhum telefone fica preso à parede por um fio", a garotinha avisou. "Bem, talvez a base, mas não a parte que você segura."

Bea começou a dizer que o dela era assim. Mas sentia vergonha de admitir que não era capaz de acompanhar as mudanças que aconteciam fora de seu mundinho. Além do mais, era doloroso pensar no trailer e em seu telefone fácil de operar, o banheiro, a geladeira e as lâmpadas elétricas. E a família já estava se afastando.

A menina olhou para trás e acenou para Bea, que lhe retribuiu o aceno.

Em seguida, fez aquilo que temia. Virou e encarou Allie, que foi esperta o bastante para manter a boca fechada enquanto tudo acontecia.

"Obrigada", disse Bea.

Allie lhe ofereceu o saco de papel. O cheiro era maravilhoso, aroma de frango frito engordurado. Assim que Bea pegou o pacote, Allie virou e caminhou em direção à van sem dizer nada.

Pararam em um restaurante que servia saladas e *smothies* e comeram do lado de fora: Bea com seu frango frito, Allie com sua comida de passarinho, frutas e vegetais.

Allie ainda não havia dito uma palavra sequer.

Bea entrou na Highway 1, a rota litorânea, em direção ao norte.

Sentia-se acanhada e incomodada, porque Allie ainda não havia falado com ela.

"Quanto aquela mulher pagou pelo seu serviço?", perguntou.

De início, não houve resposta. Bea pensou que Allie podia estar aborrecida a ponto de nunca mais querer falar com ela. O que significava que a aposentadoria antecipada não aconteceria.

"Dez dólares", falou Allie depois de um tempo, ainda olhando pela janela com o rosto voltado para o lado direito, para longe de Bea.

"Não é muito."

"Foram 25 minutos de trabalho. Isso dá mais de 20 dólares por hora. É bom."

"É, acho que sim, se quer pensar desse jeito."

"E ela não cobrou pelo frango frito. Falei que era para a minha avó."

"Desde que não saiba que não somos parentes de verdade e não se esqueça disso..."

"Ah, não se preocupe. Você nem tem jeito de avó. Ai, caramba! Zebras!"

"O que está falando?" Bea nem tentou esconder a irritação.

Olhou para onde a menina apontava. Do lado direito da estrada — onde não havia oceano —, atrás de uma cerca de arame farpado, cabeças de gado pastavam em campos de grama dourada. No meio deles, Bea viu uma dezena de zebras pastando à luz dourada do pôr do sol.

Se Allie não tivesse gritado o nome dos animais, Bea teria pensado que estava vendo coisas. Além do mais, três carros haviam parado, e os ocupantes caminhavam para a cerca, se debruçavam sobre ela, tiravam fotos e olhavam.

Ela parou a van no acostamento, perto dos outros automóveis. Allie desceu e correu até a cerca.

Bea ficou sentada no banco do motorista, segurando o volante com tanta força que os dedos ficaram brancos. Podia engatar a marcha e ir embora. Talvez devesse. A menina conversava com duas famílias. Não seria abandono. Bem, não exatamente. Ah, sim, seria, estaria abandonando a garota, é claro que sim, mas pelo menos a deixaria em um lugar onde alguém poderia ajudá-la com uma carona.

*Que agora ela seja problema de outra pessoa*, Bea pensou. *A última coisa de que preciso é alguém espiando e julgando o que eu faço.*

Ela estendeu a mão para a alavanca de câmbio, mas a puxou de volta. Se fosse embora, nunca descobriria por que havia zebras pastando em um campo com o gado. E agora estava curiosa.

Allie voltou correndo para a van e entrou, e Bea engatou a marcha e voltou à estrada. Lembrava vagamente da estrada ao norte de San Simeon. A costa Big Sur. Era sinuosa e estreita, cheia de curvas fechadas, e subia centenas de metros acima do oceano, sem grades de proteção. Sentiu uma onda de medo ao pensar em dirigir por ela à noite.

"E aí, qual é a história das zebras? Conseguiu descobrir?", perguntou à menina.

"Sim, descobri. Todas aquelas pessoas eram turistas, como nós, mas uma família fez uma visita a Hearst Castle hoje. O guia contou a história. William Randolph Hearst era dono dessa propriedade, tinha aquele castelo enorme no alto da colina, recebia convidados famosos e era muito rico. Isso foi nas décadas de 1920 e 1930. Ele tinha um zoológico particular. A maioria dos animais não existe mais, mas as zebras sobreviveram, procriaram e continuaram vivendo com as vacas como se aqui fosse o lugar delas. Sobraram do zoológico Hearst."

"Entendi."

"Sabe quem era ele? Estudei na escola."

"Sim, eu sei."

"Está vendo? O castelo está lá em cima."

Allie apontou para o topo de uma colina distante, à direita. O castelo era um aglomerado de edifícios brancos, com torres como de sinos na grande estrutura principal e palmeiras em volta de tudo.

"Ah, puxa! Sim, estou vendo. Acho que vi fotos desse castelo em livros. Ou em alguma coisa na televisão."

Viajaram em silêncio por algum tempo.

"O que vai fazer com o telefone?", perguntou Allie.

Bea se assustou com a mudança de assunto. Levou um momento para se recompor e responder. E também para decidir quanta informação queria compartilhar com sua nova passageira.

"O primeiro eu levei a uma loja de penhores. Mas acho que essa última cidade era pequena demais para ter algo assim. Vou tentar quando chegarmos a Monterey. Se não tiver nada lá, em San Francisco com certeza terá."

Silêncio prolongado.

"Pare aqui", disse Allie.

"Mais zebras?"

Bea olhou para a direita e parou no acostamento. Mas não viu nenhuma zebra.

Allie desceu da van.

"O que está fazendo?", Bea perguntou.

"Indo embora. Vou voltar a pé para Cambria. Acho que posso me dar melhor com a mulher da loja."

"Isso é ridículo. Volte aqui agora. Estamos no meio do nada. Não tem nada na nossa frente por dezenas de quilômetros, e são pelo menos três quilômetros para voltar a Cambria."

"Não estou no meio do nada. Estou a três quilômetros ao norte de Cambria. Sou capaz de andar três quilômetros. Já fiz isso antes."

"Está escurecendo."

"Não me importo. Não é tão longe."

"Onde vai dormir?"

"Vou perguntar para aquela senhora gentil da loja se posso ficar com ela. Além do mais... por que se importa? Não é problema seu. Lembra?"

*É verdade*, Bea pensou. Era um alívio tirar de cima dos ombros aquele novo pacote de problemas.

"Feche a porta", disse Bea. "Antes que a gata saia."

A batida a fez se encolher.

Bea voltou à estrada e continuou sua viagem pela costa litorânea. Sem olhar para trás.

## 20

## MUITOS COMENTÁRIOS DA GATA

"É bonito aqui, não é?", Bea perguntou a Phyllis.

A gata levantou a cabeça do prato de comida enlatada. Olhou diretamente nos olhos de Bea, que podia jurar que via algum tipo de *feedback* ali... Uma avaliação ligeiramente crítica.

Era a terceira vez que Bea dizia à gata que o local onde estavam era bonito. Isso era o que o pai dela fazia quando passava pelo cemitério assobiando, porque, na verdade, achava o lugar um pouco sinistro. Mesmo assim, era rude por parte da gata apontar a semelhança.

"É bonito."

Phyllis se dedicou novamente ao jantar.

Bea saiu da van e foi abrir a porta do passageiro para pegar a caixa de areia. Enfiou a mão embaixo do banco e tateou até encontrar a colher. Depois levou a caixa até a lata de lixo no canto do estacionamento de terra com vista para o mar. Devia estar entre San Simeon e a costa Big Sur.

Enquanto limpava a caixa, olhou a orla, ao norte. Estava quase completamente escuro e o lugar parecia deserto. Podia ver as montanhas de Big Sur — o lugar onde a estrada subia para se pendurar de maneira pavorosa à beira dos penhascos, centenas de metros acima do mar. Sim, havia carros passando em intervalos regulares. Mas ninguém parecia querer parar em nenhum lugar daquele trecho de estrada, exceto Bea. Será que sabiam de alguma coisa que ela desconhecia?

Um som horrível a fez derrubar a caixa de areia e espalhar quase metade da areia limpa. Um som que ela jamais poderia ter descrito. Como o rugido ou o ronco de um animal selvagem, mas com uma estranha ressonância. Era diferente de tudo que já havia escutado e parecia desafiar qualquer classificação.

Ela pegou a caixa de areia e correu — tanto quanto podia na sua idade — de volta à van. Praticamente jogou a caixa e a colher de limpeza lá dentro, depois entrou e travou as portas, com as mãos trêmulas.

O som parecia vir do oceano, que estava a uns bons seis metros abaixo do nível da estrada. Logo ela viu a forma do que parecia ser uma enorme foca, um leão-marinho ou alguma dessas coisas, em uma nesga estreita de luar. Bem, não havia presas, então, obviamente, não era um leão-marinho, mas parecia bem diferente de uma foca. O animal inclinou a cabeça para trás e emitiu mais um ronco estranho e retumbante. Seu perfil era bizarro, como se o nariz fosse dez vezes maior e mais bulboso do que deveria ser.

Bea tocou a chave na ignição para ligar a van, mas desistiu. Não queria voltar a Cambria, porque a garota estava lá. Ou deveria estar, àquela altura. Não queria dar a impressão de que estava tomando conta dela. Pior que isso, não queria se expor a mais críticas da pirralha sabe-tudo. Afinal, já não era suficientemente difícil cuidar de si mesma? O que ainda tinha para oferecer a alguém?

Não queria seguir para o norte, porque tinha medo do próximo trecho de estrada.

Era algo interessante, seu súbito pavor daquela estrada. Quando ela e a menina retomaram a viagem depois de verem as zebras, Bea só sentia certo desconforto com a ideia de dirigir por aquele trecho estreito, sinuoso e perigoso. Um minuto depois, a ideia a paralisara a ponto de ser forçada a parar a van.

Olhou para Phyllis, que olhou para ela. As orelhas da gata apontavam para trás, ouvindo os barulhos do estranho monstro do mar.

"É o oceano. Ele não pode nos alcançar aqui em cima."

E, com isso, Bea se sentiu um pouco mais confortável.

Olhou para a cara imperturbável da gata e pensou em uma coisa. Seria possível que a estrada à frente dela tivesse se tornado mais assustadora no momento em que a menina desceu da van? Porque agora dirigia sozinha?

"Isso é ridículo", disse para a gata, que voltou a comer.

Bea acordou assustada na poltrona reclinável, sem perceber que tinha adormecido. A luz forte a incomodou. Alguém apontava uma lanterna para a van. E ela estava ali sozinha, sem ter como se defender.

Pegou a chave no bolso da calça e passou por baixo da cortina para se sentar no assento do motorista, onde tentou encontrar a ignição. De repente, a luz encontrou seus olhos. Ela virou e viu um homem parado ao lado da janela. Ele apontava a lanterna para seu rosto. Bea sentiu o coração parar, felizmente só por uma ou duas batidas. Depois ele disparou.

O homem estendeu a mão que estava livre e bateu na janela com o nó dos dedos.

"Polícia rodoviária, senhora."

Bea arfou e tentou se acalmar. Com as mãos tremendo muito, encaixou a chave na ignição, ligou a parte elétrica e baixou a janela.

"Você me assustou."

"Desculpe, senhora. Não foi minha intenção." Ele mudou a posição da lanterna para que ela não tivesse que piscar como um veado que atravessa a estrada na frente dos carros. "Mas não há *camping* nem estacionamento em nenhum lugar neste trecho da estrada."

"Ah, eu não estava acampando". Bea percebeu que a voz estava trêmula e tentou descobrir se o policial também havia notado. "Estou indo para o norte e me senti um pouco cansada. E é... Bem, o trecho à frente é perigoso. Achei melhor parar e descansar um pouco."

"Sim, eu entendo. Mas em quinze minutos começa o horário que é considerado *camping* noturno. Tem multa por violação. Portanto, vai ter que parar em outro lugar. Se está cansada, é melhor não continuar para o norte à noite. Não estou dizendo que ninguém faz isso. Muita gente faz. Não há lei que impeça. Mas a maioria dessas pessoas conhece bem a estrada e se sente confiante nela. Se está com sono e não se sente segura quanto ao trecho, sugiro que passe a noite em algum lugar e recomece quando o dia amanhecer."

Ficaram em silêncio por um momento. Bea ouviu de novo aquele som estranho do animal. Um ronco retumbante e prolongado.

"Que diabo é isso?", perguntou ao oficial.

"Elefante-marinho. Todo esse trecho do litoral é território deles."

"Entendi. Bem, tenho que voltar a Cambria, então."

"Talvez seja uma boa ideia. Lá tem alguns hotéis bons e baratos, e vai poder ter uma boa noite de sono antes de pegar a estrada com mais segurança à luz do dia."

"Obrigada, oficial." Ela ligou o motor da van.

*Obrigada principalmente por ter me avisado antes de me multar*, pensou. *Porque, no momento, pagar a comida e o combustível já está bem difícil.*


"Pelo menos, preciso verificar", Bea falou em voz alta enquanto dirigia pela escura e deserta rua principal de Cambria. Estava falando com a gata, mas a gata não estava em nenhum lugar onde pudesse vê-la, o que a colocava no limite do falar sozinha.

Bea se aproximou do mercadinho com as bombas de gasolina na frente. Só daria uma olhada na porta. Se a menina não estivesse lá, era porque havia encontrado abrigo com alguém. E a história terminaria aí. Bea poderia lavar as mãos.

Virou à direita para apontar os faróis para a porta.

Os raios de luz encontraram uma Allie suja e abatida sentada na frente da loja, com as costas apoiadas na porta. Ela se retraiu e levantou a mão para proteger os olhos.

Bea virou o volante para a esquerda e parou na frente da porta, um pouco adiante da primeira bomba de combustível, e abriu a janela do passageiro. Allie olhou para ela com ar surpreso, à luz fraca da lâmpada de rua.

"Ela não te deixou entrar, é?", perguntou Bea.

"A loja já estava fechada quando cheguei."

"A caminhada era mais longa do que pensávamos, não era? Eu percebi no caminho de volta."

"Você *percebeu*? Eu vim andando." Sua voz dava a impressão de que estivera chorando.

*Droga*, Bea pensou. *Agora tenho que me sentir mal por ela de novo.*

"Bom", falou com tom mais duro, reflexo da necessidade de se proteger, "está vendo aquele pequeno estacionamento duas portas adiante? Na frente do prédio que está para vender?"

"Onde você parou antes."

"Isso. É lá que eu e a Phyllis vamos passar a noite."

Allie ficou em silêncio por um instante.

"Quem é Phyllis?"

"Minha gata. Quem mais poderia ser?"

"Sua gata chama Phyllis? Por que deu o nome de Phyllis para ela?"

"Acho que estamos mudando de assunto", apontou Bea, irritada. "Só estou dizendo onde vamos estar, ok? Caso fique com frio, com medo ou alguma coisa assim."

Um longo silêncio.

Depois Allie respondeu:

"Obrigada".

Bea fechou a janela e seguiu em frente.

Bea não tinha ideia de quanto tempo havia passado antes de a menina se aproximar e bater na janela daquele jeito tímido. Ela dormia um sono abençoado.

Mas levantou e abriu a porta de trás. Elas se olharam por um momento, se estudando como podiam no escuro.

"Frio?", perguntou Bea com um tom ligeiramente cortante. "Ou solidão?"

"Os dois." A voz de Allie era fraca e patética.

Bea recuou e a menina entrou sem dizer mais nada. Foi direto até a pilha de cobertores no canto de trás da van e os estendeu sobre o metal ondulado do assoalho. Depois se acomodou, ainda sem falar.

Bea passou um tempo acordada e em silêncio, sem saber se sentia necessidade de se explicar ou não.

"Isso tudo está acontecendo porque eu fui roubada", disse, por fim. "Antes, eu nunca tinha tomado nada de ninguém, nunca em toda a minha vida. Então alguém roubou todo o dinheiro da minha conta no banco, e eu fiquei sem um lugar para morar. O que eu podia fazer? Preciso comer. Preciso de combustível. Todo mundo tem que viver, o que eu ia fazer?"

Um longo silêncio. Tão longo que Bea começou a pensar que Allie não responderia. Ou que já estava dormindo.

"Algumas pessoas seguram um cartaz dizendo que precisam de gasolina ou comida. Pedem dinheiro, em vez de simplesmente pegar o que não é delas."

"Você deve estar brincando! Eu nunca faria isso! Que coisa mais humilhante!"

Outro silêncio prolongado, carregado.

"Então está dizendo que... que é tudo uma questão de orgulho? Que prefere roubar o celular de uma garotinha a se sentir constrangida?"

Bea sentiu o rosto ficar vermelho. Estava atordoada, quase incapaz de falar. Fez um esforço para abrir a boca, mesmo sem saber o que sairia dela, quando conseguisse.

Antes que pudesse formar alguma palavra, Allie falou de novo.

"Não, tudo bem. Lamento ter dito isso. Eu nem teria tocado no assunto de novo. É que você perguntou. Mas não é da minha conta. Está me deixando dormir aqui mais uma vez, e eu tenho que calar a boca. Desculpa. Não tenho o direito de te julgar. Obrigada por me deixar dormir aqui esta noite."

Bea demorou alguns minutos para se recuperar.

Então disse apenas:

"Não tem de quê".

Ninguém falou nada por um tempo. Bea imaginava que a conversa estivesse encerrada, pelo menos por aquela noite.

Quando Allie falou novamente, ela pulou, assustada.

"Por que deu esse nome à gata? Phyllis?"

"Por que não? Qual é o problema de chamar uma gata de Phyllis?"

"Bem, não é comum. Mas eu não disse que tinha alguma coisa errada nisso. Deve ter vindo de algum lugar."

Bea suspirou profundamente.

"Não tem nada de mais. É bobagem. Era só um programa de televisão que eu costumava ver."

"Qual era o nome do programa?"

"*Phyllis.*"

"Nunca ouvi falar."

"Passava muito antes de você nascer. Era uma série não muito famosa, protagonizada por um personagem do *Mary Tyler Moore Show.*"

"Eu conheço essa série. Mas nunca ouvi falar de *Phyllis.*"

"Não é importante. Não sei nem por que estamos falando disso. Era engraçado e me fazia rir, só isso. Eu gostava daquela meia hora, quando a emissora exibia a série. Poucas coisas me faziam rir. Nessa meia hora por semana, eu ficava feliz." E parou, ouvindo aquelas últimas palavras reverberarem pela van. Eram bobas e tristes. "Não sei se outras pessoas têm isso. Uma coisa boba qualquer como essa, algo que as faz sentir que tudo está bem. Que te deixa feliz."

"Com certeza."

"Sério?"

"Sim. Acho que todas as pessoas têm alguma coisa que as tira da tristeza por um tempo, e aí elas se sentem bem."

Uma longa pausa. Bea não se sentia inclinada a continuar falando sobre o assunto.

"Ser feliz não é tão fácil assim", continuou Allie. "As pessoas falam como se fosse. Jogam a palavra 'feliz' por aí como se fosse a coisa mais natural do mundo, como se nada afastasse a gente disso, você só decide e é feliz sem nem precisar tentar. Mas, para mim, nunca foi desse jeito."

"Para mim também não", respondeu Bea.


Quando Bea abriu os olhos de novo, era de manhã e estava claro.

Allie estava sentada, afagando a gata e olhando para a cara de Bea.

"Por que está olhando para mim desse jeito?"

"Sei para onde quero que me leve."

"Você disse que queria subir o litoral."

"Vou ter que mudar de ideia. Isto é, se ainda puder."

"Vamos ver. Para onde quer ir?"

"Para a minha casa."

Bea sentou e puxou a alavanca que erguia o encosto da poltrona.

"Você tem uma casa? Por que está aqui, se tem uma casa para onde pode ir?"

"Eu não posso morar lá. O fisco lacrou as portas. Os vizinhos notariam se houvesse alguém morando lá dentro. E provavelmente me denunciariam. Mas posso entrar. É minha casa, sei como entrar nela. Sei que as janelas não ficam trancadas e, se estiverem, por algum motivo, posso até quebrar uma delas e entrar. Duvido que o alarme esteja ligado. Não sei como poderia estar, mas, mesmo que esteja, eu tenho a senha."

"E o que vamos ganhar indo até lá?"

Allie abriu os braços, como se quisesse mostrar ela mesma e tudo que a cercava.

"Não sei se percebeu, mas não tenho nada aqui. Não tenho nem escova de dentes e uma calcinha para trocar. Posso pegar roupas. Posso pegar dinheiro. Tenho um cofrinho de quando meus avós me davam dinheiro no Natal e no meu aniversário. E já que vai a uma loja de penhores, tenho coisas que posso penhorar. Um MacBook, um iPhone 6 e um iPad. E até algumas joias."

"Não sei o que são essas coisas. Exceto as joias. E sei como é um iPhone 6, mas ainda acho bem confuso."

"Eletrônicos. Brinquedos caros. Coisas que valem dinheiro. Isso é tudo que precisa saber, certo? Então poderíamos comer. E saberíamos como pagar pela comida e pelo combustível."

"Vamos?"

Bea se sentia um pouco afrontada por ter sido incluída nos planos, como se formassem uma equipe. Como se Allie tivesse deduzido que podia ficar com ela, mesmo sem nenhum convite.

Por outro lado, se alguém se dispunha a se associar a ela pelo pouco abrigo que podia oferecer, não seria bom que fosse alguém com dinheiro para a comida e o combustível? Isso era bem mais interessante. Um grande alívio. Um descanso.

"Bem, sim", confirmou Allie. "Se está disposta a dividir sua van, eu me disponho a dividir o dinheiro. É justo."

"Então... para sua casa", disse Bea.

# Allie
## Parte Quatro

# 21

## O VERDADEIRO VALOR DE UMA LATA DE GRÃO-DE-BICO

Allie massageava os galos na cabeça durante a viagem de volta ao sul. Devagar, hesitante. Como se o toque da mão pudesse espantar a dor. Como se alguma coisa pudesse ter esse efeito.

Tinha o galo sobre a têmpora esquerda. Aquele era resultado de ter batido a cabeça na janela, quando aquele homem horrível a jogara no banco de trás do carro dele. E havia o calombo dolorido do lado direito, mais atrás, de quando aquela velha maluca virara o volante de repente e a jogara contra a lateral da van. Porque acreditava que estava sofrendo um sequestro relâmpago.

Ainda sentia as reverberações distantes do tremor. Na parte interna das coxas e naquela parte inferior do abdome onde começava a náusea quando comia algo que não era bom. Era uma localização de desconforto e mal-estar que fazia parte dela de maneira tão integral que talvez nada que vivesse ali pudesse ser totalmente expelido.

Tudo tinha sido muito próximo dos piores desfechos que o mundo guardava para uma menina perdida.

Queria saber se os pais já haviam sido informados de sua fuga. Provavelmente. Devia ligar para eles. Avisar que estava bem. Mas não sabia como. Não sabia nem onde eles estavam.

"O que aconteceu na sua cabeça?", perguntou Bea, interrompendo seus pensamentos.

Allie não respondeu de imediato. Só esperou. Achava que era evidente. Pelo jeito, estava enganada.

"Eu bati."

"Onde?"

"Na janela do carro do homem que me raptou. E na lateral da sua van, quando você pensou que estava sendo assaltada."

"Ah. Sei. Desculpe."

"Acho que foi um erro compreensível. Honesto."

O uso da palavra "honesto" parecia ter o poder de parar tudo.

Elas ficaram quietas durante vários quilômetros. A gata subiu no colo de Allie, que afagou seu pelo áspero e seco. O ronronado era agradável de ouvir. Aliviava um pouco aquele tremor interno.

"Eu te devo outro pedido de desculpas", falou Allie de repente. Mas não para a gata.

Tinha consciência dos próprios pensamentos, é claro. Mas não sabia que ia falar um deles em voz alta.

"Por quê?"

"Acho que tive alguns pensamentos injustos sobre honestidade."

Por um minuto, o comentário ficou ali, entre elas, e ninguém disse nada. Os únicos sons eram o dos pneus na estrada e o ronronado da gata. Mas, mais cedo ou mais tarde, Allie teria que explicar.

"A garota que me meteu em toda essa confusão... Bem, não exatamente toda, eu acho. Eu já estava com um problema quando a conheci. De qualquer maneira, foi ela quem me levou para aquele lugar horrível. A casa onde fui vendida depois que disse para o... sei lá o que ele é dela. Enfim, estou me desviando do assunto. Eu conheci essa menina e ela disse que eu era muito ingênua. Eu meio que me ofendi com isso. Pensei que não era bem assim ou que não era tão ingênua quanto ela dizia. Mas agora sei que ela estava certa. Eu não sabia nada sobre o mundo, até ser jogada nele de repente. Antes eu tinha essas ideias, mas acho que elas eram infantis. Nunca tinham sido testadas. Um teste da vida real, entende o que quero dizer?"

"Queria poder dizer que sim. Mas às vezes você fica dando voltas e mais voltas e não consigo entender para onde está indo."

"Desculpa. Vou tentar ser mais clara. Durante toda a minha vida, eu morei com meus pais. Eles me deram tudo de que eu precisava e a maior parte das coisas que eu queria. E aí eu me peguei aqui dizendo que você não devia roubar. Não devia pegar o que não é seu. Mas talvez eu não tenha o direito de dizer isso, porque nunca senti falta de nada. Fiquei pensando no que você disse. Que todo mundo precisa sobreviver. Tipo, se uma pessoa não tem o que comer, nem um meio honesto para conseguir o alimento, ela vai pegar a comida, e não dá para culpá-la por isso. Não dá para esperar que ela morra de fome só porque o mundo não se incomoda o suficiente para garantir que ao menos ela não passe fome. A gente não deve impor ideias de honestidade a uma pessoa em um momento como esse porque o mundo é desonesto. O jeito como ele funciona. E não é culpa dessa pessoa."

Silêncio. Allie não sabia como seu discurso foi recebido. Talvez fosse só uma menina mimada, e admitir esse fato não a isentava de responsabilidades. Talvez fosse tão superprotegida que até a confissão de ser superprotegida fosse de uma filha protegida, mas ela não conseguia perceber.

"Então...", Bea começou, cautelosa. "Digamos que você estivesse com muita fome. Muita mesmo, como se pudesse morrer de fome a qualquer momento. Você entraria em um supermercado e roubaria uma lata de atum?"

"Eu sou vegana."

"Ninguém é vegano quando está morrendo de fome."

"Isso não é verdade. Quando você passa muito tempo sem comer carne, seu corpo não consegue digeri-la de novo assim, de repente. Eu não roubaria uma lata de atum para depois vomitar tudo na calçada. Isso seria um tremendo desperdício."

Bea suspirou.

"Tudo bem, então. O que tem no supermercado que é enlatado e você pode comer?"

"Ah, não sei. Talvez... grão-de-bico?"

"Muito bem. Roubaria uma lata?"

Allie ficou pensando na pergunta durante uns oitocentos metros, mais ou menos. Sabia qual era a resposta, mas queria ter certeza, antes de dizê-la em voz alta. Agora tudo estava mudando. A vida se revelava para ela, e ela se revelava para a vida. Precisava ter certeza de quem estava demonstrando ser.

"Sim", falou com firmeza. "Roubaria."

"Então todos os princípios são negociáveis. Inclusive os seus."

"Não. Negociáveis, não. Não é assim que eu vejo. É mais uma questão do que é realmente certo. Eu achava que certo e errado eram conceitos indiscutíveis, mas não é bem assim. A questão não é que eu estaria morrendo de fome, então faria o que é errado. É que certo e errado seriam diferentes do que eu pensava, porque estamos falando da vida de uma pessoa. E não é só porque se trata da *minha* vida. Qualquer vida é importante. Algumas coisas são mais importantes que outras."

"Mas agora você não está morrendo de fome", disse Bea. "E está disposta a entrar em sua casa e roubar produtos eletrônicos que, por direito, pertencem ao fisco."

Allie se sentiu meio irritada.

"Essas coisas são minhas."

"Na verdade, não são. Seus pais compraram essas coisas para você com o dinheiro que deveriam ter usado para pagar os impostos."

"Nem tudo. Eles devem algum dinheiro ao governo. É verdade. A Receita vai vender o barco, talvez até a casa. Mas isso vai ser suficiente, provavelmente. Eles não precisam vender tudo que temos. Não é uma dívida tão grande."

"Mas você não sabe quanto eles devem."

"Não. Acho que não."

Mais dois ou três quilômetros em silêncio. Allie voltou a massagear os galos na cabeça. Estava ficando com dor de estômago por causa da conversa.

"Não estou tentando te desanimar", disse Bea, e Allie deu um pulinho. "Não tem nada que eu queira mais do que estar com alguém que tenha dinheiro. Concordo com o plano. Pegue os eletrônicos, é claro. Só estou tentando te desestimular a agir como se fosse melhor que eu."

Allie suspirou. Por quanto tempo estaria com aquela mulher? Não até completar 18 anos, certamente. Tinha que haver um plano. Alguma coisa além disso. Mas Allie não tinha nenhum. Por isso voltou a pensar na conversa.

"Vou tentar não fazer isso de novo. Tenho uma sugestão. Se eu estiver errada e a dívida da minha família com o fisco for equivalente a tudo que temos, eu dou um jeito de pagar pelas coisas que peguei. Um dia, de algum jeito. Eu mando o valor que faltar. Uma remessa anônima."

"Ah, você não vai fazer isso", respondeu Bea, irritada. "Todo mundo fala essas coisas, mas depois a vida continua. Você vai esquecer."

Allie abriu a boca para dizer que não era verdade, que nunca esqueceria, nunca renegaria aquele compromisso, mas Bea interrompeu seus pensamentos antes que ela dissesse alguma coisa.

"Ah, deixe para lá. Esqueça o que eu disse. *Você* lembraria, mesmo. Acabei de perceber. Que deprimente."

E percorreram a maior parte do trajeto restante para o sul da Califórnia em silêncio.


Assim que a Ventura Freeway começou a ficar para trás passando pelo San Fernando Valley, e o trânsito ficou lento, quase parando, Allie disse alguma coisa. Algo que parecia grandioso, algo que ocupava sua cabeça e o peito fazia um bom tempo, mas sem palavras.

Era como se ela tivesse perdido o momento quando pensamentos e sentimentos se uniram em palavras. Só tomou conhecimento delas quando saíram de sua boca, e então pensou: *Certo. É isso aí. Era isso que estava aqui dentro.*

"Não paro de pensar nas garotas que não escaparam."

"Do homem? É disso que está falando?"

"Antes fosse só disso. Mas acho que estou pensando naquele homem e em outros como ele."

"É muita coisa para uma menina da sua idade ter que pensar."

"E como não vou pensar? Poderia ter sido eu. Eu escapei porque a porta do banheiro era pesada e revestida de metal. E porque ele estava em pé do outro lado, perto dela. E porque a porta o acertou do jeito certo, na cabeça, e ele caiu e demorou para se levantar. Foi pura sorte. Não fui mais esperta que aquelas outras meninas, nem mais corajosa. Foi só uma questão de sorte. O que realmente me incomoda é que eu sabia que essas coisas existiam. Sabia que meninas eram levadas pelo... Minha professora uma vez chamou de 'tráfico humano'. E eu odiei. Achei horrível. Mas não pensei que devia tentar fazer alguma coisa contra isso. Até que quase aconteceu comigo. Por que somos assim? Por que a gente não se importa com as coisas até acontecerem com a gente?"

"Não sei. Deve ser porque, se nos importássemos com tudo o tempo todo, simplesmente não suportaríamos. E não sobraria tempo nem energia para cuidarmos da nossa própria vida."

"Talvez." Mas parecia uma desculpa esfarrapada.

"Não sei o que é possível fazer por elas."

"Nem eu."

Mas em algum ponto da vida, Allie sabia, teria que encontrar uma resposta melhor. Porque é muito mais difícil ignorar uma coisa que quase aconteceu com você.

"E tem meninas como minha amiga Jasmine. Eu achei que ela era minha amiga, pelo menos. Ninguém a raptou, mas ela fica com aquele cara. Ele bate nela e a obriga a trabalhar na rua se vendendo, e ela sempre volta. Podia ter ficado na moradia coletiva, mas fugiu e voltou para ele. Por quê?"

"Muitas mulheres ficam com homens que abusam delas."

"Sim. Mas por quê?"

"Não sou a maior especialista do mundo em natureza humana. Mas acho que essas mulheres estão procurando alguma coisa. Algo que nunca encontraram. Algo que pensam que é necessário. Talvez esse homem as convença de que tem o que elas procuram."

Allie estremeceu, lembrando o momento em que quase havia funcionado com ela. *Vamos a um lugar onde você vai comer a melhor refeição da sua vida. De que mais precisa para ser feliz? Eu compro para você.*

"Aqueles homens sabem exatamente o que estão fazendo quando tiram proveito da situação", disse Allie.

"Não sei dizer."

Mas não fazia diferença para Allie. Ela não precisava confirmar aquele pensamento, nem mesmo havia sido uma pergunta, de qualquer maneira.

Allie olhou para a casa. A sua casa. Sentiu um medo inesperado. Como se sempre tivesse sido um lugar muito perigoso, mas ela não soubesse. Só que agora ela sabia.

Na verdade, nem parecia mais sua casa. Era uma visão familiar, mas não parecia mais acolhedora.

"Meu Deus", disse Bea. "Você realmente tinha tudo, não é?"

Era estranho ouvir uma avaliação de sua casa pelos olhos de Bea. A verdade é que ela estudava com gente que tinha tanto quanto ela e muito mais. E, na época, não se sentia privilegiada.

"Não me entenda mal", disse, "mas você não pode ficar parada aqui enquanto eu estiver lá dentro. Vai ter que me deixar e sair. E depois... não sei. Talvez seja uma boa ideia dar uma volta no quarteirão. Porque, bem, vai ter que voltar para me buscar. Mas aqui tem uma coisa de vigilância comunitária. E essa van... chama atenção."

Um longo silêncio. Allie o sentia vibrar com as mensagens silenciosas.

"Você se comporta como se eu não conhecesse meu lugar no mundo", respondeu Bea com um tom seco.

"Não foi isso que eu quis dizer. Só não quero que alguém me denuncie. Não quero que me peguem. Quero buscar algumas coisas e sair daqui. Só isso."

"Tudo bem. Entendi. Vá. Eu e a Phyllis vamos dar uma volta e voltamos em cinco ou dez minutos."

Mas ela ainda parecia muito ofendida.

Allie entrou no quintal pelo portão lateral.

A piscina estava descoberta e havia folhas douradas e de aparência quebradiça flutuando na superfície. Em um dos lados, no piso de concreto, perto das espreguiçadeiras, três colchões infláveis foram deixados empilhados.

"Perfeito!", exclamou Allie.

Correu até lá e pegou um deles, abriu as duas válvulas de inflar e deixou o ar sair.

*Chega de assoalho de metal duro*, pensou, enrolando o colchão e deixando-o ao lado do portão.

Depois deu a volta na casa e examinou as janelas. Da cozinha. Da sala de jantar. Da saleta.

Todas trancadas.

Suspirou. Esperava entrar e sair sem deixar sinais evidentes de sua passagem proibida. Mas que importância tinha isso agora?

Entrou na garagem. Lá, pegou uma marreta de borracha que o pai usava para encaixar calotas antigas nos carros *vintage* que restaurava. Ou costumava restaurar, antes de descobrir que grandes barcos eram buracos ainda melhores para enfiar o dinheiro da família. Pegou uma toalha suja do cesto aberto, na frente da máquina de lavar.

Levou tudo para a parte de trás da casa, para perto das portas de correr da sala de jantar.

A porta da frente estava fechada com um cadeado, como alguém havia informado. Allie não verificou a informação. Acreditava que qualquer pessoa competente, alguém cujo trabalho era trancar as pessoas fora de suas casas, também colocaria cadeados na porta dos fundos. Mas as portas de correr deviam ter entrado na categoria "janelas". E foram deixadas como Allie sempre as tinha visto.

Ela sabia exatamente em que vidraças tinha que bater. Então poderia enfiar o braço na abertura e abrir a porta por dentro.

Fechou os olhos e segurou a marreta, pronta para o golpe. Nada aconteceu. Sentiu como se tivesse dado a ordem para o braço mover a marreta. Mas, aparentemente, o sinal não foi recebido. Abriu os olhos de novo e examinou a resistência.

Da mesma forma que não era uma pessoa que roubava *smartphones*, não era uma pessoa que quebrava vidraças. Isso era algo totalmente alheio à sua natureza.

Mas tinha que ser feito.

Fechou os olhos novamente e tentou superar a sensação. O braço se moveu de acordo com a ordem. O som do vidro se quebrando, caindo para o lado de dentro, sobre as lajotas do piso da sala de estar, a fez dar um pulo. Parecia violento. Como algum tipo de perigo repentino. Algo que Allie nunca teve a intenção de provocar.

Abriu os olhos e examinou o que tinha feito.

Por quanto tempo a casa ficaria vazia, sem aquela vidraça nas portas de correr? A chuva entraria na sala? As folhas invadiriam tudo?

Pior que isso, havia ainda algum motivo para se incomodar?

Enrolou o braço na toalha para não se cortar, depois introduziu a mão na abertura e destrancou a porta por dentro.

E entrou no único lar que havia conhecido. O lugar que nunca imaginara que deixaria até... Quantos dias atrás? Não conseguia lembrar. Não conseguia nem imaginar. Sete? Dez? Doze? Como isso era possível? O mundo todo havia mudado desde então. Ela era uma pessoa diferente, com uma vida diferente. Como era possível que não fossem meses, pelo menos? Ou anos?

As lembranças que a casa lhe despertou pareciam desbotadas e antigas, enfraquecidas pela sua ausência.

A própria casa parecia diferente.

Allie deixou a marreta e a toalha no chão. Atravessou a sala de jantar e o corredor em direção à escada, sentindo as mudanças que haviam acontecido ali. Como em uma pessoa em que sempre sentiu que poderia confiar, mas, depois, quando você descobre que essa pessoa mentiu para você, de propósito e com maldade, precisa voltar atrás e reformular tudo que sabia sobre ela e reescrever toda uma história.

Subiu a escada, sentindo algo em relação a casas que não conhecia antes: elas não são inanimadas. Podem estar vivas ou mortas. Quando estão vivas, o gás corre nos canos para gerar calor. A água sai das torneiras. Eletricidade gera luz. Aquela casa estava viva ou morta? Alguém havia desligado todos os órgãos vitais antes de botar cadeados nas portas? Ou as contas se acumulavam, ou avisos de corte no fornecimento dos serviços enchiam a caixa postal e transbordavam dela? Ou... Espera. Já havia passado tempo suficiente para as empresas perceberem alguma mudança no padrão de consumo?

Tirou o emaranhado de pensamentos da cabeça. Era uma adolescente. Aquela constatação a atingiu de repente. Gostava de pensar em si mesma como uma quase adulta. Mas, aos 15 anos de idade, não era sua obrigação manter uma casa viva. Não era algo que tivesse aprendido, nem que devesse se sentir obrigada a aprender agora. Essa obrigação era dos pais dela. Uma obrigação em que haviam falhado miseravelmente.

Podia mergulhar nos detalhes e desistir de tentar entender.

Abriu a porta do quarto.

Em uma prateleira do closet, encontrou duas valises que ela e a mãe haviam comprado na América do Sul. Arte funcional, tecelagem manual e complexa. Uma deveria ser da mãe, mas Allie acabou ficando com as duas. A bolsa sul-americana da mãe dela era só mais um objeto desnecessário que nunca fora usado.

Ela as pegou e começou a encher uma delas com roupas.

Alguns dias atrás, teria reclamado por serem as roupas de que menos gostava. As favoritas tinham ido para a Novos Começos com ela e se perdido para sempre. Ela registrou esse fato, mas não reagiu a ele. Depois de alguns dias tendo apenas as roupas que vestia, depois de ficar mais suja dia após dia, sem ter como tomar banho e sem roupas limpas para vestir, caso encontrasse um chuveiro, roupas eram roupas, e qualquer uma servia.

Os padrões de toda a sua vida haviam se transformado.

Na segunda bolsa, pôs o cofrinho, o laptop, o iPad, o Kindle e o celular, e também uma coleção de moedas que havia herdado do falecido avô e uma barra de ouro de uma onça, presente de seu único tio, também já falecido. Depois pegou as joias que achava que poderia vender: um colar de trama pesada, que acreditava que era de ouro, e um anel de diamante, que havia sido usado no noivado de muitas mulheres da família paterna.

Olhou em volta, tentando decidir se tinha mais alguma coisa. Mas sentiu uma vertigem, fechou os olhos e decidiu não olhar mais nada.

Tudo que via ali era uma pequena parte dela. Algo que definia a pessoa que sempre acreditara ser. Mas agora aquilo tudo era irrelevante. A tontura devia ser consequência daquela imensa e desestabilizadora constatação.

O que tinha a fazer era parar de olhar ao redor. Parar de cutucar aquele centro emocional para ver que ondas emanariam dele.

Precisava sair dali. E quanto mais depressa, melhor.


Allie parou no portão e pegou o colchão de ar murcho e enrolado, que pôs embaixo do braço.

Depois atravessou o portão, que deixou aberto ao passar. Seguiu pelo gramado lateral, andando mais devagar por causa do peso das repentinas riquezas. Esticou o pescoço para olhar para os dois lados da rua, esperando ver a conhecida van branca da padaria. A rua estava vazia. Seu estômago ferveu de nervoso. Sentia-se como uma ladra, o que irritava sua noção de correção das coisas. Era a segunda vez naquele dia que tinha que defender o direito aos próprios bens. E agora era obrigada a defendê-los dela mesma.

Quando estava saindo da lateral da casa para o jardim frontal, sentiu o colchão de ar escorregando de debaixo do braço e se inclinou para segurá-lo. Depois se endireitou e correu ao mesmo tempo, até dar de cara com a vizinha, a sra. Deary.

Foi literalmente uma trombada, que quase a derrubou.

"Ah, sra. Deary. Desculpa."

"Alberta? O que está fazendo aqui?"

"Ah", repetiu Allie, depois fez uma pausa. Uma pausa longa demais. Allie sabia que ambas ouviam e sentiam a hesitação. Mentir não fazia parte do repertório de Allie. "Não levei o suficiente para a moradia coletiva. Minha assistente social me trouxe para pegar mais algumas coisas."

Allie esperava que a sra. Deary olhasse em volta, à procura da mítica assistente social, mas ela não olhou. Era uma mulher pequena, vestida com um grande e largo vestido estampado, uma coisa que parecia ter saído dos anos de 1950, com os óculos encaixados no topo da cabeça. Ela olhou profundamente nos olhos de Allie, como se lesse um mapa do tesouro.

"Ouvi dizer que você fugiu."

Um arrepio gelado desceu pela garganta de Allie e se espalhou pela barriga. Em seguida pelas pernas.

"Onde ouviu isso?", perguntou, tentando identificar se a voz estava tremendo. Sentia que sim.

"Alguém me ligou. Uma pessoa do serviço social. Queriam saber se eu a tinha visto por aqui. Se você tinha voltado para casa. E deixaram um número de telefone, caso você aparecesse."

Quanto mais palavras saíam da boca da sra. Deary, mais sua testa se enrugava com a gravidade do assunto.

"Isso tudo já acabou", respondeu Allie, surpresa por mentir com tanta facilidade. "Tinha uma menina na casa, ela me ameaçou, e eu passei um dia fora. Mas voltei. Eles deviam ter ligado de novo para avisar que eu estava lá."

"Sim." A sra. Deary arqueou uma sobrancelha. "Deviam."

Um movimento atraiu o olhar de Allie. Ela virou e viu a van da padaria dobrar a esquina. Soltou as valises e balançou os braços, acenando para Bea. O colchão de ar caiu na grama de novo.

"Tem *piscina* nessa moradia coletiva?", a sra. Deary perguntou.

"Não, só colchões horríveis", respondeu Allie depressa, desesperada. "A assistente social chegou. Tenho que ir!"

Então pegou as coisas do chão e correu para a rua.

"*Aquela* é a assistente social?" A vizinha reagiu atrás dela. "Por que ela dirige uma van velha de padaria?"

"O carro dela quebrou", falou Allie por cima do ombro. "A van é emprestada. Normalmente ela dirige um Prius."

Allie abriu a porta do passageiro e jogou a valise de roupas e o colchão por cima do encosto, para a parte de trás. Depois subiu com a bolsa de eletrônicos, que acomodou no colo, com todo o cuidado.

"Vamos embora", disse. "Vamos embora."

"Quem era aquela?", perguntou Bea, pisando no acelerador.

"Um problema." Allie olhou para a vizinha pelo espelho lateral.

A sra. Deary as seguiu com os olhos. Estava parada no meio da rua, vendo a van se afastar. Como se decorasse a placa. Mas Allie podia estar imaginando coisas. Afinal, não se pode saber o que acontece na cabeça de uma pessoa enquanto ela olha para alguma coisa. Só se pode imaginar. E imaginação é algo que pode se basear no medo.

"Vizinha?"

"Sim."

"Qual é o problema?"

"Ela disse que tinha um número de telefone que alguém do serviço social deixou, caso ela me visse."

"Hum. Acha que ela vai telefonar para eles?"

"Não sei." Allie tentava respirar normalmente. Depois, quando já devia ter encerrado o assunto, disse: "Mas estou com um mau pressentimento."

A van virou a esquina e a vizinha problemática desapareceu de vista.

"Um Prius?", falou Allie em voz alta.

Tentava lembrar se a Madame Poliéster dirigia um Prius. Talvez fosse essa a origem da ideia. Não. Allie lembrava que sua verdadeira assistente social dirigia alguma coisa grande e americana.

"O que tem um Prius?", perguntou Bea.

"Não sei. É estranho. Comecei a mentir porque... eu fui obrigada. Ou me senti obrigada, eu acho. E depois a mentira se tornou... específica. E não sei de onde vieram todos os detalhes."

"Não vou nem destacar a lição nisso."

"Obrigada."

Elas ficaram em silêncio por dois ou três quilômetros.

"Eu só não queria ir para a cadeia", falou Allie. "Ou... você sabe. Para a detenção juvenil. Acho que não existe nada pior que isso."

"Não sei se parece tão ruim. Já considerei essa possibilidade. Não seria difícil ir parar em um lugar como esse. É só entrar em uma delegacia e confessar algumas coisas que eu fiz."

"Por quê? A troco de quê faria uma coisa dessas?"

"Por um teto e três refeições por dia."

"E a sua gata? A Phyllis?"

"Ouvi em algum lugar que o governo tem que cuidar deles até o detento sair."

"Mas ela é muito velha."

"Eu sei. Mesmo assim. Quando você acha que não pode se sustentar e cuidar da sua gata... isso muda sua maneira de pensar sobre... o que é seguro. O que é desejável. Esse mínimo de comida e abrigo começa a parecer a única coisa que importa. Acho que sempre foi a única coisa que importava, mas não sabíamos, porque achávamos que isso não poderia acontecer conosco. Bons tempos, hein?"

Allie abriu a boca para responder, mas tudo que saiu foi um suspiro.

## 22

## NINGUÉM TIRA MEU LETREIRO VELHO E DESCASCADO

Allie contornava a van, pensando e planejando.

O carro estava estacionado na terra, em algum lugar entre o píer Cayucos e a pequena Highway 1. Em outras palavras, tinham ido tão longe pelo litoral para o norte quanto da primeira vez. Talvez faltassem uns trinta quilômetros para o território das zebras. E não foram paradas nem detidas. Mas Allie não contava que essa sorte fosse durar por muito tempo.

"Podemos descascar uma parte do letreiro", disse a Bea, que tinha descido do veículo para ver o que Allie estava fazendo. "Já descascou uma boa parte, pelo menos nas beiradas. Ou podemos arrumar tinta branca em spray e cobrir as letras."

"Não", respondeu Bea.

"Por que não?"

"Bem, primeiro porque, se aquela sua vizinha intrometida anotou a placa, isso não vai resolver."

"Mas não sabemos se ela anotou ou não. Além do mais, mesmo que tenha anotado, é preciso estar bem atrás de uma van para conseguir ver sua placa. Mas se ela só forneceu a descrição da van, tipo, sério, essa coisa não é difícil de ver no meio de muitas outras. Tem uma aparência bem... incomum."

"E ainda tem a segunda razão."

"E qual é?"

"Eu não vou deixar."

"Ah." Allie abriu a boca para dizer mais alguma coisa, mas decidiu deixar tudo como estava. Sentia que devia parar de falar, por razões que não analisou ou examinou profundamente.

"A van era do meu marido, Herbert. Ele já se foi. Quanto dele acha que me restou? O que acha que tenho como prova de que ele existiu? Nosso trailer se foi. Deixei duas caixas cheias de coisas na casa de uma amiga em Palm Desert e não sei quando as verei de novo. Além disso, tenho essa van que ele usava na padaria. É a única coisa que sobrou da nossa vida juntos. E eu não te convidei para pintar em cima da inscrição dela para ninguém notar que você fugiu de algum tipo de abrigo e está viajando comigo. Resumindo, você não vai fazer nenhuma mudança na minha van. Fui clara?"

Allie percebeu que estava de boca aberta. Levou um momento para se ajustar a isso. Sentia o rosto vermelho de vergonha.

"Sim. É claro. Desculpa. Não pensei em nada disso. Só estranhei porque você não tem uma padaria... Desculpa. Eu fui inconveniente. Então... o que vamos fazer?"

"O que *vamos* fazer? Não sei que *nós* é esse. Por acaso agora você também decide o que vai fazer? Na minha opinião, tem duas alternativas. Correr o risco de continuar comigo ou correr riscos por aí sem mim."

"Ah."

Allie se ressentiu. Sinceramente, achava que saquear a própria casa e trazer objetos de valor garantia seu lugar na van. Acreditava que isso assegurava o "nós". A ideia de ter que seguir sozinha àquela altura havia sido deixada de lado, aparentemente de vez. Doía pensar em voltar àquele estágio. Era outro encontro com o medo que ela não se sentia capaz de enfrentar.

Olhou em volta. Não que houvesse alguma coisa para ver que já não tivesse visto. Um oceano. Uma pequena cidade litorânea margeando a costa. Um píer. A rota para o norte. Nenhuma viatura de polícia ou patrulha rodoviária que pudesse avistar.

"Mas se alguma coisa der errado...", Allie começou, e continuou, hesitante: "Eu odeio te envolver nisso. Causar problemas."

"Por que eu teria problemas? Eu não fiz nada errado."

"Ajudar e proteger uma fugitiva? Esse tipo de coisa?"

"Bobagem. Não sei nada disso. Só te dei uma carona. E deixei você ficar porque tinha dinheiro para a gasolina. Você jurou que tem 18 anos e eu acreditei. Por que eu saberia mais que isso sobre sua história?"

Allie assentiu. Sem muita energia.

De ombros caídos, voltou ao banco do passageiro e se sentou.

Bea se acomodou ao volante um tempo depois.

"Provavelmente não é uma decisão ruim", disse ela. "E, se der errado, bem, talvez você entenda o que eu disse sobre as três refeições e o teto na prisão. Quem sabe? Talvez eu diga que sabia que você era uma fugitiva e também garanta minhas três refeições, um dia."

Ela ligou o motor e engatou a marcha, voltando à estrada que seguia para o norte.

"Você não se preocupa com a coisa da privacidade?", perguntou Allie.

"Que coisa da privacidade?"

"Acha que eles te colocariam em uma cela individual?"

"Hum. Não tinha pensado nisso. Seria complicado, eu acho. Mas não sei se seria mais difícil que não saber onde morar ou como comer... Acho que as duas coisas são muito importantes para mim."

"Bem, agora eu tenho dinheiro." Allie pegou o porquinho cor-de-rosa da valise sul-americana e tirou a tampa de plástico embaixo do cofrinho, por onde era possível ter acesso ao dinheiro. "Portanto, acho que o mundo aqui fora é nossa melhor aposta, por enquanto."

Allie tinha esquecido o porquinho. Teria contado o dinheiro faz tempo, assim que entrou na van, mas o encontro assustador com a sra. Deary havia expulsado alguns pensamentos óbvios de sua cabeça.

"Mas aqui também não temos uma cela privada", apontou Bea.

"Ah. Verdade."

Ela contou em silêncio por um tempo enquanto Bea dirigia.

"Trezentos e sessenta dólares."

"Isso deve me compensar por dividir a cela."

"E, quando acabar, podemos começar a vender meus eletrônicos. Mas, depois disso... se a gente continuar na estrada, como agora... não sei o que vamos fazer quando o dinheiro acabar."

"Só precisa durar até o dia três do mês que vem. É quando recebo o dinheiro do seguro social."

Allie olhou em volta, como se houvesse na van um posto do correio ou uma agência de banco que não tinha visto antes.

"Onde?"

"Vai para minha conta no banco, depósito direto. E aí vou poder usar meu cartão de débito para comprar comida e gasolina até o dia três do mês seguinte, e assim por diante."

"Ah." Allie esticou a palavra. "Então nós vamos ficar muito bem."

"De novo essa coisa de *nós*. Mas, sim, vamos ficar bem."

"Acho que a gente devia só seguir em frente, sabe? Antes de tudo desabar."

"Por quê?"

"Não sei. Por que não? Provavelmente porque é melhor do que aquilo que deixamos para trás. Além do mais, pode ser... interessante. Pode ser quase uma aventura."

Ela ouviu a risada debochada da motorista.

"*Aventura?*"

"É claro. O que tem de errado nisso?"

"Depois da experiência que acabou de ter? Achei que ia querer só segurança e sossego de agora em diante."

Allie percebeu que era a primeira vez que Bea se referia à sua experiência traumática sem insinuar que era falsa e inventada. Seria um tipo de progresso entre elas? Um sinal de que poderiam se entender?

"Sim, entendo o que você diz, mas... não tem nada de errado em querer ter *boas* experiências depois de tudo aquilo."

"Não. De jeito nenhum. Nada de aventura. Minha resposta para isso é um grande e sonoro *não*."

"Como pode não querer uma aventura?"

"A vida já é aventura o suficiente para mim. Do jeito que é. Todos os dias. Muito obrigada."

"Pode parar em Cambria?", perguntou Allie quando viu a placa indicando a saída para a cidade.

"Acho que posso. Por quê?"

"Quero ver se aquela senhora gentil do mercado me deixaria usar suas tomadas. Quero ligar meu computador e restaurar as configurações de fábrica. Meu pai me ensinou que só se faz esses procedimentos grandes com a máquina ligada na tomada. Acho que a bateria esvazia muito depressa."

"Gavião janjão cara de pão, porcos voando de cabeça para baixo."

Allie teve medo de que a idosa estivesse sofrendo um derrame.

"*Quê?*"

"Exatamente. O que você acabou de me dizer fez tanto sentido para mim quanto o que eu acabei de te dizer. Não entendo nada de computadores."

"Só significa que o computador volta a ser como era antes de receber suas informações pessoais. Apaga todos os seus dados. Assim, você pode vender sem ninguém ter acesso às suas coisas pessoais."

"Ah", disse Bea. "Na verdade, sei um pouco sobre isso."

"Além do mais, o mercado tem aquele frango frito de que você gosta. Posso trazer para você, se quiser."

"Acho que vai ser bom descansar um pouco", decidiu Bea, mas Allie suspeitou de que foi o frango que a convencera.

"Oi", disse Allie.

A mulher cujo nome ela não sabia, a dona da loja, levantou a cabeça. Um sorriso iluminou seu rosto, e Allie sentiu um calor se espalhar dentro dela. Talvez esse sorriso fosse o motivo para ter vindo. O anseio por reconhecimento. A esperança de alguém reconhecê-la e ficar feliz por ter voltado. A dona da loja tinha um sorriso firme, calmo e fácil. Alguém que parecia estar inteiramente à vontade consigo mesma. Allie se deu conta de que não conhecia muita gente que pudesse afirmar isso.

"Não sabia que ainda estava na cidade", disse a mulher.

Talvez devesse perguntar o nome dela, mas um triste lampejo de realidade a lembrou de que essa amizade seria breve.

"Não, é que... fizemos uma segunda viagem surpresa."

"São as melhores."

Allie andou pela loja com o laptop embaixo do braço.

"Vim pedir um favor. Posso usar uma tomada para carregar meu computador?"

"É claro. Quer dar uma olhada nos e-mails?"

"Não exatamente. Tenho que restaurar essa coisa para as configurações de fábrica para poder vender."

Aquilo interrompeu a conversa.

Allie se sentou no chão de pernas cruzadas, consciente de que fazia um bom tempo que não tomava banho, não escovava os dentes e não trocava de roupa. De repente, se sentiu deslocada. Fisicamente e em outros sentidos. Ninguém falou por algum tempo.

"Tudo bem com você e sua avó?", perguntou a dona do mercado, e Allie se assustou.

"Sim. Por quê?"

"Hum. Vejamos. Talvez porque não tem acesso à energia elétrica e vai vender seu laptop?"

"Ah. Certo. Bem, estamos acampando. É meio que uma aventura. E, sim, precisamos de todo dinheiro que pudermos levantar para comprar combustível. Mas tudo bem. Ela recebe o seguro social no dia três, todos os meses. Vamos ficar bem."

Mais um período de silêncio e Allie se sentiu desabar. Física, mental e emocionalmente. Fisicamente. A velocidade da mudança a assustava. O restinho de alívio que ainda cercava a fuga desapareceu, deixando uma esmagadora sensação de depressão.

A dona da loja notou, mas não disse nada.

"Acho que isso não vai demorar", comentou Allie sem desviar os olhos da tela. Falar parecia penoso demais.

"Há quanto tempo você e sua avó estão na estrada?"

"É difícil dizer."

"Você tem pais te esperando?"

"Sim." Uma longa pausa. Depois: "Estão presos."

"Sinto muito. Isso é horrível. Sorte sua ter a sua avó."

"É", concordou Allie, ainda sentindo o peso da depressão repentina. "Quer dizer, sim e não. Ela não é uma pessoa muito fácil. Não é muito... aberta, sabe? É meio fechada para tudo. Mas preciso de alguém, então... sim. Acho que tenho sorte."

"Há quanto tempo estão viajando juntas?"

"Há alguns dias."

"Talvez eu possa ajudá-la a se abrir um pouco."

Allie levantou a cabeça e olhou nos olhos da mulher mais velha, que eram francos, sem reserva e muito azuis. Não havia pensado nessa possibilidade.

"É. Talvez."

Depois olhou para a tela e esperou, sem energia para dizer ou fazer muito mais que isso.

"Onde vocês vão passar a noite?", perguntou a mulher depois de um tempo.

"Não sei."

"Quer ficar na minha casa? Eu teria que consultar o meu marido, mas sei que ele não vai se opor. Podem tomar um banho quente e dormir em uma cama de verdade. Tenho um quarto de hóspedes com uma bicama."

Banho quente. Allie ouviu as palavras como o anúncio de algo grandioso, que envolveu seu estômago dolorido e o segurou. Como se a mulher tivesse dito "nirvana" ou "felicidade eterna".

"Vou perguntar para a minha avó."

Allie enfiou a cabeça na van. Não estava travada, o que a surpreendeu.

"Ei", disse a Bea, que estava esparramada na poltrona reclinável, totalmente deitada, com um livro aberto sobre o peito.

"Que foi?"

"Quer passar a noite na casa dessa mulher e do marido dela?" Bea levantou a cabeça para encarar Allie.

"De jeito nenhum. Por que haveria de querer?"

"Porque ela tem um chuveiro com água quente."

"Fico bem tomando banho em banheiros de postos de gasolina. Devia cultivar esse talento. Funciona bem. Escute, eu vivo nesta van porque quero ter meu espaço. Ultimamente tenho você aqui, o que parece ser uma bênção e uma praga ao mesmo tempo. Mas agora quer me arrastar para um lugar desconhecido e me jogar no meio de uma família estranha? Não, obrigada."

"Eu queria tomar um banho."

"Tudo bem. Vá você."

"Promete que não vai embora sem mim?"

"Para falar a verdade, não."

Allie suspirou. A depressão, que havia cedido um pouco diante da possibilidade de uma cama e um banho, voltou e se instalou em seu estômago com um baque doloroso. Ela saiu e bateu a porta da van.

"Mesmo assim, obrigada", disse Allie, sentada no chão do mercadinho, ao lado do computador. "Mas, como eu disse, ela não é muito aberta. É uma pena. Eu teria adorado usar o seu chuveiro."

"O camping do Parque Estadual San Simeon tem chuveiros. É lá que vão passar a noite?"

"Ah, não sei. Onde fica?"

"A uns três quilômetros daqui, ao norte. Você vai ver as placas."

"Sabe quanto custa?"

"Não sei. Pode ter aumentado. Uns 20, talvez 25 dólares."

"Ah, legal. Obrigada. Talvez a gente fique lá."

Mas Allie ficou ainda mais desanimada, pois sabia que Bea nunca concordaria com isso. Era caro demais, quando podiam parar em qualquer lugar e dormir de graça.

As duas ficaram em silêncio por um bom tempo. Um casal entrou, pagou pela gasolina, comprou sanduíches de sorvete e refrigerantes e saiu.

Depois, para a surpresa até dela mesma, Allie perguntou: "Como eu a ajudo?"

Todo o lugar parecia surpreso com a pergunta. Por um momento, o silêncio pairou, pesado. "Quer dizer, como é possível ajudar uma pessoa a ser mais... aberta?"

"Boa pergunta. Em um sentido muito real, acho que isso não existe."

"Certo. Achei que era bom demais para ser verdade."

"Mas as pessoas podem mudar. E, às vezes, podem mudar por causa do que veem em você. Seu jeito de ser pode inspirar alguém. Então eu diria que... basta ser um bom exemplo do que você espera que vocês duas possam ser."

Allie pensou naquilo por um momento, esperando para ver se seu interior exausto e desanimado assimilava alguma coisa. Antes que respondesse à pergunta de maneira satisfatória, o processo de restauração do computador terminou. Ela se pegou olhando para uma tela exatamente igual àquela que tinha visto quando os pais lhe deram o computador no Natal, dois anos antes. Era outra grande perda que não conseguia superar. Um ano e meio de registros de seu mundo on-line, de suas comunicações. Para Allie, era como se uma imensa borracha tivesse apagado a sua vida. Ou sua vida estava bem ali, naquele momento, sentada no piso de madeira de um mercadinho em uma cidade pequena, e tudo que havia acontecido antes era só ilusão.

"Obrigada pela eletricidade", disse Allie. "E pelo conselho."

"Quer levar frango frito para você e sua avó? O dia está terminando e não vou poder guardar mesmo. Pode levar. Ou vou ter que servir no jantar ou jogar fora. Às vezes um sem-teto aparece por aqui para pegá-lo, mas faz tempo que não o vejo. Espero que esteja bem."

"É uma oferta muito generosa. Obrigada. Gostaria de poder levar um pouco para ela. Eu sou vegana."

Mas era como se não tivesse importância o que Allie comia. A depressão tinha acabado com seu apetite.

"Tenho pão, salada de repolho e salada de três feijões."

"Seria ótimo, obrigada."

Recusar comida de graça seria burrice, mesmo que não tivesse fome.

Por um momento, quando estava passando pela porta com as sacolas de papel cheias de comida, Allie pensou que talvez devesse tentar ficar. A dona do mercado seria melhor que Bea. Ela morava em uma casa de verdade e se sentia à vontade com a própria vida. E agira como se tivesse gostado de vê-la de novo.

Mas logo afastou a ideia da cabeça.

Não tinha dúvida de que aquela mulher a ajudaria se ela pedisse, mas seria o tipo errado de ajuda. Envolveria revelar a verdade, notificar as autoridades.

Aquele tipo de ajuda responsável que Allie não podia mais aceitar.

"Então... eu estava pensando...", falava Allie com Bea, que parecia cochilar. A velha tinha comido os cinco pedaços de frango frito. Havia sido um espetáculo incrível. Enquanto isso, Allie apenas olhava para o pão, para a salada de repolho e a de três feijões. "Talvez a gente possa ir até aquele acampamento do Parque Estadual San Simeon. Custa uns 20 dólares. Mas eu tenho dinheiro. E posso tomar um banho lá."

"Não vou sair daqui", disse Bea, quase sem mover os lábios. "Não vou dirigir nem mais um metro. Não posso dirigir tanto quanto dirigi hoje. Estou exausta. Completamente exausta. E meu pescoço e ombros estão doendo demais. Nas próximas quatro ou cinco horas, não saio daqui, e é isso. Além do mais, nós temos dinheiro. Não é mais só seu dinheiro a essa altura. Você se comprometeu a me recompensar pela carona. Portanto, tomamos juntas as decisões sobre como gastá-lo."

Allie suspirou.

Com cuidado, tirou a gata do colo e começou a soprar o pino de um lado do colchão de ar. O esforço a deixava cansada e sem fôlego.

Quando terminou de encher o colchão, Bea roncava.

Allie pegou uma toalha e uma bucha das coisas de Bea. Não havia pedido permissão, mas parecia errado acordá-la para pedir. Além disso, o dinheiro tinha que servir para bancar alguns confortos. Escolheu uma roupa limpa da valise sul-americana.

Depois percorreu a pé dois quarteirões até o grande posto de gasolina da esquina, perto da estrada.

Lá, no banheiro feminino, tentou cultivar o hábito do banho de esponja. Não era como um banho, mas teria que se contentar com isso. Como tantos aspectos de sua nova vida, essa parecia ser sua única opção: adaptar-se com toda alegria de que fosse capaz.

No momento, aquela alegria era bem pequena.

## 23

## FLATTERY SIGNIFICA ADULAÇÃO.
## E ADULAÇÃO TE LEVA A QUALQUER LUGAR

Elas percorriam a estreita, alta e sinuosa faixa de estrada ao longo da costa Big Sur. Allie olhava fascinada para a coloração turquesa do oceano, centenas de metros abaixo, com as rochas escarpadas nas beiradas e o paredão rochoso quase vertical à direita, tão perto da pista que, em alguns momentos, pensou que ia arranhar a lateral da van.

Phyllis estava sentada em seu colo, ronronando, mas as curvas constantes certamente deixavam a gata enjoada. Ela colou as orelhas à cabeça e deslizou para baixo do banco.

"Uau!" Allie se sentia e falava como uma criança. "Olha só aquela ponte!"

Mais ou menos dois quilômetros adiante, a estrada se transformava em uma ponte sobre arcos de aço muito altos. Allie não conseguia ver o que ela atravessava.

"Não posso olhar para aquela ponte!" Bea reagiu, irritada. Era a primeira vez que Allie percebia que ela não apreciava o cenário. "Não posso olhar para nada. Tenho que olhar para a estrada à nossa frente, se não quiser jogar a van e nós duas lá embaixo."

Antes mesmo que Bea pudesse concluir a frase, a estrada fez uma curva fechada aterrorizante, seguindo em sentido oposto ao do oceano, depois dobrando em um ângulo maluco que as pôs outra vez de frente para o mar. Allie observou o rosto tenso de Bea por um momento. Depois olhou para trás, para apreciar a paisagem.

Foi então que viu. Um carro de polícia. Ou melhor, uma suv policial. Quatro carros atrás delas, mas atrás delas.

"Ah, não."

"Que foi? Não vem com *ah, não*, a menos que seja sério! Já tenho motivos de sobra para entrar em pânico sem sua ajuda!"

Enquanto falava, Bea freou instintivamente. A van reduziu a velocidade. O carro de trás buzinou.

"Não para!", gritou Allie.

"Está me dizendo que tem alguma coisa errada e ainda não sei o que é?"

"Atrás de nós. Tem um carro de polícia."

Bea respirou em silêncio por um momento e acelerou um pouco.

"Que tipo de polícia? Civil? Rodoviária?"

"Não sei. Está muito longe, não consigo ver a lateral. Só sei que é uma suv preta e branca e tem uma luz em cima."

"Bem, se está longe demais para você enxergar a inscrição nas portas, talvez a recíproca seja verdadeira."

"Temos que encontrar um lugar para sair da estrada."

"Não tem lugar para sair da estrada!", guinchou Bea. Em seguida, como se recuperasse o controle dos nervos, ou da voz, pelo menos, acrescentou: "Caso não tenha percebido."

Allie sabia que tinham um possível problema e que ele poderia se concretizar rapidamente. Bea dirigia em baixa velocidade, retendo uma fila de carros atrás dela com seu pavor. Várias placas anunciavam o regulamento: velocidade mais baixa apenas ao usar áreas de acostamento. Bea tinha passado pelas placas — e pelas rampas — como se não as houvesse notado. Se não saíssem na próxima área de escape, diante dos olhos do policial, estariam cometendo uma infração passível de multa. Se Allie instruísse Bea a sair, e ela saísse, os carros de trás as ultrapassariam. Inclusive o carro de polícia. Cujo motorista poderia então dar uma boa olhada na van ao passar por ela.

Desesperada, Allie olhou para trás, mas tinham feito uma curva que escondia todos os outros carros, exceto o que vinha logo atrás.

Olhou para a frente de novo e viu uma área de escape de terra. Ficava do lado do mar e era protegida por um portão alto e largo de ferro. Por sorte, o portão estava aberto.

"Para aqui!", Allie berrou.

Bea deu um pulo e a frente da van acompanhou o movimento provocado pelo pânico, mas ela fez o que Allie dizia, embora, para isso, tivesse que atravessar a pista contrária no meio de uma curva sem nenhuma visibilidade. Ela atravessou e, por sorte, não havia ninguém vindo em sentido contrário.

A trilha além do portão descia em um ângulo acentuado, e a van ganhava velocidade e sacudia violentamente na estrada de terra.

"Não sei se tenho amortecedor para..." Bea começou, mas a estrada ficou mais acidentada, e ela teve que se concentrar em brecar e parar completamente.

Allie olhou para trás, para a estrada. Tinha sumido. De onde estavam, não conseguia vê-la. E, felizmente, também não podiam ser vistas.

Elas ficaram quietas por um momento, respirando, deixando passar o momento de pânico.

A vista do oceano era de tirar o fôlego, tão panorâmica que Allie levou alguns segundos para notar que havia uma casa poucas dezenas de metros abaixo delas. Não era o tipo de construção que ela esperava ver em um cenário tão luxuoso. Era bem pequena, feita de madeira escura e gasta. Dilapidada. Quase pobre, não fosse pela iluminação em volta dela.

"Acho que os despistamos", comentou Allie.

"Ah, que ótimo." Mas o comentário pareceu sarcástico. "Simplesmente ótimo. Agora estamos em uma propriedade particular e o dono certamente vai chamar a polícia. Bom saber que tem uma viatura tão perto para atender ao chamado."

"Você se preocupa demais. Vamos virar e..."

A batida na janela do passageiro soou tão perto da orelha de Allie que ela pulou. Pulou tão alto e tão repentinamente que sentiu que a alma poderia deixar o corpo.

Tinha um homem do lado de fora. Parecia ter uns 50 anos, usava chapéu e tinha um rosto enrugado, com uma expressão que era, ao mesmo tempo, impassível e triste.

"Posso ajudar, senhoras?", perguntou ele através do vidro.

"Não sou boa com essas coisas", sussurrou Bea. "Eu travo. A ideia foi sua. Dê um jeito nisso."

Allie respirou fundo, sorriu para o rosto do lado de fora da janela e abriu a porta. Em seguida saiu da van e pisou na terra. Sentiu a brisa do mar. O lugar parecia o paraíso, um cenário que se pode imaginar em uma meditação guiada, mas Allie não tinha tempo para se concentrar nisso.

"Desculpe", pediu. "É claro que estamos em uma propriedade particular. A culpa foi toda minha. Foi um engano. Minha avó estava dirigindo, e eu virei e vi que ela estava começando a cochilar. Então fiquei assustada, porque ninguém quer dormir ao volante nessa estrada."

"Ah, tem toda a razão." A voz do homem era neutra e sem entonação. Como se mal pudesse reunir a energia necessária para participar da conversa. "De fato, esse trecho é pior que a maioria. E são quilômetros sem um lugar para parar."

"Sim! Exatamente. Daí eu vi a chance de sair da estrada e disse para ela parar. Mas era a entrada da sua casa. Nós erramos. Desculpe. Vamos seguir viagem."

O homem coçou o queixo por um momento, como se a sugestão de Allie de irem embora o fizesse refletir. Ele usava uma barbinha estranha, um pequeno retângulo de pelos sob o lábio inferior. A barbinha e as sobrancelhas grossas e despenteadas eram loiras, entremeadas de fios grisalhos.

"Ela pode descansar um pouco aqui, se quiser. Não quero que voltem à estrada."

Allie respirou profundamente. Não estavam mais encrencadas. Podia parar de sentir medo.

"É muita bondade sua. Obrigada."

"Por nada. Se precisarem de alguma coisa, estarei no jardim de esculturas."

"Jardim de esculturas?"

O homem apontou. Falar parecia dar muito trabalho. Ele levantou a mão carregada de anéis prateados e mostrou o portão à direita da casa.

Depois se afastou.

Allie voltou para dentro da van.

"Para ali", disse a Bea, apontando o local. "Atrás daqueles arbustos. Só por precaução, caso a polícia volte e fique curiosa para saber onde estamos."

"Espere. O que estamos fazendo?"

"Ele disse que podemos ficar."

"*Ficar*? Como assim, *ficar*? Por quanto tempo? Por que ele diria isso? Deve ser algum maluco. Quem diz a duas desconhecidas que saíram da estrada que elas podem ficar na sua propriedade?"

"Dá para relaxar? Eu falei para ele que você estava quase cochilando na estrada. Ele disse que você pode descansar um pouco aqui, antes de voltar a dirigir. Só não quer que a gente despenque do penhasco."

"Ah." Bea parecia desapontada por ter que admitir que o homem provavelmente só estava querendo ser gentil.

Ela olhou de novo para a área que Allie havia indicado, bem escondida atrás de densos arbustos. Depois engatou a marcha e, lentamente, dirigiu a van até lá. Ali havia mais sombra, o que Allie achou melhor ainda, e a vista do oceano era impressionante. Bea desligou o motor. O silêncio era total. Só um leve assobio do vento.

"Bem", disse Bea, "está se tornando uma mentirosa bem experiente, não é?"

"Sim. Infelizmente. Eu estava pensando a mesma coisa."

Allie ouviu Bea roncar por uns cinco minutos. Talvez dez.

Não sabia por que ela precisava de um cochilo. A história sobre quase ter dormido ao volante tinha sido inventada. Além do mais, ainda era de manhã. Foram pouco mais de duas horas de estrada desde que saíram de Cambria. Mesmo assim, era evidente que essas duas horas a haviam esgotado.

Allie não conseguia se animar com a ideia de um cochilo.

Saiu da van e parou do lado de fora, sentindo o sol e o vento por um instante, olhando tudo. Estar centenas de metros acima do mar fazia a vista se estender até muito longe, como se ela pudesse ver os limites da terra. Ou, pelo menos, metade do caminho para terras distantes.

Suspirou, depois começou a andar em direção ao portão apontado pelo homem. Era coberto de folhagens. Allie teve que afastar ramos de folhas verdes para conseguir abrir o portão e passar por ele.

Do outro lado, viu um zoológico de animais de ferro cor de ferrugem. Baleias e golfinhos em tamanho natural pareciam brotar da grama. Aves marítimas de pernas longas mantinham as asas abertas, como se estivessem pousando. Coiotes e leões da montanha andavam entre árvores de ferro e flores gigantescas.

No meio de tudo isso, o homem usava uma máscara de soldador e trabalhava na escultura de uma mulher. Mais especificamente, no cabelo. Que cabelo incrível o daquela mulher de ferro. Comprido e encaracolado, separados em mechas pelo vento. Era o que o escultor fazia parecer.

Por alguns minutos, ela o viu acrescentar mechas àquele impressionante cabelo de ferro.

Então ele parou e desligou o maçarico. Levantou o visor da máscara. E viu Allie. Ela notou que ele a tinha visto. O homem levantou a mão em sinal de reconhecimento.

Allie se aproximou dele.

"Espero que não se incomode por eu estar aqui", disse. "Você falou que eu poderia vir, se *precisasse* de alguma coisa. Mas não preciso de nada. Só fiquei cansada de ver minha avó dormir. E queria ver o jardim de esculturas."

"Não se preocupe", respondeu ele, deixando o maçarico na grama.

Allie deu mais um ou dois passos. Não conhecia aquele homem. Bea tinha razão sobre isso. Mas a estátua a atraía. Além do mais, tinha uma estranha certeza de que aquele desconhecido não tinha intenção, nem energia, para causar problemas.

"Adoro o cabelo dela", disse Allie, e esperou, mas o homem não disse nada. "É uma pessoa de verdade? Quer dizer, inspirada em alguém real?"

Por longos instantes, nada foi dito. Allie deduziu que a pergunta não era considerada digna de uma resposta pelo anfitrião.

Então, com uma voz pouco mais que um sussurro, ele disse: "Minha esposa".

"Ah. Que legal. Ela deve adorar isso. Quer dizer... ela gosta? Acha que se parece com ela?"

O homem tirou a pesada máscara da cabeça e a deixou na grama. Então olhou para Allie. Por uns segundos, os olhos queimaram os dela, em um olhar firme. Depois ele olhou para o mar.

"Ela me deixou." A voz agora era surpreendentemente forte.

"Ah, sinto muito."

"Acho que não me expressei direito", continuou, ainda olhando para o horizonte. "Não quis dizer que ela me deixou porque se separou de mim. Ela deixou isso aqui. Tudo e todos. Deixou o mundo."

Allie achava que estava acompanhando o raciocínio, mas não se sentia segura o bastante para falar.

"Ela morreu", confirmou instantes depois. "Ainda tenho dificuldade para dizer isso."

"Sinto muito. Quanto tempo faz?"

"Trinta e sete dias."

"Uau. Não dá para se acostumar com uma coisa dessas nesse tempo."

"Não."

Ele não disse mais nada por uns minutos. Estava olhando para a estátua. Um olhar crítico. Não como se não gostasse dela, mas como se ela precisasse de mais alguma coisa para ficar boa, mas ele não conseguisse identificar o que era. Depois olhou para o rosto de Allie outra vez.

"Que péssimas maneiras as minhas. Quer uma limonada?"

"Obrigada. Seria ótimo."

O homem desapareceu no interior da casa. Allie não sabia se ele esperava que ela o seguisse. Mas não se sentia à vontade para entrar em uma casa desconhecida com um homem desconhecido, por isso decidiu acreditar que a intenção dele era que o esperasse ali mesmo.

Ela andou entre as esculturas, olhando para os olhinhos pequeninos e atentos dos golfinhos e das baleias. Os corpos eram formados por longas e leves tiras de ferro bastante espalhadas entre si. Allie conseguia ver o oceano através das enormes esculturas, o que parecia apropriado.

Ela se aproximou da esposa de ferro. A escultura tinha os braços estendidos, abertos, como se fosse abraçar o mundo. A cabeça inclinada para trás recebia o vento. Ela parecia em êxtase. Allie tentou imaginar como seria encarar a vida com aquela disposição. Imaginava se seria possível se sentir assim ainda em vida. Talvez a pessoa tivesse que esperar até deixar a terra e alguém imortalizá-la em ferro.

Um movimento chamou sua atenção, então ela virou e viu um copo de limonada esperando por ela.

"Obrigada", disse e o pegou. "Ela era assim de verdade?"

Esperava que ele pedisse uma definição de "assim", mas ele não pediu.

"Não. Era muito mais."

Os dois olharam para a estátua em silêncio por um momento.

"Jackson." O homem se apresentou.

"Allie."

"E essa é a Bernadette."

"Sinto muito por sua perda."

"Não tanto quanto eu. Mas tive 33 bons anos com ela, e isso não é pouco. Merece gratidão."

Allie bebeu a limonada. Era surpreendentemente ácida, mas ainda assim, boa. O sabor sugeria que tinha sido adoçada com mel em vez de açúcar. Mas lidaria com isso.

"Esse é seu trabalho?", perguntou ela.

Jackson riu.

"Não. Sou aposentado." Por um momento, ela pensou que não teria mais nenhuma informação. "*Queria* ter me aposentado como escultor. Queria voltar no tempo e reescrever minha história."

Allie observava o rosto dele em silêncio. Tinha a impressão de que tentava justamente isso.

"Mas não se pode desfazer o passado. Eu era da área de finanças. Trabalhei nessa área por muito tempo. Décadas. Um dia, acordei e percebi que nada daquilo era real."

"Nada daquilo... O quê? Finanças? Para mim, parece bem real."

"Bem, não é. Estou dizendo, não é. São só valores que concordamos em atribuir às coisas. Eram números em um pedaço de papel. Agora, são números em uma memória digital."

"Mas os números representam dinheiro de verdade, certo?"

"Não existe dinheiro de verdade. Não mais. Os bancos só inventam. Só criamos esses números, é cada vez mais assim, a cada ano que passa. Usamos os números para manter algumas pessoas em cima e outras embaixo. Antes havia um lastro em ouro, mas você é muito nova para se lembrar disso. O governo tinha ouro, e o papel-moeda o representava. Mas o que o dinheiro representa agora?"

"Não sei", disse Allie, sem saber se estava ou não ouvindo um narrador confiável. "O que ele representa?"

"O que as pessoas que estão no poder quiserem. Tive que sair da área e trabalhar com alguma coisa real. Tive que viver em um lugar feito pela natureza e usar as mãos para criar alguma coisa que não vai virar pó."

Ele olhou rapidamente para Allie, depois mudou de assunto de um jeito que ela quase não conseguiu antecipar. Ela não sabia o que viria a seguir, mas o assunto anterior havia ficado para trás. Já tinha ouvido tudo que ele planejara revelar.

"Então, para onde você e sua avó estão indo?"

"Estamos... subindo a costa. Ainda não decidimos até onde vamos."

"Quanto tempo vocês têm?

"Aí, aí é que está. Não sabemos. Até onde podemos ir?"

"Mais ou menos até a fronteira do Canadá. E recomendo que façam isso."

"Parece uma aventura legal. Mas minha avó não tem estrutura para essa rota litorânea."

"Não é tão ruim assim mais para cima. Tem vários trechos pavorosos. Não é reta. Mas acho que ela vai se acostumar, na medida em que seguir viagem."

"Talvez", respondeu Allie, embora não concordasse com ele. "Quer dizer que é possível ir até o Canadá por essa estrada?"

"Sim e não. No norte da Califórnia, ela se junta à 101. Nem toda a rota é litorânea. E não é que a estrada segue exatamente até a fronteira do Canadá. Porque a fronteira fica no meio do Estreito Puget. Você pode ir até Cape Flattery. É lindo. Você tem que ir a pé, andando por uma série de passarelas de tábuas. Terra nativa. É o extremo noroeste dos Estados Unidos. Ou você pode parar em algum lugar como Port Angeles e pegar a balsa para o Canadá."

"Nós não temos passaporte. Quer dizer, não trouxemos." Sentia que não devia falar por Bea. Mas tinha quase certeza de que dizia a verdade.

"Cape Flattery, então. É o melhor da costa."

"Seria uma grande aventura. Mas minha avó não é do tipo aventureiro."

"Então cabe a você despertá-la. No sentido figurado." E se virou na direção da casa. "Pode deixar o copo em cima da mesa." Acenou com a cabeça para indicar uma mesa de ferro no pátio.

E se afastou. Voltou para dentro de casa.

Allie bebeu a limonada ácida e pensou em quantas vezes Jackson e Bernadette haviam se sentado àquela mesa de ferro. Talvez para jantar, beber chá ou ver o pôr do sol sobre o horizonte azul.

E tentou imaginar o que ele faria sem aquilo, agora que ela não estava mais ali.

Quando a tristeza se tornou pesada demais, ela tentou pensar em um jeito de convencer Bea a dirigir pela costa até Cape Flattery. Quando chegou à inevitável conclusão de que não conseguiria convencê-la, de que seria impossível, a tensão havia voltado, e Allie decidiu que um cochilo seria uma boa ideia, afinal.

## 24

## TINTA SPRAY E A EXPANSÃO DOS MUNDOS

Allie acordou com um ruído estranho, uma espécie de chiado. Piscou e olhou em volta.

Estava deitada no colchão de ar na van de Bea, com Phyllis dormindo profundamente sobre seu peito. Bea não tinha fechado as cortinas da frente, provavelmente porque estavam paradas atrás de um aglomerado de arbustos altos e impenetráveis. E foi assim que Allie soube que ainda estavam na casa de Jackson.

Sentou-se, tentando não incomodar a gata com o movimento, mas fracassou. E esfregou os olhos.

Saiu pela porta de trás da van para investigar o ruído e se deparou com Bea e uma lata de tinta spray, que ela usava com vigor.

"Ei!", Bea reagiu ao vê-la. "Quase foi pintada de branco."

O ruído silenciou, deixando apenas o som distante do oceano e da brisa entre as árvores.

"Onde conseguiu tinta spray?"

Bea acenou com a cabeça na direção da casa.

"Cortesia do nosso anfitrião."

Allie virou para olhar na direção indicada por Bea.

A inscrição do lado do passageiro havia sido coberta quase completamente. E Bea fazia um bom trabalho. Sem pingos nem rastro de tinta escorrida. Devia ter coberto as letras com mais de uma camada de tinta, porque não havia nem sombra delas.

"Estou confusa", disse Allie.

"Porque eu disse que não haveria alterações na van?"

"Sim. Isso."

"Bem, fiquei pensando muito enquanto você dormia. Aliás, não sei por que dormiu o dia inteiro. Você dormiu a noite passada, não?"

Allie olhou em volta e viu que faltavam só umas duas horas para o pôr do sol. Hora ruim para voltar à estrada naquele trecho. Não iriam muito longe. Além do mais, o serviço de pintura não estava pronto.

"Dormi, sim."

"Fiquei entediada e fui conversar um pouco com o Jackson. Ele acabou de perder a esposa, ela morreu de câncer há 37 dias. Dá para imaginar? Como isso deve ser difícil? Lembro bem desses 37 dias. Não o dia exato, é claro. Mas me lembro de como era logo depois que perdi o Herbert. E ele começou a me contar sobre o casamento. O Jackson, não o Herbert. Depois disso, eu pensei muito e percebi que nunca foi assim para mim e para o Herbert. Ah, nós nos entendíamos bem. E ele era importante para mim. Como não poderia ser? Era o único marido que eu tinha. O único que tive. E ele era um homem adorável em muitos aspectos. Mas era muito, muito ruim com os negócios. Péssimo. Ele sempre falava como se a falência daquela empresa fosse uma questão de falta de sorte, e eu concordava para não o magoar, mas ele era um péssimo administrador. Não gosto de falar mal de quem já morreu, mas é verdade."

Allie esperou. Estava mais que surpresa por ouvir essas coisas de Bea. Perplexa. Por isso, esperou em silêncio. Se ainda havia mais alguma coisa, não queria distraí-la nem desencorajá-la.

"Tenho que admitir que foi um sentimento muito estranho. Não com o Herbert, mas o dessa conversa que tive há pouco com o Jackson, o cara que faz as esculturas de metal. Percebi que ele me falava sobre seu casamento como ninguém jamais falou antes. Nunca. Tive amigos durante toda a minha vida, é claro. Mas não muitos. E os amigos que tive, bem, acho que eram mais do tipo cautelosos. Como eu. Nunca conversamos sobre nossos casamentos bem-sucedidos ou não, ou sobre o que sentíamos em relação a eles. No meu tempo, isso não existia. Você só vivia o casamento e deixava essa parte de falar sobre ele para lá. Mas esse homem... estava louco para falar sobre a esposa, e é compreensível. Em que mais ele poderia pensar, depois de 37 dias?"

"Enquanto falava, ele serviu enormes canecas de café ou alguma coisa assim?" *Anfetaminas, talvez?* Mas essa última parte Allie só pensou, não falou.

"Não, por quê?" Bea não entendeu a insinuação.

"Por nada. Esquece."

"Então... onde eu estava? Ah, durante toda a minha vida, eu pensei que o meu casamento fosse como o de todo mundo. E agora, de repente, não tenho tanta certeza. Eu conheci o Herbert e escolhi viver com ele quando era só uma menina. Nunca tinha tido um namorado sério. Simplesmente embarquei nessa história com ele, sem saber para onde ia o trem. Como poderia saber? Era assim que acontecia no meu tempo. Não estou lamentando por ele não ter ganhado mais dinheiro. É claro que uma simples apólice de seguro de vida teria servido, mas não estou falando de dinheiro. É que eu fiz dele o meu mundo. E por isso o meu mundo sempre foi muito pequeno. Então, quando ele morreu, eu não sabia mais o que era o meu mundo. Não sabia nem se tinha um."

Bea deixou a lata de tinta spray no chão e foi para a parte de trás da van. Allie a seguiu, hipnotizada. Bea segurou a ponta do adesivo que avisava "Se estou dirigindo devagar, é porque estou transportando um bolo de casamento" e tentou puxá-lo. O adesivo rasgou, mas não saiu. O canto rasgado ficou na mão de Bea.

"Vá lá dentro, pegue uma faca de cozinha e comece a trabalhar nisso", disse ela a Allie. "Pode ser?"

"Hum. É claro." Mas não saiu do lugar.

"Então eu tomei uma decisão. Chega de viver no passado, porque o passado nem é um bom exemplo das minhas melhores escolhas. Uma coisa é olhar para trás e ver como eu deixei o meu mundo ficar pequeno demais. Outra é me agarrar a essa pequenez agora."

"Uau. Quanto tempo eu dormi? Você fez um tremendo progresso enquanto eu estava longe."

"Sobre essa aventura que você estava tentando me convencer a viver", disse Bea ao se aproximar de Allie, que raspava os últimos resquícios de adesivo do para-choque. "Não sei nem como pode ser uma aventura, porque isso tudo para mim é novidade. Mas talvez eu me interesse."

"Hum." Allie continuou raspando. "Podemos continuar subindo pelo litoral até Cape Flattery. É o extremo noroeste dos Estados Unidos, o limite de onde se pode ir de carro sem atravessar o Estreito Puget para o Canadá."

"Ótimo. É o que vamos fazer."

E Bea desapareceu, para levar a fita-crepe, os panos de limpeza e a tinta que havia sobrado de volta para a casa.

Allie sorriu.

Na verdade, não estava certa de que ir de carro até algum lugar podia ser considerado uma aventura. Mesmo que fosse algum lugar muito distante. Mas era uma aventura alucinante, para os padrões de Bea, e aquilo era mais que suficiente para o momento.

Allie foi a escolhida para ir até a casa avisar Jackson que estavam de partida. Ela não sabia por quê. Depois de tudo que havia escutado, tinha a impressão de que Bea e Jackson haviam tido um momento de conexão. Por outro lado, talvez fosse esse o motivo. Talvez Bea quisesse se afastar dessa conexão.

O sol forte a ofuscava enquanto descia a encosta em direção à porta da casa.

Ela bateu, usando o batedor de ferro em forma de macaco pendurado pelo rabo.

Jackson não atendeu.

Depois de um tempo, Allie voltou e caminhou até o portão coberto de folhagens, e o encontrou no jardim das esculturas, perto da estátua de Bernadette. Não estava trabalhando. Só avaliava a peça de um jeito que sugeria que sabia que faltava alguma coisa, sem saber, contudo, o que era.

"Estamos indo embora", avisou, e ele mal olhou em sua direção. "Só queria avisar. E... agradecer. Você foi muito generoso."

"Espero que não tentem ir longe esta noite. Não falta muito para escurecer."

"Não, vamos só até Carmel ou Monterey, e paramos para dormir."

"Ótimo. Não vão ficar nem uma hora na estrada."

*Você nunca viu a Bea dirigindo nessas estradas*, ela pensou, mas não disse nada. Por dentro, concordava que Carmel ou Monterey eram boas opções.

"Ela mudou, depois da conversa que tiveram", comentou.

Pela primeira vez, Jackson desviou os olhos da estátua para fitar Allie.

"O que foi que eu disse?"

"Só aquelas coisas sobre seu casamento. Não sei se foi algo específico, mas acho que isso a fez pensar na vida dela, nas escolhas que ela fez e no que resultaram. É engraçado, porque você me disse que eu teria que despertá-la. No sentido figurado. E aí eu fui tirar um cochilo, e você a despertou enquanto eu dormia."

Ele sorriu, mas foi um sorriso triste, como tudo que conseguia transmitir.

"Ainda não sei como fiz isso, mas fico feliz. Se cuide. E cuide de sua avó."

"Vou cuidar. Obrigada. Eu te desejo..." Por um momento, ela ficou em dúvida se seria capaz de concluir o pensamento. "Eu te desejo tudo de bom. Tipo, que você consiga ser realmente forte para superar. É isso. Desejo que você supere e se cure."

"Desejo o mesmo para você", respondeu Jackson.

"Para mim? Por quê? Do que *preciso* me curar?"

"Não sei. Mas *você* sabe. A dor está estampada no seu rosto."

O rosto de Allie ficou em brasas.

"Tudo bem", respondeu Allie. "Tchau."

E voltou para a van antes que a conversa pudesse se tornar ainda mais real.

Na manhã seguinte, estacionaram a van na frente de uma loja de penhores, em Monterey, enquanto aguardavam o dono virar a placa de "Fechado" para "Aberto".

"Você sabe como limpar todas as informações pessoais das coisas", disse Bea. "Fez isso no seu computador."

"Sim", Allie respondeu, tomada por um misto de dúvida e apreensão. "E daí?"

"Talvez possa fazer a mesma coisa com esse telefone."

Bea mantinha o celular no colo, uma das mãos sobre ele, como se fosse um segredinho perverso que alguém que passasse pela van pudesse ver.

"De jeito nenhum. Nem pensar. Isso seria..."

"Vou vender de qualquer jeito. Ou você limpa, ou alguém da loja de penhores vai limpar."

"Não é isso. A questão é que eu não vou ser cúmplice do seu..."

"O quê? Crime? Você ia dizer *crime*?"

"Bem, o que você acha? Roubar o celular de alguém é legal ou ilegal? O conceito é bem simples."

"Então acha que sou uma criminosa."

"Precisamos brigar? De verdade? Estávamos começando a nos entender."

Bea suspirou. "Não vai poder entrar comigo, então. Vai ter que vender seu computador depois, em outra loja. Ou nessa mesma, mas depois. Porque se estiver lá e ele achar que você é minha neta, vai ser difícil explicar por que apagou toda informação pessoal do seu computador, mas se recusou a fazer a mesma coisa no meu telefone."

"Tudo bem. Tanto faz. Pode ir primeiro. Não quero mesmo participar da venda desse celular."

Elas ficaram em silêncio por um ou dois minutos. Até o homem virar a placa para "Aberto".

"Me deseje sorte", disse Bea.

Allie ficou quieta.

Bea balançou a cabeça de um jeito dramático, saiu da van e caminhou meio rígida até a entrada da loja de penhores. Allie a observava. Quando Bea desapareceu no interior da loja, Allie leu as placas na vitrine pela centésima vez. Inclusive a que anunciava: "Compramos ouro". Daquela vez, a mensagem a atingiu como não a atingira nas primeiras noventa e nove.

Foi para a parte de trás da van e abriu uma das valises até encontrar a barra de uma onça que ganhara do tio no dia em que nascera. Não era exatamente uma barra. Parecia uma moeda retangular. Ela a tirou da bolsinha plástica e a virou entre os dedos. Era um pouco pesada para o tamanho e tinha muita informação gravada que confirmava sua autenticidade. Era suíça e continha o lembrete "999.9 ouro puro", o que não fazia sentido na cabeça de Allie, pois era como se a vírgula estivesse no lugar errado. Mas era essa a inscrição. Além da que dizia "Ouro bom", embora Allie não soubesse se isso era uma coisa verificável por meio de uma definição. Tinha até um número de série gravado. Ela não tinha ideia do seu preço. Algumas centenas de dólares, talvez?

Mas o seu verdadeiro valor era claro: Bea não sabia que Allie a possuía.

Allie havia comprometido todos os eletrônicos que tinha, todo dinheiro que guardava, até algumas joias, com aquela viagem e com a comida e o combustível nela envolvidos. Mas tinha esquecido a coleção de moedas e a onça de ouro antes de entrar na casa, e não as mencionara ao sair. Aquelas coisas podiam ser só dela, algo a que recorrer se nada desse certo com aquela mulher.

Guardou o ouro de volta na bolsinha plástica e a enfiou no fundo do bolso da frente da calça jeans.

"Próxima", disse Bea.

Allie pulou como se tivesse sido pega roubando. Olhou para Bea, que enfiava a cabeça pela porta, do lado do motorista.

"Que rápido", disse Allie, tentando disfarçar a culpa.

"Quanto tempo deveria levar? Enfim, não deu certo. É preciso ter uma senha para destravar o aparelho."

"Ah. Verdade."

"Você sabia disso?"

"Bem... sim."

"Por que não me falou?"

"Não sei. Não pensei nisso. Você não sabia? Disse que já tinha feito isso antes."

"Fiz uma vez. E deu tudo certo."

"Talvez porque a venda foi muito mais rápida? Ou porque mexeu na tela durante um tempo? Isso teria mantido o celular destravado."

"Sim, fui mexendo nele enquanto andava. Bem, que droga. Não deu em nada, mas que bom que você tem alguma coisa para vender para ele."

"Não acha melhor eu esperar um pouco? Para ele não perceber que estamos juntas? Por que não vamos tomar café da manhã e depois voltamos e eu vendo o computador? Ou... não sei. Temos dinheiro suficiente agora. Talvez não seja necessário vender nada meu hoje. Podemos esperar para ver se realmente vamos precisar."

"A questão é se vai haver *alguma* loja de penhor quando precisarmos do dinheiro", respondeu Bea enquanto se acomodava ao volante. "Costa acima, sabe?"

"Nesse caso, acho que precisamos mesmo é de um bom mapa", disse Allie.

As duas se sentaram à mesa, em uma lanchonete com vista para a baía. Allie havia comprado um mapa, que ocupava metade da mesa.

"Vamos atravessar Fort Bragg e Mendocino no norte da Califórnia", disse ela, deslizando o dedo pela costa. "Eureka e Arcata.

E Crescent City. Ah, e é claro que San Francisco primeiro, mas isso acontece ainda hoje, provavelmente, e imaginei que era óbvio, nem precisava dizer. Não sei se essas outras cidades são grandes. É difícil dizer apenas pelo mapa, mas aposto que uma delas tem uma loja de penhores. Monterey nem é tão grande e tem várias. Coos Bay, no Oregon, parece maior. São inúmeras cidadezinhas pela costa, mas podem ser bem pequenas. É difícil dizer."

A garçonete se aproximou, uma jovem gorda e de aparência animada, com cerca de 20 e poucos anos e o cabelo preso no topo da cabeça. Entregou um cardápio a cada uma.

"Turistas!", disse, como se tivesse encontrado uma mina de ouro. "Sempre consigo identificar turistas. Recebemos muitos por aqui, e gosto de perguntar às pessoas de onde vêm e para onde vão."

Silêncio.

Allie olhou para a cara de Bea, que parecia perturbada com a animação da jovem. Perturbada de um jeito ruim.

"Café", Bea disse, indiferente.

O entusiasmo sumiu do rosto da garçonete.

"Sou de Pacific Palisades", disse Allie. "E minha avó aqui é de Coachella Valley. Vamos subir a costa de carro até Cape Flattery, em Washington. É uma aventura."

"Bem, e parece ser das boas", a jovem respondeu, aparentemente aliviada.

"Vou querer chá", pediu Allie.

"Trago já." Ela deu uns dois passos, parou e voltou. "É claro que vão visitar nosso aquário, já que estão aqui, não é? É famoso no mundo todo."

"Não", disse Bea.

"Talvez", respondeu Allie.

A mulher franziu a testa. Depois foi para a cozinha.

"Que grosseria", disse Allie.

"Não gosto de gente assim. Nunca gostei. O que interessa para ela de onde venho e para onde vou?"

"Ela só quis ser simpática."

"Isso é simpatia exagerada."

"Acho que não. Acho que isso nem existe. Estamos vivendo uma aventura, e podemos aceitar que pessoas vão fazer parte dela. Vamos conhecer pessoas pelo caminho. Por que não descobrir alguma coisa sobre elas? Por que não contar a elas um pouco sobre nós? Como podem usar isso contra nós? É impossível. Alguns minutos depois, teremos ido embora. É só um pouco de conversa com outros seres humanos, e não sei por que todo mundo tem tanto medo disso."

A garçonete voltou e serviu café para Bea. Mantinha-se bem longe dela e estendia o braço de um jeito cômico para servir, como se Bea fosse radioativa ou mortal de alguma maneira. Depois, deixou uma panelinha de aço inox com água quente na frente de Allie, e ao lado dela uma cesta com vários sabores de chá, que carregava embaixo de um braço. Sorriu para Allie e ela lhe sorriu também. Em seguida, se afastou de novo.

Allie olhou para Bea e viu que ela estudava seu rosto. Com um sério interesse.

"Que foi?", perguntou Allie, automaticamente na defensiva.

"O que deu em você?"

"Por que acha que aconteceu alguma coisa comigo? Só acho que uma aventura pode incluir pessoas. Podemos aprender alguma coisa sobre as pessoas que conhecemos, e a recíproca é verdadeira. Você fez isso com o Jackson, e tudo mudou. Isso mudou o jeito como você olha para o passado."

"Na verdade, não!" Bea a desmentiu, sem mudar de expressão. "De onde tirou isso?"

Allie suspirou. Preparou-se para dizer a verdade. Afinal, era o que defendia. E Bea não era mais uma estranha.

"Quando eu fui me despedir do Jackson... ele... disse uma coisa. Sobre mim. Disse que conseguia ver a minha dor. Disse que ela estava estampada no meu rosto. Fiquei meio chocada, porque não imaginava que as pessoas pudessem vê-la. Achei que conseguisse guardar isso para mim, se quisesse. E saí de lá. Só saí. E agora me sinto muito mal por isso. Por que não fiquei lá e admiti como as coisas são ruins para mim agora? Ele contou para nós sobre a dor dele. Foi muito franco a respeito dela. E depois tentou me induzir a fazer a mesma coisa, e eu fugi. Por quê? Por que é tão assustador deixar alguém te ver desse jeito?"

"Hum. Tenho a péssima sensação de que está sugerindo que devemos tentar isso."

"Acho que você já começou."

"Foi sem querer. Quer saber? Fique à vontade para agir assim por onde passar. Eu vou observar e ver como funciona para você."

"Tudo bem", disse Allie. "Para você é só uma brincadeira, mas eu topo."

Na metade da refeição de aveia e frutas, que comia em silêncio, Allie disse:

"Acho que precisamos ir ao aquário."

"Bobagem."

"Por que é bobagem?"

"Em primeiro lugar, acho que você não conhece o significado da palavra 'precisar'. Nós *precisamos* respirar, beber água e comer. Precisamos nos abrigar do tempo ruim, mas aqui isso não acontece. Esse aquário deve ser caro, e é só diversão. Entretenimento. Essa é a última coisa de que precisamos."

"Essa é sua versão antiga falando. E você disse que não tomaria as decisões que tomou no passado."

Bea parou com um pedaço crocante de bacon a caminho da boca.

"Eu não disse que ia mudar cada coisinha em mim. Algumas merecem continuar. Especialmente essas refeições leves. Especialmente em um tempo como esse."

Allie comeu sua aveia em silêncio por alguns minutos. Depois disse:

"Mas eu tenho dinheiro. E se é nisso que quero gastar..."

"Você não tem dinheiro. *Nós* temos dinheiro. Você comprometeu esse dinheiro com as nossas despesas. Não pode voltar atrás e apenas gastá-lo."

Elas comeram em um silêncio tenso por algum tempo. Era cada vez mais importante, para Allie, ver aquele aquário e levar Bea naquela visita. Parecia mais crucial do que conseguia explicar até para ela mesma. Parecia ser o fato que determinaria o tom em que aquela aventura seria tocada — se seria incrível, como a vida devolvendo tudo para ela, ou só mais uma experiência tensa, cheia de tédio e sacrifício.

Finalmente, ela levou a mão ao bolso e tocou a barra de ouro de uma onça. Depois a pôs em cima da mesa e a cobriu com a mão.

"O que é isso aí?", perguntou Bea.

Allie levantou um lado da mão para que Bea pudesse dar uma olhada rápida. Depois guardou a barra no bolso rapidamente.

"Isso é de verdade? Onde conseguiu?"

"Meu tio me deu no dia em que nasci. Era uma dessas coisas que eu deveria guardar, porque ficaria mais valiosa a cada dia. Não sei quanto vale. Mas acho que uns 200 dólares, pelo menos."

"É uma onça?"

"Isso. Uma onça."

"Então vale alguma coisa perto de 1300 dólares."

Allie sentiu os olhos se arregalarem.

"Tem certeza?"

"Absoluta. O ponto de ouro custa quase 1300."

"Como sabe disso?"

"O Herbert tinha um pouco de ouro. Só umas poucas onças. Pelo mesmo motivo. Devia guardar, porque normalmente valoriza. Com o passar do tempo, quase sempre valoriza. O negócio começou a dar prejuízo e tivemos que vender para pagar alguns impostos. Desde então, sempre olhei o preço do ouro no jornal, só para ficar brava com o quanto aquelas onças valeriam agora. Eu não devia ter feito isso. Só serviu para me deixar ressentida. Mas não conseguia parar. Então, isso melhora um pouco nossa situação. Porque temos isso aí."

"Lá vem você com esse plural de novo", retrucou Allie.

Bea soltou o garfo e se recostou no banco com um som alto.

"Está tentando dizer que esconde coisas de mim?"

"Não exatamente. Eu ia esconder. Não havia prometido essa barra de ouro, porque nem lembrava que a tinha naquele momento. Então, sim. Eu ia guardar a barra comigo em segredo, caso as coisas não dessem certo e eu acabasse sozinha de novo."

"Dinheiro do socorro", disse Bea.

"Não sei o que é isso."

"Era um dinheiro que as meninas levavam aos encontros quando eu era jovem. Meninas espertas, pelo menos. Os meninos pagavam tudo. Teoricamente, a garota não precisava levar dinheiro nenhum quando ia a um encontro. Mas e se ela acabasse com um maluco cheio de mãos e nenhum respeito? Naquele tempo, não tínhamos celular. Era preciso arrumar um jeito de ir embora. Usar um telefone público. Pegar um táxi, talvez. Todas levavam um dinheirinho escondido. Chamávamos de dinheiro do socorro por razões que devem ser óbvias."

"É isso. Eu ia guardar a barra como um dinheiro do socorro."

"*Ia?* Passado? O que vai fazer com ela agora?"

"Depositar nas reservas de viagem. Vou guardar e não vou vender até que seja necessário. Mas ela vai estar à mão, se *nós* tivermos algum problema. Com uma condição: você não vai decidir sempre quanto gastamos e com o quê. Disse que decidiríamos juntas, mas não é assim que tem sido. Você diz sim ou não e espera que eu aceite. Também tenho direito a participar das decisões."

"Quer ir àquela droga de aquário."

"E quero que você vá comigo. É isso."

"Deixa eu ver esse negócio de novo. Tem certeza de que é de verdade?"

"Por que meu tio rico me daria um presente falso no dia em que nasci?"

Ela tirou a barra do bolso e empurrou por cima da mesa, cobrindo-a discretamente com a mão. Bea aceitou a transferência em silêncio. Depois tirou os óculos de leitura do bolso e examinou o ouro com atenção.

Um momento depois, empurrou-o de volta.

"Vamos ver esse Aquário da Baía Monterey", disse.

# Bea
## Parte Cinco

## 25

## COMO FAZER CARINHO EM UMA ARRAIA

Elas estavam juntas diante da gigantesca floresta de algas, que balançava levemente. Era surpreendente, mas Bea conseguia ignorar a multidão ao redor. Na verdade, os outros turistas pareciam ter desaparecido, tamanha era a intensidade de seu foco no interior do imenso tanque de água salgada.

As paredes de vidro ultrapassavam a altura da cabeça de Bea em mais de seis metros e pareciam uma janela para uma verdadeira floresta de algas no fundo do mar. Uma bomba, ou outro tipo de equipamento, fazia as algas balançarem como se moveriam com a maré em mar aberto. Bea levou alguns minutos para perceber que ela e a menina se moviam sutilmente em resposta ao que viam.

De vez em quando, um tubarão-leopardo passava nadando sem pressa diante dela, ou um cardume de milhares de peixinhos prateados, em perfeita harmonia de movimentos. Peixes maiores, como os que Herbert pescava em suas viagens ao litoral, nadavam determinados pelo tanque, ou só ficavam flutuando sem nadar, balançando para lá e para cá com as algas.

Normalmente, Bea odiava ficar parada e em pé. Sentia calor e tontura quase imediatamente, o que a levava a procurar um lugar para se sentar. Mas a sensação passou depressa, sendo substituída por uma intensa concentração. Bea estava completamente absorvida pelo que via.

"Tudo bem, admito que estava errada", ela disse, batendo de leve em Allie com o cotovelo.

"Sobre o quê?"

"Sobre vir aqui. Valeu... Eu ia dizer que valeu o dobro do que pagamos pela entrada, mas não seria honesto, seria? Porque você não me deixou ir junto para comprar os ingressos, então não sei quanto custaram."

"Tudo bem. Você acertou quando disse que seriam caros."

"Mas errei quando disse que era só uma diversão. Não é. É uma maneira de aprender sobre o mundo. E parece especialmente significativo, com essa nossa viagem pelo litoral. Eu tinha uma visão errada disso. Estava fazendo uma análise superficial, como se fosse só isso. Ah, é claro que, racionalmente, sei que não é só isso. Sei que o mar é profundo e cheio de peixes. Mas nunca imaginei algo assim. Nunca parei para pensar nisso. Agora, vou olhar para a água enquanto estiver dirigindo e vou entender que existe um mundo inteiro embaixo dela. É como ver uma parte do mundo sobre a qual nunca tinha pensado. E isso faz o mundo parecer maior, de repente. Sei que estou falando demais. Espero que você esteja entendendo."

"Sim, estou", respondeu Allie. "Mas acho que agora podemos ver outra coisa."

"Mas gosto tanto disso!"

"E como sabe que também não vai gostar *daquilo*? O único jeito de saber é ir ver."

"Odeio quando você fala com toda essa lógica", reclamou Bea.


"Não vou tocar um monstro desses", avisou Bea à menina.

"Ah, eu vou."

Allie mantinha uma das mãos na borda do tanque de arraias, um recipiente baixo e aberto que permitia acariciar as criaturas. Bea não conseguia entender o porquê. Fazer carinho em animais no zoológico era uma coisa; lá havia mamíferos fofos e engraçadinhos. Peludos. O que não significa que ela teria gostado de tocar um deles.

"Isso ferroa", avisou Bea, mesmo sem saber se era verdade.

"Não."

"É claro que sim. Arraias ferroam. Nunca ouviu falar nisso?"

"Nem todas. Essa é uma arraia-morcego. E eles não a deixariam em um tanque aberto se ela fosse perigosa. Vou fazer carinho em uma. Pronto."

Meio assustada, Bea viu as criaturas estranhas erguerem a parte da frente até tirá-la da água, tocando as laterais do tanque com as nadadeiras em forma de asas, como se pretendessem escalar o recipiente. Três ou quatro passaram deslizando abaixo da superfície, feito pipas cinzentas com um nariz atarracado, e Allie mergulhou a mão na água e deixou uma delas deslizar contra a palma.

"Uau!"

"Qual é a sensação?"

"É difícil explicar. Mas é macia. Quase... acetinada. Mas molhada. Não vou conseguir descrever. Você precisa experimentar."

"Ah, acho que não."

"Devia tentar, Bea."

"Por quê? Para que vou fazer isso? Tem que me dar um motivo."

"Porque essa é, provavelmente, a única chance que vai ter de afagar uma arraia-morcego. E porque é incrível que permitam que a gente toque nelas. E que elas não tenham medo de nós. E porque isso vai expandir seu mundo. E você está sempre dizendo que quer essa expansão."

Bea torceu o nariz. Allie podia sentir.

"Pedi *um* motivo só."

"Vem cá."

Bea chegou mais perto do tanque e olhou para baixo. Havia uma arraia-morcego a meio metro dela, deslizando na água em sua direção. Bea sabia que a chave deveria ser uma total falta de preparação. Ou de antecipação. Se desse espaço à dúvida, jamais a superaria. Teria que ser mais rápida que a dúvida. Ela puxou a manga esquerda do suéter até o cotovelo, depois enfiou a mão na água e tocou a arraia-morcego quando ela passou. Era macia e acetinada, como a menina havia dito. Mas era molhada, viva, diferente de um pedaço de tecido. Diferente de tudo que Bea já havia tocado.

Tirou a mão da água antes que o ferrão a encontrasse.

"Puxa vida!"

"Não está feliz por ter experimentado?"

"Acho que talvez esteja."

"Estou ficando com fome. E você? Estamos aqui há horas. Podemos carimbar a mão e voltar para ver mais coisas depois do almoço."

"Combinado, vamos comer", concordou Bea.

"Não podemos comer sempre em restaurantes", avisou Bea quando se sentaram à mesa. Com o cardápio na mão, examinou primeiro o lado direito. Caro. Tudo era caro. Camery Row era uma área para turistas, e nada era barato. "É desperdício. Pense em quanta comida podemos comprar no supermercado com esse dinheiro."

Bea viu a decepção estampada no rosto da garota. Na verdade, ela também estava decepcionada. A velha Bea tinha voltado. Era triste e inevitável.

"Mas não temos como cozinhar."

"Nem toda comida precisa ser cozida. Talvez não tenhamos como pagar por três refeições quentes por dia."

"Tudo bem. Entendi. Mas decidimos fazer esta refeição aqui. Então vamos aproveitar."

"Tem razão. Desculpe." Bea tentou parar de falar. Deixar as coisas como estavam. Mas algo no pedido de desculpas, o simples uso da palavra "desculpe", parecia abrir uma porta que ela não tinha força suficiente para fechar de novo. "Na verdade, lamento muitas coisas."

Allie olhava para ela. Um olhar reservado, meio desconfiado.

"Que coisas?"

"Acho que lamento não ter acreditado em você, quando disse que tinha vivido aquela experiência horrível. Agora vejo que era verdade. E lamento ter desejado expulsar você da van. Acho que só estava sendo cautelosa. E sobre o dinheiro. Obrigada por ter voltado à sua casa e pegado suas coisas para garantir o dinheiro para a comida e o combustível, para podermos sobreviver até meu próximo pagamento. Não fui muito grata pelo que fez. Agi como se me devesse isso e muito mais. Mas é generosidade. Portanto, estou pedindo desculpas por não ter sido mais gentil. Dinheiro é um assunto complicado para mim. É uma coisa que me faz sentir medo, e o medo me deixa... mais dura, eu acho. E aí eu mostro o que tenho de pior. Vou trabalhar nisso."

"Uau!", Allie reagiu.

Bea esperou que ela dissesse mais alguma coisa. Em vez disso, o silêncio se prolongou.

"Uau o quê?"

"Não sei. Só não esperava isso de você."

"Não precisa ficar tão surpresa", disse Bea, na defensiva. "Também sei ser agradável."

"Eu não disse que não sabia. É que..."

A garçonete chegou para pegar os pedidos. O que Bea achou estranho, porque ela não havia nem anotado o pedido das bebidas. *Tudo caro e ainda te apressam*, pensou.

Na verdade, ela mal havia olhado o cardápio. Mas sabia o que queria. Era uma escolha que teria sido difícil fazer. Com as coisas como eram. Sendo ela como sempre foi. Um dia antes, aquele teria sido um pedido impossível. Mas Bea sentia que agora era capaz disso: da mesma maneira que fora capaz de fazer carinho em uma arraia. Sem hesitar. Sem criar um espaço que a dúvida pudesse ocupar, provocando uma hesitação ainda maior.

"Vou querer o caranguejo Dungeness", disse.

Allie levantou as sobrancelhas, mas Bea fingiu que não viu.

"Era isso que eu queria", murmurou Bea.

"Eu não falei nada", cochichou Allie em resposta.

Mais ou menos uma hora depois do almoço, as duas estavam em uma sala pouco iluminada no aquário onde havia vários tanques de águas-vivas. Bea as achava hipnóticas.

Nunca havia imaginado águas-vivas como exemplos de beleza. Mas aquelas eram coloridas, estampadas e brilhantes. Moviam-se, pulsavam, flutuavam com uma graça espantosa. E com alguma coisa que era quase serenidade.

"Acho que hoje à noite devemos procurar um bom camping", disse a Allie. Falava em voz baixa, porque a sala e suas criaturas inspiravam reverência. "Com chuveiro quente."

"Aahh!", Allie suspirou com a mesma reverência. "Que maravilha."

"Não é? Não tomo um banho quente desde que saí de casa. Gosto mesmo é de uma boa banheira. Mas tinha só uma bem pequena no trailer. Provavelmente nunca mais vou tomar um banho de imersão. Mas uma ducha quente é a segunda melhor opção." Silêncio. Bea virou e viu que a menina a encarava. "Que foi? Por que está olhando para mim desse jeito?"

"Você ainda vai tomar um banho quente de banheira. Por que acha que não? Não tem como saber se vai ser uma sem-teto para sempre."

"Não imagino o que pode acontecer para mudar isso."

"Eu não imagino que vou ficar para sempre no mundo como agora."

"Você tem pais."

"É verdade. E quando eles saírem da cadeia e eu for para casa, você vai comigo e vai tomar um banho de banheira."

"Ah, é claro, seus pais iam adorar."

"Depois de tudo que eles me fizeram passar, não vou pedir autorização. Eles não vão poder escolher."

Bea pensou que era fácil falar aquelas coisas, quando não se estava frente a frente com os pais em questão.

Bea sentou-se no para-choque dianteiro da van e esperou enquanto a menina usava o chuveiro. Tinha tomado banho primeiro, e a sensação de limpeza provocava nela uma euforia que teria parecido quase boba se parasse para examiná-la.

Estavam na área de camping de um parque estadual no caminho para Santa Cruz, acampadas a alguns metros de uma praia de areia branca que Bea tinha que admitir que era linda. Havia um píer e, no fim dele, era possível ver parte de um grande navio antigo parcialmente submerso na água rasa. O sol poente o tingia de cor de laranja. O sol poente fazia tudo parecer cor de laranja. E alguém empinava uma pipa de rabiola longa na frente do sol.

*Que bom que este lugar me faz tão feliz*, Bea pensou. *Porque é caro.* Logo se livrou do pensamento. A tarifa do camping já tinha sido paga. Não podiam voltar atrás. De alguma forma, precisava encontrar dentro dela um lugar onde pudesse relaxar e desfrutar do que haviam comprado. Bea sabia que não seria fácil.

As pessoas acampadas ao lado delas tinham colocado frango e linguiça na churrasqueira, e o cheiro começava a mexer com ela. Seria difícil se contentar com as frutas e as castanhas que haviam comprado no supermercado.

"Comida de esquilo. Eu não devia ter comprado só o que essa garota come. Devia ter comprado frios e queijo para mim."

"Que delícia", disse uma voz, e Bea pulou, assustada. Era só Allie, claro.

"Sim", respondeu Bea. "Finalmente concordamos sobre alguma coisa."

"O que está olhando?"

Bea percebeu que não era o mar. Nem o navio, nem a pipa. O cenário natural tinha perdido sua atenção. O foco agora estava no churrasco do vizinho.

"Ah, estou só cobiçando o jantar do acampamento ao lado."

Talvez tivesse falado alto demais. Logo depois, Bea notou o casal de meia-idade responsável pelo churrasco olhando em sua direção, perturbadoramente perto de romper a barreira da conversação.

"Vocês não têm muito conforto doméstico aí", comentou a mulher.

Fácil falar. Ela e o marido tinham um *motor home* do tamanho de um ônibus de turismo.

Ela era uma mulher pequena, compacta, com um cabelo que parecia ter acabado de receber tratamento no salão de beleza. Bea pensou no próprio cabelo, grisalho e fino, penteado para trás depois do banho.

"Dá para viver", respondeu ela.

"Tem refrigeração?", perguntou o marido.

Ele vestia um roupão sobre o calção de banho. Bea ficou curiosa para saber se ele tinha coragem para nadar naquele mar frio e revolto. As pessoas nadavam, sem dúvida. Ela sabia disso. Mas não entrava no mar. E saber que tipo de criatura vivia lá embaixo não a tornava mais propensa a dar um mergulho em águas salgadas.

"Não, nenhuma", respondeu Allie, notando que Bea estava distraída.

"O que vocês comem?"

"Às vezes comemos fora. Às vezes compramos coisas no supermercado que não precisam de refrigeração."

"Viagem curta?", perguntou a mulher.

"Não muito", respondeu Allie.

"Podemos pôr mais alguma coisa na churrasqueira", sugeriu o marido. "Vocês são mais que bem-vindas."

Bea sentiu os olhos se arregalarem.

"Isso é muito generoso."

Duas emoções diferentes travavam uma disputa dentro dela: uma parte queria ficar onde estava, separada por uma parede invisível entre a van e os vizinhos, e outra queria o frango e a linguiça na churrasqueira.

"Acho que minha avó vai gostar", confessou Allie, dando um passo na direção deles. "Eu sou vegana. Duvido que tenham alguma coisa que eu possa comer. Mas obrigada."

"Temos espigas de milho, salada e pão de alho", avisou a esposa.

"Estamos indo", disse Allie.

"Isso está uma delícia!", exclamou Bea. "E, mais uma vez, obrigada pela generosidade."

"Delicioso, mesmo", Allie falou, com a boca cheia de milho assado.

Estavam sentados à mesa de piquenique na área dos vizinhos, vendo o sol tocar o horizonte azul e desaparecer atrás dele. Descobriram que o tom alaranjado do pôr do sol era só o aquecimento para o show do anoitecer.

Bea notou que o casal estava bronzeado. Quase ridiculamente bronzeado, como se não tivessem nada melhor para fazer além de passar o dia todo no sol. Como se câncer de pele não existisse.

Três crianças andavam de bicicleta pelo acampamento, tocando os sininhos presos ao guidão e gritando de alegria. Bea tentou não achar aquilo irritante.

De repente, lembrou-se de que devia se comunicar com as pessoas que haviam conhecido na viagem. Não que houvesse concordado com o desafio, mas aquelas pessoas as brindaram com um jantar quente, e conversar parecia ser a coisa certa a fazer.

"Onde vocês moram?", perguntou, iniciando uma conversa.

Marido e mulher apontaram na mesma direção.

"No sul?", perguntou Bea, porque não tinha entendido.

"Não, bem ali", explicou a mulher. "No nosso veículo."

"Ah, vocês *moram* no *motor home*."

Isso fez Bea se sentir um pouco melhor. Um pouco mais generosa com eles. Não tinham tudo no mundo que ela não tinha. Não tinham um *motor home* gigantesco e uma casa grande e chique. Tinham só o que Bea estava vendo. Viviam na estrada. Bea conseguia se identificar com isso.

"Se não se incomoda por eu perguntar...", começou ela. E hesitou. Que direito achava que tinha, para fazer perguntas pessoais?

"Provavelmente não vamos nos incomodar", reagiu o marido.

"Isso foi uma opção? Ou moram assim por necessidade?"

"Acho que tudo é uma escolha, em algum nível", opinou a esposa. Depois olhou para cada rosto em volta da mesa. E pareceu perceber que precisaria de mais palavras para esclarecer sua posição. "A mãe do Andy ficou doente. Ela estava com mais de 90 anos e tinha Alzheimer. Vendemos a casa para ir morar com ela em seus últimos anos. Ela não tinha casa. Morava em um apartamento em Seattle. Aplicamos o dinheiro da venda da nossa casa, mas não era o suficiente para comprar outra. Tínhamos um financiamento para quitar e não pudemos voltar à situação anterior."

"Nós poderíamos ter comprado outra casa", acrescentou Andy, e Bea não soube dizer se ele estava tão à vontade quanto a esposa ao revelar detalhes tão pessoais, ou se só queria desmentir a imagem que ela acabara de pintar. "Não seria impossível. Mas teríamos que contrair uma dívida enorme. Então compramos o *motor home* à vista e ainda sobrou o suficiente para podermos nos aposentar. Tenho uma pequena pensão."

Bea percebeu que tinha parado de mastigar para ouvir a história, o que era surpreendente, porque a comida era boa demais para parar de comer.

"Dívida é a pior coisa que existe", falou. "É uma coisa horrível, péssima. De algum jeito, eles nos convencem de que é normal aceitá-la. Fizeram a gente acreditar que a dívida faz parte do sonho americano ou alguma besteira desse tipo. Mas ela nos aprisiona. Quanto mais você se afunda em dívidas, mais dinheiro eles ganham com a sua situação, e mais você se endivida. É um enorme círculo vicioso no qual você dá a um banco um imenso poder sobre a sua vida. E eles não se importam nem um pouco com você. Não pensem que é diferente, porque não é. Para mim, isso sempre foi muito estressante. Como uma espada sobre minha cabeça. Como passar a vida toda sendo perseguida por lobos e não poder parar de correr. Por maior que seja o cansaço, é preciso ficar à frente deles a todo custo."

Houve um longo silêncio.

"E agora conseguiu se livrar da dívida?", perguntou a esposa.

"Sim. Completamente." Poderia ter acrescentado que não tinha dívidas porque havia perdido a casa e agora morava na van. Poderia ter explicado que havia saído das dívidas, literalmente. Que as deixara lá, sem pagar. Mas não falou nada disso.

Mudança era uma coisa boa, mas não tinha motivo para deixar aquilo fugir do controle.

"Você conseguiu!", Allie falou depois que agradeceram aos anfitriões e voltaram para a van no escuro.

Ela parecia muito animada, o que contrariava dolorosamente a saciedade e o sono de Bea.

"Consegui o quê?"

"Contou para eles alguma coisa sobre você. Algo real e... pessoal."

"Como assim?"

Bea só lembrava de que havia encontrado a oportunidade perfeita para admitir que não tinha casa e, firme e consciente, a agarrara. Embora não fosse mais sem-teto do que eles. A única diferença é que vivia na estrada com muito menos luxo.

"Contou a eles como foi horrível, para você, estar endividada."

"Ah. Isso. Sim. Acho que sim. Eu consegui, não é?"

"Fiquei tão surpresa! Pensei que ia ficar ali sentada me vendo interagir, observando como a coisa acontecia comigo."

"É", concordou Bea. "Acho que pensei a mesma coisa."

## 26

## VOCÊ VAI ESTAR NO PARAÍSO E VAI TER ÁGUA-VIVA

Bea deixou um sopro de ar passar entre os lábios para extravasar a frustração.

Elas seguiam — se é que aquela experiência de se arrastar e parar podia ser chamada de seguir, no sentido correto da palavra — por San Francisco, acidentalmente na 101.

Allie mantinha o mapa aberto no colo. Tinha dito que teriam que passar pela Ponte Golden Gate e continuar por vários quilômetros, antes de conseguirem voltar à Route 1 no sentido oeste, em direção ao litoral. E havia prometido a Bea que, depois disso, a estrada ficaria vazia de novo.

"Isso não acaba nunca", reclamou Bea.

"Acaba, sim", respondeu Allie, parecendo ser a adulta da conversa.

"Não é o que parece. Só vejo esses quarteirões pequenos até onde meus olhos alcançam. E um semáforo em cada cruzamento. E o trânsito continua lento, e não consigo pegar um sinal aberto. Nenhum, desde que entramos na cidade. Demoramos mais para vir até aqui por este caminho, por dentro da cidade, do que para vir de Santa Cruz até aqui."

"Não sei o que dizer, Bea. Vai acabar. Estou olhando o mapa. Queria que olhasse também. Depois que passarmos pela ponte e voltarmos à Route 1, não tem mais nada. Só quilômetros e quilômetros de áreas nacionais de recreação, parques estaduais e litoral. Não tem mais nada lá."

"Droga!", praguejou Bea ao perder outra luz verde. Depois olhou para Allie. "Que bom ouvir isso. Me deixe ver, por favor. Vai me ajudar a passar por *isso*."

Allie entregou o mapa, e Bea tirou os óculos de leitura do bolso e os colocou sobre o nariz. De início, não conseguiu entender nem para que parte do mapa devia olhar. Allie apontou, e Bea se sentiu muito mais calma ao ver a área verde que indicava a região litorânea ao norte da cidade. Área preservada.

A sensação chegou ao fim com a buzina persistente. O sinal estava aberto.

Bea devolveu o mapa e pisou no acelerador.

"Comecei a odiar tudo que é feito pelo homem", disse, avançando devagar.

"A van é feita pelo homem."

"Estou falando de lugares. Gosto de lugares onde não é possível identificar sinais de que outras pessoas estiveram lá. Acho que isso é algo novo em mim. Sempre morei onde havia avenidas, sinais de trânsito e prédios, mas não quero mais isso."

A menina não respondeu.

"E você?", perguntou Bea.

"Gosto de ir aonde só tem penhascos sobre o mar. Mas acho que quando terminarmos de ver tudo isso, vou gostar de voltar e morar na cidade outra vez."

"Talvez tenha a ver com a idade. Acho que, depois de uma certa idade, muita gente e suas construções feias não interessam mais."


"Que cidade é essa?", perguntou Bea.

Não sabia onde estava, mas sabia que gostava dali. Porque era pequeno e singular. Inofensivo. E não tinha nenhum semáforo.

"Não sei", respondeu Allie. "Não vi a placa."

"Mas você é a navegadora. Está com o mapa."

"Ah. Verdade."

A menina estudou o mapa por um ou dois minutos.

"Pode ser Tomales."

"Gosto daqui. Seja que cidade for. E vou parar. Porque estou cansada." Bea estacionou a van em uma vaga perpendicular, na frente de um café e confeitaria. "Acha que alguém vai se incomodar, se passarmos a noite toda aqui?"

"Nem imagino."

Bea desligou o motor. Elas ficaram ouvindo os estalos do metal, do motor resfriando.

"Só tem um problema", avisou Allie. "Nós passamos só quatro, cinco ou seis horas por dia na estrada, depois estacionamos, e ainda estamos só no meio de tarde. O que vamos fazer?"

"Não sei. Só sei que não consigo mais dirigir hoje. A estrada é muito difícil. Cheia de curvas, especialmente naquele trecho da cidade. Estou com dor nas costas, no pescoço e nos ombros."

"Não te critiquei por ter parado. Só não sei o que fazer."

"Essa parece ser a pior parte da experiência de morar na van. Esses longos períodos de tempo para ocupar." Houve um silêncio prolongado. Ninguém tirou o cinto de segurança, nem deu sinais de que pretendia sair da van. "Mas era pior antes de você aparecer."

Bea esperava que a menina tivesse uma resposta para isso, mas, pelo jeito, não tinha.

"O que fico pensando agora", continuou Bea, "é no que eu fazia o dia inteiro no trailer. Não tinha um emprego. Nem muitos hobbies, pensando bem. Acho que lia e assistia à televisão. E o dia passava. Provavelmente, se você me perguntar para onde ele ia, não vou saber o que dizer. Agora penso naquele tempo e só consigo imaginar que..."

Mas não tinha certeza de que queria concluir o pensamento.

Bea olhou para Allie, que esperava.

"Acho que me pergunto por que não tentava fazer mais coisas", concluiu Bea, mais ou menos do mesmo jeito que acariciou a arraia-morcego. "Tinha todas aquelas horas que somavam todos aqueles dias, e agora penso nisso e parece que meu objetivo era principalmente fazer todo o tempo ir embora. Mas isso não é vida. Não é viver de verdade. Por que não aprendi a pintar, tocar flauta ou alguma outra coisa?"

Allie esperou para ver se Bea continuaria a falar.

Como não falou, disse:

"Não sei. Mas agora estamos vivendo."

"É verdade."


"Estou entediada", revelou Allie, subitamente sentando-se no colchão de ar. "Vamos andar um pouco."

"*Andar?*"

"É. Andar. Sabe como é. Uma dessas coisas que as pessoas fazem quando estão vivendo."

"Sou uma mulher idosa, caso não tenha notado!"

"E daí? Pessoas idosas andam."

"Esta pessoa idosa, não."

"Tudo bem. Fica aí na sua poltrona reclinável, lendo. Vou sair e tomar um ar."

A menina começou a calçar os sapatos. Bea ficou inquieta. Na verdade, também queria mudar um pouco de ares. Ultimamente, ela se cansava depressa do interior da van.

Bea olhou pela janela pela quarta ou quinta vez para um bar e restaurante no quarteirão seguinte. Um pensamento surgiu e ganhou sua atenção rapidamente.

"Enquanto vai dar sua caminhada, vou beber alguma coisa naquela taverna."

Allie parou de calçar os sapatos e olhou para Bea. Como se ela tivesse acabado de dizer que ia tentar conhecer um homem na esquina. Mas não disse nada.

"Que foi?", perguntou Bea.

"Achei que não bebesse."

"E não bebo. Ou só muito raramente. Uma cerveja, duas, talvez três vezes em um ano. E decidi que agora é uma dessas vezes."

Bea sentou o corpo cansado no bar e pediu aquela cerveja importada que vinha em garrafas verdes, do tipo que ela e Herbert bebiam em uma tarde de domingo de Super Bowl. Bea sempre odiou futebol, mas gostava dos rituais relacionados à boa cerveja e muito salgadinho. Esse tipo de indulgência a deixava momentaneamente contente.

Havia um restaurante de um lado do salão, mas não era hora do almoço ou jantar, e não tinha ninguém comendo. E só havia mais uma mulher no recinto, uma jovem de 30 e poucos anos com o cabelo encaracolado, jogando dardos com dois homens mais velhos. Mais três homens ocupavam a outra ponta do balcão do bar. Todos barbudos, na faixa dos 40 e poucos anos. Os rostos simpáticos fizeram Bea pensar que gostaria de estar sentada com eles.

Ela os encarou por um momento, e um dos olhos levantou a caneca em sua direção, como se fizesse um brinde. Bea ficou vermelha e olhou para a garrafa de cerveja.

"Está de passagem?", o homem perguntou por cima do balcão. Ela assentiu.

"Bem-vinda ao nosso pequeno paraíso", falou um dos outros. Ele usava chapéu panamá sobre o cabelo abundante e grosso.

"É um lugar agradável", disse ela. "A única coisa que o faria ainda melhor seria uma vista para o mar."

"Menos de oito quilômetros naquela direção", respondeu o homem. "Ah, você sabe em que direção. Para o oeste, não é?" E sorriu da própria tolice, o que desenhou covinhas em suas bochechas. "Deve ser lá que vai passar a noite, acertei?"

Bea sentiu o rosto corar de novo. Não queria dizer a eles que planejava estacionar na rua para economizar o dinheiro do camping.

"Como sabe que vou passar a noite aqui? Posso seguir viagem."

"Tomara que não", falou o terceiro homem. "A estrada costeira é perigosa. Gostamos mais quando as pessoas bebem depois do dia de viagem. Não no meio dele."

"Não vou mais dirigir hoje", disse Bea, e bebeu o primeiro gole de cerveja.

Sentiu o líquido descendo, aplacando a sede, relaxando os músculos e acalmando as entranhas. Aquilo era mais que um gole de cerveja podia fazer, provavelmente, mas era assim que sentia.

"Carro ou um daqueles trailers móveis?"

"Mais para trailer. Pequeno."

"Entendi. Então está com sorte. É só seguir para o oeste nesta esquina", disse ele, e apontou. "A estrada continua por uns sete ou oito quilômetros, e no fim dela tem o mar e um enorme parque de trailers. Não tem como não ver. São acres e mais acres. Fica em uma ponta de terra bem no fim da Tomales Bay. Mar aberto à direita e baía de águas prateadas à esquerda. Você pode acampar na grama e basta atravessar as dunas para chegar ao mar, ou pode descer até o paredão, que fica do lado da baía. Eu escolheria o paredão. Pode parar com a frente ou a traseira do veículo voltado para o muro e, se a maré estiver alta, garanto que nunca mais vai acampar tão perto da água. Algumas pessoas acham que o lugar é simples demais. Mas, se você não for muito esnobe ou exigente, vai se sentir no paraíso."

"Eu não sou esnobe." Bea bebeu mais um gole de cerveja. O sabor da bebida trazia a lembrança de Herbert, dessa vez de um jeito positivo. "Mas não vou acampar lá."

Ninguém disse nada. O bartender lavava e enxugava copos, e o tilintar leve e ocasional era o único som que ouviam. Bea olhou de soslaio para os homens, que não olharam para ela. A decepção no salão era palpável.

*É só um pouco de conversa com outros seres humanos*, ela pensou. Não era isso que a menina dizia? *E como as pessoas podem usar isso contra você? É impossível. Não sei por que todo mundo tem tanto medo disso.*

Ou tinha sido alguma outra frase irritantemente precoce com o mesmo sentido.

"O que você disse sugere um lugar maravilhoso", falou. "Mas meu orçamento é apertado. Ia estacionar aqui mesmo, na cidade. Para economizar a taxa do camping."

Bea tomou o cuidado de falar olhando para sua garrafa de cerveja. Quando concluiu, o silêncio voltou a reinar. Ela não se atrevia a olhar para o grupo para ver como sua declaração havia sido recebida. Percebeu que um dos homens estava se levantando da banqueta do bar, mas não ergueu a cabeça. Ouviu alguém se movimentando pelo salão, mas não virou para investigar.

Por um momento, só sentiu o impulso de abandonar a garrafa pela metade e sair correndo dali. Os músculos discordaram ou não receberam o sinal, e Bea continuou sentada.

No instante seguinte, o homem estava parado à sua esquerda, mas sem chapéu. Ele estava em sua mão, virado ao contrário e estendido na direção de Bea. Ela olhou para o desconhecido e viu que todo aquele cabelo crescia apenas nas laterais da cabeça. No topo, ele era careca como uma bola de boliche.

Ao olhar para o chapéu, Bea viu várias notas de 5 dólares e uma de 10.

"O que é isso?", perguntou.

"Fizemos uma vaquinha para você. Queremos que passe esta noite no paraíso."

"Não posso aceitar."

"Por que não? É de todos nós. Um presente. Queremos que desça até aquela ponta entre a baía e o oceano. Vai gostar de lá. Confie em nós."

Bea olhou para o dinheiro por um longo instante, sem dizer nada. O bartender se aproximou e pôs mais uma garrafa verde de cerveja importada dentro do chapéu.

"A estrada é estreita e cheia de curvas", disse. "Primeiro desça, depois abra a segunda garrafa."

Agora era impossível dizer "não". Nem era por orgulho. Era porque já começava a antecipar o paraíso da experiência que eles haviam descrito.

"Não sei o que dizer."

O homem balançou o chapéu em sua direção.

"Obrigada", disse Bea.

Ela pegou a cerveja gelada e recolheu o dinheiro com a outra mão. Depois, humilhada, sentiu que as lágrimas transbordavam dos olhos e escorriam pelo rosto para todo mundo ver. Mas ninguém a encarava; ninguém disse nada sobre sua reação exagerada. O homem devolveu o chapéu à cabeça careca e voltou para sua caneca no balcão.

Bea deu mais um grande gole de cerveja e deixou o restante na garrafa. Em seguida, levantou da banqueta e se dirigiu à porta, levando o dinheiro e a segunda garrafa de cerveja.

"Vocês todos..." Um momento de hesitação. Sabia o que estava pensando, mas não tinha ideia de como expressar esses pensamentos nem mesmo se seria capaz disso. Se tinha coragem suficiente para tanto. "Vocês acabaram de mudar o meu jeito de pensar sobre estranhos", concluiu.

E saiu, apressada.


Quando voltou à van, Allie não estava lá. Impaciente, decidiu ir procurá-la de carro.

Não foi difícil encontrá-la. Bea a viu logo depois de virar em uma esquina.

Ela buzinou, a menina se aproximou correndo e entrou na van.

Bea acelerou e tomou a direção da praia.

"Eu perguntei a uma pessoa", falou Allie, "e esta estrada acaba na praia. Mas são quase oito quilômetros. Estava pensando em andar até um lugar de onde fosse possível ver o mar. Mas tem muita ladeira por aqui."

"Ladeiras são horríveis", opinou Bea.

Allie tocou a garrafa gelada de cerveja que Bea tinha deixado no porta-copo.

"Decidiu comprar sua bebida para a viagem."

"Mais ou menos isso. Sim."

"Aonde vamos?"

"Para a praia."

"Ah, que bom. Pensei que não quisesse ir. Achei que ia dizer que é desperdício de gasolina."

"Estou mudando de ideia sobre o que é desperdício ou não", reconheceu Bea. "Parece que durante toda a minha vida tive que escolher entre o que considero desperdício de dinheiro e o que agora vejo como desperdício de vida. Se algo impede uma pessoa de desperdiçar a vida, não pode ser um desperdício, certo?"

"Caramba. Você sempre faz grandes progressos quando não estou por perto. Acho que devia me afastar mais vezes."

Logo depois do estacionamento de uma praia com um cenário de fundo de ondas fortes quebrando na areia, Bea parou no portão do parque de veículos recreativos.

"Acho que tem que pagar para entrar", disse Allie.

"É, tem, sim. Tome." Bea deu a ela o dinheiro que havia recolhido do chapéu panamá de um desconhecido. Tinha deixado as notas no outro porta-copo. "Diga para eles que queremos estacionar perto do paredão."

"Acho que perdi alguma coisa aqui", respondeu Allie, olhando para o dinheiro sem pegá-lo. "Como sabe que tem um paredão?"

"Uns moradores que estavam na taverna me contaram."

"Devem ter te convencido de que é algo incrível. Pagar por duas noites seguidas de acampamento?"

"É, parece que é bonito, sim." Enquanto esperava e via Allie olhar para o dinheiro sem pegá-lo, Bea se condenava pela covardia. E por estar mentindo, mesmo que fosse só por omissão. Percebia, agora, que, durante toda a vida, havia mentido por omissão. Quando você omite quase tudo que poderia dizer às pessoas, não sobra muita verdade. "Na verdade, tem mais coisa. Eu disse a eles que não podíamos pagar a taxa do camping, e eles fizeram uma vaquinha para podermos vir."

"Uau!"

"É, foi muita bondade deles."

"Meu *uau* foi por ter dito a eles que não poderíamos pagar. Mas, sim, foi muita bondade. Viu? Eu te falei que a maioria das pessoas é boa."

"Eu não precisava da parte do *eu te falei*."

"É verdade. Desculpa. Assim que saiu da minha boca, percebi que foi errado."

Elas passaram por uma fileira de trailers, entre as dunas e o paredão, em uma estrada de terra cheia de buracos. Bea demorou um momento para perceber que os ocupantes não estavam ali só por uma noite. Os trailers eram permanentes. E provavelmente era a isso que o homem se referia quando disse que era um lugar "pobre".

Eram trailers pequenos e antigos, ainda mais velhos que aquele que Bea havia abandonado. Muitos tinham cercas em volta, a maioria de madeira trazida pelo mar. Redes de pesca e barcos infláveis decoravam os quintais, assim como uma ponta entalhada de mastro de navio e até uma âncora. Os moradores eram criativos. E não eram ricos.

"Por que estamos paradas?"

A pergunta assustou Bea, que se distraiu tanto com o cenário que nem percebeu que havia parado.

"Eu estava só dando uma olhada nos trailers. E pensando... talvez eu tenha como morar em um lugar como esse."

"Mas esses trailers não têm geladeira nem banheiro."

"Ah, é. Verdade. Esqueci essa parte."

"E pode ser caro ficar aqui, mesmo que não seja um lugar chique, porque é bem à beira-mar. E todo mundo quer ficar na praia."

"Tem razão."

"E deve ser frio no inverno."

"Tudo bem, já entendi. Você me fez desistir."

"Não era essa a intenção. Só queria que você pensasse em todas essas coisas."

"Não, tem razão. Foi só uma ideia."

Mas era uma ideia da qual Bea odiava desistir.

Bea empurrou a poltrona reclinável para mais perto da porta de trás da van, que estava completamente aberta, permitindo uma vista ampla do paredão e da baía Tomales. Viu colinas distantes atrás da água, um pequeno píer de pesca que parecia fazer parte do acampamento e o pôr do sol em uma locação surpreendente, que a fizeram perceber que não sabia para que lado ficava o quê. Mas não tinha importância. A única coisa que importava era como o sol de fim de tarde brilhava na água.

"Não tem medo de deixar a Phyllis sair?", perguntou Allie.

Ela estava amarrando os sapatos de novo.

"Nos primeiros dias, eu tinha. Achava que ela podia tentar fugir e voltar para casa. Mas, agora, acho que já se acostumou com a van. Vai ficar aqui dentro para se sentir segura. Além do mais, estou de olho nela."

"Vamos dar uma caminhada comigo. Só até a areia. Não vamos longe."

"Onde está vendo areia?"

"No fim do paredão tem um lugar de onde dá para descer para a praia."

"Você me conta quando voltar."

Allie suspirou. Depois saiu da van pela porta de trás, passou por cima da mureta baixa que chamavam de paredão e pulou na areia molhada do outro lado. Phyllis se assustou e correu para baixo do banco do passageiro.

Bea suspirou, satisfeita, enchendo os pulmões com o ar marítimo. Absorvendo a cena. Bebendo a segunda cerveja enquanto ainda estava fresca.

Mais ou menos dois minutos depois, Allie apareceu de volta na frente da porta aberta.

"Você tem que ver isso."

"Estou confortável demais."

"Não, é sério. Estou falando sério. Você precisa ver isso."

Bea suspirou, dessa vez menos satisfeita.

"Tudo bem, tudo bem. Mas espero que não seja muito longe."

"Não é. Você pode ver o lugar daqui, praticamente."

Bea deixou a cerveja no assoalho da van e saiu com cuidado, fechando e trancando as portas de trás. Foi andando ao longo da mureta, seguindo a menina.

*É bom que seja interessante*, pensou, mas não falou em voz alta.

"Primeiro, queria que visse *ele*", anunciou Allie, apontando para um pelicano. Ele estava encolhido no estacionamento, com o pescoço retraído, o bico longo e desajeitado virado para o alto. Bea conseguiu ver vários detalhes das penas marrons. Ele estava a poucos passos de distância e não parecia propenso a sair dali. Não estava nem um pouco preocupado com a presença delas.

"Mas vai ficar melhor", avisou Allie.

"Pensei que pelicanos fossem brancos."

"Alguns são. Mas aqui na costa temos os marrons do Pacífico. São bem comuns."

"Como sabe tudo isso?"

"Cresci perto da praia."

"Ah, é verdade. Cresceu, não é?"

"E também frequentei a escola. O fato de ser nova não significa que não sei nada."

Passaram por uma abertura na cerca no fim do paredão. Bea segurou o braço de Allie para se equilibrar enquanto desciam a pequena e inclinada duna de areia. Depois caminharam por ela, à beira de uma baía de águas mansas. Bea virou a cabeça para olhar com mais atenção para uma duna alta do lado do continente, marcada por linhas perfeitas — sulcos e ondas — que o vento soprara na superfície. O sol poente a deixava tingida de um alaranjado brilhante.

Era tudo muito bonito, mas cansativo. Era difícil andar na areia fofa, e Bea sentiu que era hora de parar.

"Espero que não seja muito mais longe", disse, ofegante.

"Não é. Chegamos. Olha só isso aqui."

A menina parou na beira d'água e apontou. Bea seguiu a indicação do dedo e viu dezenas de águas-vivas na praia. Eram alaranjadas e pareciam imensos ovos crus com várias gemas. Mas, ao mesmo tempo, eram mais complexas e bonitas.

Elas formavam elos perfeitos na cabeça de Bea. De um lado, havia o aquário em Monterey, onde tinham visto, embora de maneira simulada, o mundo submarino. Do outro, havia a experiência de dirigir pela costa e entender que todas aquelas maravilhas realmente existiam para além do que podiam enxergar.

Pensou no homem de chapéu e cabelo volumoso e se perguntou como ele sabia que aquele seria o paraíso. Ou talvez ele houvesse falado de maneira mais genérica. Mesmo assim, agora aquele comentário parecia profético.

Levantou a cabeça e viu que Allie olhava para ela.

"Você parece feliz", falou a menina.

"Acho que estou."

"Acha? Não sabe?"

"É uma sensação pouco conhecida para mim. Vá com calma."

"Tudo bem. Desculpa. Então espero que esteja feliz por ter andado até aqui."

"Sim, estou."

Ficaram em silêncio por um bom tempo. Bea alternava entre apreciar o pôr do sol atrás do píer dos pescadores e olhar para baixo e ver como sua luz dourada fazia as cores das águas-vivas cintilarem.

"Acho que eu tinha uma ideia falsa do paraíso", confessou.

"Paraíso?"

"Não o paraíso para onde algumas pessoas pensam que vão depois de morrer. O paraíso na terra. Sempre pensei que seria um lugar onde nada acontecia e ninguém pedia nada de você. Descanso total, sabe? Mas, agora, acho que pode ser um ambiente mais voltado para a ação." Parou para ver se a menina tinha alguma coisa a acrescentar ao estranho conjunto de pensamentos. "Bem, é melhor voltarmos, antes que escureça."

Mas por mais uns cinco ou dez minutos, Bea ficou ali parada, absorvendo o momento perfeito.

## 27

## DEFINITIVAMENTE ERA CAMARADA, MAS DEFINITIVAMENTE NÃO ERA UM FANTASMA

Enquanto atravessava o centro de Fort Bragg, uma cidade pequena e agradável no alto de um penhasco sobre o mar, Bea viu o conhecido padrão preto e branco no veículo que vinha em sentido contrário. Estava apenas identificando a cor e o que ela significava para sua situação quando Allie começou a gritar.

"Vire! Depressa! Vire à direita, aqui!"

Bea virou o volante de repente. Os pneus cantaram. Sua esperança era que estivesse suficientemente distante da viatura. E que o motorista não tivesse visto nem ouvido a manobra ridícula.

"Vire de novo! Entra aqui!"

"Pare de me dar ordens! Está me deixando nervosa."

Mas Bea virou, como Allie havia dito, e parou fora do alcance dos olhos de quem passava pela estrada costeira que cortava a cidade. As duas esperaram em absoluto silêncio.

Nada aconteceu. Nenhum carro de polícia apareceu na rua lateral procurando por elas.

Bea suspirou e desengatou a marcha. Apoiou a testa no volante, soprando toda a tensão.

"Talvez eu deva só acabar com isso", disse Allie.

"Não sei do que está falando. Acabar com o quê?"

"Você sabe."

"Se eu soubesse, não estaria perguntando."

"Talvez eu deva me entregar, é isso."

Bea abriu a boca para dizer alguma coisa, mas a garganta estava fechada. Não sabia se conseguiria falar. Estendeu a mão para a chave na ignição e desligou o motor. O silêncio era chocante. O ruído distante de carros na estrada formava uma trilha sonora de fundo para o momento, mas todo o restante estava quieto.

Bea engoliu em seco, preparando-se para tentar falar.

"Por favor, não faça isso", disse.

"Estou cansada de viver com esse medo. Com essa ideia de que estão me perseguindo. E talvez eles peguem mais leve comigo se eu me entregar. Além do mais, nós duas sabemos que vai ser inevitável. Mais cedo ou mais tarde. Não posso ficar viajando com você até fazer 18 anos."

O cérebro de Bea parecia não funcionar direito, por isso ela não conseguiu oferecer argumentos coerentes, como teria desejado. Em vez disso, repetiu:

"Por favor, não". Era patético, como um filhotinho ganindo, implorando por alguém que o fizesse se sentir mais seguro.

"Eu te dou a barra de ouro, antes de ir. Se é com isso que está preocupada."

Bea balançou a cabeça.

"Não é."

"O que é, então?"

"Não quero voltar ao que era antes de você aparecer. Era horrível. Eu odiava. Ficava sozinha e com medo o tempo todo. E agora estamos fazendo coisas que são... boas. Isso me faz sentir bem. E você nem tem certeza de que sua vizinha intrometida denunciou a placa da van. Ela estava longe, pode não ter visto, ou talvez nem se incomodou o suficiente para fazer uma denúncia. Pode ser que esteja tomando essa importante decisão sem nenhum motivo. Ainda não vimos Cape Flattery. Estamos só na metade do caminho até lá e você não pode desistir no meio de uma aventura. Isso não é certo."

Bea esperou. O silêncio se estendeu. Não ousava olhar para a menina. Seria como olhar para um espelho e ver seu lado mais vulnerável à pior luz possível.

"Você nunca se *comportou* como se gostasse de eu estar aqui com você", respondeu Allie, baixinho. "Você age como se eu fosse um tremendo pé no saco."

"Bem... você é, querida. Mas ainda era pior sem você."

Outro longo silêncio.

"Tudo bem", disse Allie. "Acho que a gente pode tentar ir até Cape Flattery, antes de eu tomar alguma grande decisão."

Bea endireitou o corpo e encheu os pulmões de ar.

"Isso. Excelente. Obrigada. Vamos lá, Cape Flattery."

Virou a chave na ignição. Nenhum som. Bem, um som. Clique.

Voltou a chave para a posição de desligar. Ficou ali sentada por um momento, sentindo o frio na barriga se espalhar até os ossos. Depois decidiu que havia sido só uma bobagem ou que tinha girado a chave de um jeito errado. Na próxima vez seria diferente e tudo ficaria bem de novo.

Virou a chave pela segunda vez.

Clique. Clique. Clique.

Não só o motor não ligava, como nem ameaçava pegar. Era como se alguém tivesse roubado as engrenagens enquanto ela implorava para a menina não ir embora.

Tirou a chave da ignição e a deixou no colo.

"Ah, não", disse.

"Que foi?"

"Não faço ideia."

"Vamos ter que chamar um guincho", sugeriu Allie.

"Como? Ainda tem o celular que pegou na sua casa?"

"Sim, mas não posso usar. É possível rastrear a localização de uma pessoa pelo celular."

"Não pode ser."

"Olha só, eu desço, vou a pé até a loja mais próxima e peço para usar o telefone."

"Quanto acha que custa um guincho?"

"Não sei. Nunca chamei um. Ainda não tenho idade para dirigir, lembra?"

Allie abriu a porta e saiu da van. Ficou parada na calçada por um momento, procurando alguma coisa nos bolsos da calça. Bea a viu tirar a barrinha de uma onça de ouro de dentro de um deles. Surpresa, viu também a menina beijar a barra através da bolsinha plástica.

"Acho que chegou a hora de me despedir dela", disse.

Depois bateu a porta e começou a andar.

"Conseguiu ajuda?", perguntou Bea antes mesmo de a menina se sentar no banco do passageiro.

"Consegui."

"Quanto vai custar?"

"Ainda não sei."

"Não perguntou?"

"Perguntei. É claro que sim. Mas não adiantou. Ele disse que tem uma taxa de 95 dólares de reboque, mais 5 dólares por quilômetro para rebocar até uma oficina. Depois... esqueci. Tem uma franquia a alguns poucos quilômetros, uma distância em que o reboque é de graça, mas não é grande coisa. E o pessoal do guincho tem uma oficina mecânica. Então eles podem rebocar a van até lá. E sabem onde estão, portanto. Mas tive que pôr o sujeito no telefone com a mulher da loja para ela explicar onde *nós* estamos. Não voltei a falar com ele depois disso, então não sei quantos quilômetros serão."

"Ah. Tudo bem. Acho que vamos dar um jeito. Você ainda tem o computador. E a barra de ouro, o celular e... Como chama aquela outra coisa?"

"O iPad?"

"Isso. Não sei o que é, mas vale algum dinheiro, não vale?"

"Sim, mas temos outro problema. Não tem loja de penhor por aqui. A mulher me emprestou a lista telefônica. Só tem um homem que compra ouro, moedas e coisas assim..."

"Perfeito. É exatamente disso que precisamos."

"Em Eureka. A menos que queira subir a serra e sair do litoral. E duvido que você queira."

"Ah. Onde fica Eureka?"

"Não sei a distância em quilômetros. Mas posso te mostrar no mapa." Allie tirou o mapa do porta-luvas e o desdobrou. "Estamos aqui", disse, apontando para Fort Bragg. Depois deslizou o dedo pela costa, subindo um bom trecho. "E aqui está Eureka."

"Ai, céus. Longe demais para ir andando."

"Longe demais para ir andando durante *uma semana*. E... Ah, faz sentido. O guincho chegou."

"Tão depressa?" A voz de Bea era carregada de medo.

"É claro que sim. Porque precisamos de tempo para pensar nisso tudo. Se estivéssemos com pressa, ele teria demorado."

"É o motor de arranque", anunciou o homem depois que Bea girou a chave na ignição, a pedido dele.

Ele tinha a idade de Bea, o que era surpreendente. Talvez um pouco mais velho. Ela arriscaria uns 80 anos. Muito além da idade de se aposentar. Tinha o rosto bem barbeado, com costeletas cheias e definidas, e o cabelo branco como a neve fluía longo, cobrindo o colarinho. Bea achou injusto que seu cabelo tivesse afinado e perdido o volume, e o daquele homem, não.

"E o que vamos fazer?", perguntou ela pela janela do motorista.

"Instalar um motor novo e mandar vocês de volta para a estrada."

"Tudo bem, então. Acho que vai ser isso."

Ela desceu da van e o viu aproximar o guincho de ré do para-choque dianteiro. Sentia a menina parada a seu lado, mas não olhava para ela, nem reconhecia sua presença. Acompanhava com atenção o trabalho que, sob todos os aspectos, aquele homem era velho demais para fazer, e sentia o sol queimar sua cabeça, enquanto o vento jogava o cabelo nos seus olhos.

"Quando vamos avisar que não temos dinheiro para isso?", Allie cochichou no ouvido de Bea.

"Talvez tenhamos. Quanto sobrou do *seu* dinheiro?"

"Menos de cem dólares. Você tem quanto?"

"Não muito."

"Então, de volta à questão original..."

"Vamos esperar que ele leve a van para a oficina, depois pensamos em alguma coisa." Bea quase acrescentou: "Espero". Mas achou melhor ficar quieta.

O homem chegou à área de atendimento ao cliente e as viu. Tinham passado quase uma hora ali sentadas. Bea bebeu três xícaras de café e se arrependeu das últimas duas. Allie roía a unha do polegar de tempos em tempos, e Bea sempre batia na mão dela.

O homem se sentou no sofá com elas. Talvez para deixá-las mais à vontade. Talvez estivesse cansado depois de um dia de trabalho. Era difícil imaginar que não estaria.

Tirou o boné da cabeça e a coçou por um instante.

"Meu mecânico examinou cada centímetro da sua van. Tudo que pode interferir em uma viagem longa. Tenho boas e más notícias. Queria que o equilíbrio fosse melhor, mas o que se há de fazer?"

"Vamos começar pelas boas, mesmo que não sejam muitas", decidiu Bea.

"Ele falou que a van apresenta uma boa manutenção, em alguns aspectos. O óleo está limpo e não precisa ser completado. Todos os fluidos estão no nível correto."

"Meu marido Herbert me ensinou um pouco sobre isso."

"Ótimo, mas a correia de ventilação está esgarçada. Pode quebrar de uma hora para a outra. E as mangueiras do sistema de resfriamento estão em péssimo estado. Muito velhas. A borracha está frouxa e rachada, especialmente nos cotovelos. Você nem imagina quantos problemas isso pode causar. Se uma delas se romper, todo o líquido de resfriamento vai embora, o motor superaquece e isso pode ser o fim daquela garotona."

Bea ficou em silêncio por um momento, um pouco confusa.

"Que garotona?"

"A van."

"Ah, entendi. Por um momento, pensei que estava falando de mim."

Ele jogou a cabeça para trás e riu. Uma risada sonora, forte, que brotava do fundo do peito. A gargalhada fez Bea gostar um pouco dele.

"Meu nome é Gaspar", disse e estendeu a mão para cumprimentá-la.

"Como aquele fantasminha que queria ser amigo de todo mundo", respondeu Bea e apertou a mão dele. "Eu sou a Bea, e esta é minha neta, Allie."

Gaspar tocou o boné para cumprimentar a menina.

"Olá, mocinha", disse. E olhou novamente para Bea. "Quando eu nasci, *Gasparzinho, o Fantasminha Camarada*, não existia. Ainda não. A vida era muito mais simples naquele tempo."

"Desculpe. Deve estar cansado de ouvir isso. As mangueiras... são muito caras?"

"Ah, não. Não mesmo. Os mecânicos ficam malucos, porque é uma coisa barata e fácil de trocar, mas é possível perder o motor, se o proprietário não cuida disso. Vamos trocar as mangueiras. Mas tem outra coisa, e essa é um pouco mais complicada. Os pneus que está usando não são seguros. Estão correndo risco com eles."

Bea projetou a cabeça para trás, fingindo espanto.

"Como é que é? O Herbert me ensinou a fazer o teste da moeda no sulco, e os pneus passaram no teste, antes de eu começar a viagem."

"Nem sempre é só isso. Mas não precisa acreditar em mim, venha ver."

Ele ficou em pé e ofereceu o braço a Bea. Como se ela precisasse daquilo para ser puxada do sofá e escoltada ao interior da loja. Bea não sabia bem como interpretar o gesto. Galanteio? Ou ele a considerava incapaz de se levantar e andar?

"Não se incomode", disse ela e se levantou sem ajuda.

Depois seguiu Gaspar até a área da oficina, onde sua pobre van estava desmontada ao lado de uma bela BMW nova, parecendo velha e triste. A menina a seguiu. Bea ouviu seus passos e o som a reconfortou.

"O problema é o alinhamento", Gaspar falou, aumentando o tom de voz para ser ouvido, enquanto alguém usava uma ferramenta poderosa. "Ou a falta dele. Quando foi a última vez que fez um alinhamento dianteiro?"

"Não sei. O Herbert nunca me ensinou nada sobre isso."

"Sabe quando ele fez alinhamento pela última vez?"

"Bem, ele morreu há vários anos, então não foi recentemente."

"Ah. Sinto muito." Gaspar abriu a porta da van do lado do passageiro, esticou o braço e puxou o volante para a esquerda. "Veja isso aqui."

Elas se abaixaram para olhar um dos pneus dianteiros.

"Está vendo as escamas na beirada interna dos sulcos?" Apontou para dois lugares onde a borracha do pneu parecia desgastada. "Está em cima do cinturão. É muito perigoso dirigir desse jeito. Precisa trocar os pneus e, é claro, vamos ter que fazer o alinhamento, para não acabar com os pneus novos em pouco tempo."

"Ai, céus. E os pneus de trás?"

"Não estão tão ruins. Mas os quatro têm rachaduras nas laterais externas. Eu apostaria que estão mais gastos pelo tempo que pela quilometragem, mas é ruim de qualquer jeito. Talvez possa trocar só os dois da frente, se o dinheiro for um problema. Mas eu trocaria os quatro, se for possível."

"Ah, dinheiro é um problema. Sempre é."

Bea se endireitou. Rápido demais, provavelmente. E talvez — só talvez — tenha sido esse o motivo para ela quase desmaiar. Ou foi a súbita constatação de que, mais uma vez, seu plano era cheio de falhas desde o início. A vida era muito complicada e perigosa, e sempre havia alguma coisa que não tinha sido antecipada. Podia ter se matado e matado aquela pobre menina ao dirigir, pensando que estava tudo sob controle.

E agora tinha que contar a verdade a Gaspar. Que não podia pagar pelo serviço, pelo menos não sem recorrer a muita criatividade para solucionar o problema. Não podia pagar nem pelo guincho, um serviço que já havia sido prestado em confiança. Ou podia ter sido uma combinação de motivos.

Qualquer que fosse a razão, Bea percebeu que sua visão ficava nublada. Sentiu que perdia o equilíbrio e pendia para um lado. Antes que caísse no chão de concreto da oficina, Gaspar a amparou.

"Vamos levá-la para o sofá na sala de espera", ele disse a Allie.

Cada um a segurou por um braço. Ou tentou, pelo menos, pois Bea se soltou.

"Eu estou bem. Meu Deus, não sou nenhuma inválida, posso andar. Só me levantei depressa demais e fiquei um pouco tonta."

Mas eles a acompanharam de perto, o que Bea não achou tão ruim. Só não admitiu.

Bea não sabia quanto tempo depois abriu os olhos ou mesmo se havia dormido. Estava deitada no sofá da sala de espera de Gaspar, com os pés para cima. Allie estava sentada em um poltrona que não parecia nada confortável, olhando para ela.

"Eu dormi?"

"Acho que sim", disse a menina. "Faz uma ou duas horas."

"Me ajude a levantar. Preciso ir falar com o Gaspar sobre a questão do dinheiro."

"Já falei com ele."

Houve uma pausa enquanto Bea absorvia a informação. Enquanto reiniciava a antecipação negativa e relaxava novamente no sofá. Queria saber como tinha sido. Ou melhor, parte dela queria.

"Tive uma longa conversa com ele", continuou Allie. "Ele é bem legal. E não reagiu mal. De jeito nenhum. Disse que ficaríamos surpresas com quanta gente chega aqui sem saber como vai pagar pelo conserto."

"Pensei que todo mundo tivesse cartão de crédito. Menos eu."

"A maioria tem, mas depois essas pessoas acabam descobrindo que se meteram em uma dívida difícil de pagar."

"Hum. Isso me faz sentir melhor."

"Ele se interessou pelo meu MacBook. Talvez o aceite como parte do pagamento. Falou também que tem um carro que às vezes ele deixa as pessoas usarem. Agora ele não está aqui, mas deve voltar no fim do dia. Então talvez amanhã a gente possa ir até Eureka e cuidar desse negócio do ouro."

"Amanhã? Eu odeio ficar aqui tanto tempo. Onde vamos dormir?"

"Não sei. Mas ele não vai receber o novo motor de arranque até amanhã de manhã de qualquer jeito. Então esta noite vamos ter que ficar aqui. É isso."

"Oh. Ai, céus."

Elas pararam de falar por um bom tempo. Vários minutos.

"Obrigada por cuidar daquele assunto difícil com ele", disse Bea, tendo que fazer um esforço para as palavras saírem da boca. "E por ter encontrado um jeito de resolver tudo isso. É muita coisa para mim."

"Não tem de quê."

Outro breve silêncio.

"Estou tentando melhorar nessa coisa de falar sobre o que me agrada em ter você aqui. Da mesma maneira que digo claramente quando você é um pé no saco."

"Obrigada. Isso é muito importante para mim. O que é *Gasparzinho, o Fantasminha Camarada*?"

"Era um desenho animado idiota. Não é do seu tempo."

"Gostou dele? Do Gaspar humano?"

"Ele parece ser um bom homem."

"Ele gostou de *você*. Perguntou várias coisas a seu respeito."

"Bobagem."

"Por que acha que é bobagem?"

"Eu sou uma velha."

"E ele é um velho."

"Não quero mais ouvir nada disso. Tenho certeza de que entendeu mal."

Para ser sincera, não tinha tanta certeza assim.

Gaspar apareceu perto da hora de fechar a oficina. Ou melhor, seu rosto pairou na porta entreaberta da área de espera, parecendo hesitante e inseguro. Parecia um homem à beira de um ataque de pânico por entrar em um palco, prestes a fazer um discurso diante de milhares de pessoas.

Antes mesmo que ele abrisse a boca, Bea compreendeu que a menina estava certa. Era uma sensação estranha, essa certeza. Assustadora e indesejada, efervescente e um pouco inebriante, tudo ao mesmo tempo.

"Queria saber se posso ter o prazer de levar duas lindas damas para jantar", disse. "Nada chique. Tem um lugar do outro lado da rua que faz uma pizza ótima e asinhas de frango. E eles têm o melhor bufê de saladas da cidade."

Bea estava mesmo pensando em um lugar onde poderiam comprar comida. A possibilidade de ir dormir com fome havia passado por sua cabeça. Ainda assim, hesitou.

"Nós adoraríamos", disse Allie, olhando para Bea. "Não é?"

"Acho que seria ótimo", respondeu Bea. "Obrigada."


"Podemos pedir uma pizza gigante", sugeriu Gaspar, segurando o cardápio diante do rosto. "Gostam de pepperoni?"

"Não podemos pedir a mesma coisa para todo mundo", Bea respondeu. "Eu gosto de pepperoni, mas a menina não come. Sabe como são os adolescentes hoje em dia. Ela não come nada que já foi um animal."

Depois bebeu um pouco do chá gelado, que tinha adoçado com perfeição, e de repente se sentiu uma felizarda. Estavam comendo e a van estava no conserto. Não era o fim do mundo, afinal. Não era nem o fim da aventura.

"E nada que tenha *origem* animal", acrescentou Allie. "Portanto, não vou comer pizza. Todas são cobertas com queijo. Vou comer só o que tiver no bufê de saladas."

"Eles têm queijo vegano, é só pedir", avisou Gaspar.

"Está brincando!"

Ele apontou o cardápio na mão de Allie.

"Uau! Eu amei este lugar!"

Bea olhou para Gaspar, e eles trocaram um sorriso acanhado, depois interromperam o contato visual.

"Jovens...", disse Bea.

"Entendo o que quer dizer", respondeu Gaspar. "Mas ela é uma adolescente ótima."

"Ela é suportável", corrigiu-o Bea, mas com um tom carinhoso. Mais do que pretendia. "Tenho que reconhecer que é bom poder conversar com alguém da minha idade, para variar."

"Eu não tenho a sua idade. Sou um pouco mais velho, com certeza."

O garçom chegou, um rapaz que não podia ter mais do que 20 anos. Limpo e sorridente.

"Boa noite, Gaspar".

"Muito *boa* noite, Todd. Eu e esta senhora vamos dividir uma grande de pepperoni e queijo. E todos vamos nos servir no bufê de saladas. A mocinha vai pedir outra pizza."

"Pequena, com queijo vegano", anunciou Allie, parecendo animada demais com isso. "Com cogumelos, cebola, pimentão, tomate e azeitonas."

Todos fecharam e entregaram os cardápios.

"Eu podia pedir tanta coisa assim na pizza?", perguntou Allie.

"O plano era você pedir o que quisesse", respondeu Gaspar.

"Não creio que seja mais velho que eu", disse Bea, quando Todd se afastou. "Não muito, pelo menos."

"Vou fazer 81 no mês que vem."

"Temos praticamente a mesma idade."

"De jeito nenhum. Não acredito."

"Uma dama não revela sua idade exata. Vamos dizer que tenha 70 e alguma coisa, e ficamos por aí." Bea bebeu seu chá em silêncio por um momento. "E também não cheguei neles, exatamente."

"Então você se lembra de fitas de oito faixas, TVs em preto e branco e telefones de ramal."

"Ah, sim. Lembro quando era muita sorte ter uma dessas coisas. Lembra daqueles grampos de plástico que a gente encaixava nos 45 para tocar na agulha da vitrola?"

"Como se fosse ontem", disse ele.

Bea levantou a cabeça e viu Allie torcer o nariz.

"Não sei nem o que é essa agulha ou um 45. Sei o que é uma vitrola. Nunca vi uma, mas já vi fotos."

Silêncio. Bea queria continuar a conversa agradável. Era leve e um pouco animadora, como flertar. Mas Gaspar tinha adotado uma disposição mais séria.

"Escute", disse ele, e a palavra fez Bea voltar à realidade. "Sei que vocês duas têm usado a van como casa. É fácil deduzir pelo jeito como prepararam o interior. Mas não posso permitir que durmam nela dentro da oficina. Eu teria problemas com a seguradora. Não posso nem receber clientes lá. Se não houver nenhuma alternativa, posso abrir a porta da oficina e empurrar a van para o estacionamento. Mas espero que aceitem meu convite e durmam no meu quarto de hóspedes em vez disso."

Bea abriu a boca para recusar a oferta, mas ele a interrompeu, levantando a mão.

"Antes de responder, só quero que saiba que sou um cavalheiro. Você está viva há tempo suficiente para se lembrar deles também. Reconheço uma dama quando vejo uma e nunca faria essa oferta de outra maneira que não fosse a de um cavalheiro. O quarto de hóspedes tem chave na porta, se isso fizer você se sentir melhor. Só tem uma cama. É de casal, se não se importarem de dividir."

Bea olhou para a menina, cujo olhar era uma súplica para que ela aceitasse. Aqueles olhos praticamente diziam em voz alta: "Por favor, por favor, por favor, Bea. Uma *cama*!"

Sim, uma cama parecia uma coisa deliciosa. Bea mal conseguia lembrar sua última experiência com uma.

"Obrigada", disse ela. "Já que tudo está bem claro, vamos adorar aceitar seu convite. Mas vou ter que passar pela oficina depois do jantar. Tenho que alimentar minha gata."

Gaspar levantou as sobrancelhas. E arregalou os olhos. "Você tem um gato na van? Não vi nenhum."

"Ela deve estar escondida. Mas a pobrezinha precisa comer. E também precisamos pegar umas coisas. Escova de dentes, roupas... Bem, é isso. Estou com fome. Vamos pegar a salada?"

"Talvez a gente deva levar a Phyllis", disse Allie.

Os três estavam no carro de Gaspar, na frente da oficina, no escuro. Bea tinha ido levar comida para Phyllis, que não apareceu. Mas ela estava bem. Bea havia se abaixado para olhar embaixo dos bancos e o brilho dos olhos da gata lhe deram essa certeza. Phyllis só estava aborrecida. Mas superaria. Não era a única que tinha que aprender a ser maleável, afinal.

"Acho que ela vai ficar melhor na van", respondeu Bea. "É mais familiar. Além do mais, eu não conseguiria tirá-la de baixo daquele assento nem com muito esforço."

"E eu não sou muito fã de gatos", avisou Gaspar, como se só então tivesse encontrado a voz para comentar. "Sou alérgico. Mas, mesmo que não fosse, nunca fui muito fã. Prefiro cachorros."

"Você *tem* cachorros?", perguntou Bea, repentinamente apavorada com a ideia de passar a noite em uma casa com vários animais enormes, ferozes e mal-educados.

"Não, eu trabalho demais. Gostaria de ter. Quem sabe quando me aposentar."

O comentário foi seguido por um momento sem reações. Depois Bea gargalhou. Uma gargalhada forte, autêntica, daquelas que não se pode parar só por querer e é preciso deixar que se esgote. Aquele tipo de risada tinha desaparecido há tanto tempo que Bea nem se lembrava de quando fora a última vez.

"Gaspar, meu Deus", disse quando parou de rir. "Você tem 81 anos. Se não se aposentar agora, quando *vai* ser?"

"Não é uma coisa que posso escolher."

*E é claro que, quando isso acontecer, vai estar velho demais para cuidar de um cachorro*, Bea pensou, mas não disse. A vida daquele homem não era da sua conta. Ainda bem. Nunca havia confiado em um homem que não gostasse de gatos.

Virou a cabeça para falar com Allie, que estava no banco de trás. "A Phyllis vai ficar bem. Foi um dia longo e difícil. Vamos voltar para a casa do nosso anfitrião, tomar um banho e dormir um pouco."

Eles entraram juntos na sala de estar. Gaspar acendeu a luz.

A primeira coisa que Bea viu foram os animais, que não eram vivos. Um urso adulto em tamanho natural, vítima de um caçador e de um taxidermista. Depois, viu a cabeça de um alce chifrudo presa à parede. Ao lado dela, duas armas de cano longo e um grande peixe-espada em uma placa de madeira, pendurada sobre a lareira.

*Ai, meu Deus*, Bea pensou. *Isso vai deixar a menina muito aborrecida.*

Olhou para Allie, mas a garota não estava olhando para ela. Bea esperou um comentário rude, mas também não ouviu nada.

Mas Gaspar percebeu.

"Nem todo mundo gosta", disse ele. "Mas, só para que saibam, meu tiro é sempre certeiro. Atiro para evitar sofrimento. É uma questão de orgulho para mim."

"É bom saber", disse Bea.

Mesmo assim, era uma pena matar um peixe e não comer. Parecia um desperdício. Talvez ele tivesse comido o resto do alce, pelo menos.

"Bem, vou tomar banho primeiro", avisou Allie. "Depois vou direto para a cama."

Bea pensou que ela devia estar perturbada com os animais empalhados. Mas, logo depois, Allie olhou para ela e deu uma piscadinha discreta.

Em seguida, entrou no quarto de hóspedes, deixando Bea sozinha com um homem. Como se não houvesse nada de aterrorizante nisso.

Bea se sentou na varanda da casa de Gaspar e ficou olhando para o mar e para as estrelas, desejando que Allie tivesse ficado.

"Quer uma taça de vinho?", perguntou Gaspar da cozinha.

*Acho que é muito álcool para tomar em dois dias*, Bea pensou. *Não estou acostumada com isso.*

"É claro", respondeu. "Por que não?"

No segundo seguinte, ele apareceu atrás de seu ombro esquerdo, segurando uma taça com um líquido vermelho, que ela aceitou.

"Vai me ajudar a dormir", disse ela.

Gaspar se sentou na cadeira ao lado dela e bebeu um gole do vinho.

"Você acorda cedo?", perguntou ele.

"Depende. Por quê?"

"Queria mostrar uma coisa para você e sua neta. Um *lugar*, na verdade. Quero descer assim que o sol nascer, porque mais tarde a área fica lotada de turistas. Para ver o que esse lugar tem de melhor, é preciso acordar bem cedo. Assim pode ter o espaço só para você. Ou, nesse caso, *nós* podemos ter o espaço só para *nós*."

"Parece que vale a pena acordar cedo por isso. A Allie está tentando me ensinar a ser mais aventureira."

"Ela é uma menina encantadora."

"Sim, é verdade", concordou Bea, sem se incomodar em admitir.

O silêncio se prolongou, tornando-se pouco a pouco pesado e incômodo.

"Deve pensar que sou um velho patético, não é?", falou Gaspar depois de um tempo.

"Não, por que eu pensaria isso?"

"Deve ser claro para as pessoas que sou um homem solitário desde que minha esposa morreu."

"Mas isso não tem nada de patético. É uma reação humana, só isso."

"Você se sente sozinha desde que seu marido morreu?"

Bea respirou fundo, depois soltou o ar com um longo suspiro. Bebeu o vinho antes de responder. A bebida tornava tudo mais fávil e suave.

"Não tanto quanto deve imaginar. No começo, eu fiquei arrasada, mas não saí por aí procurando alguém para substituí-lo. Acho que gosto da minha companhia."

"E agora não pensa mais nisso? Nem consideraria a possibilidade? Ah, desculpe, Bea. Não precisa responder. Eu me expressei de um jeito totalmente errado. Nós nem nos conhecemos. Somos praticamente estranhos. Não faz nem 24 horas que nos vimos pela primeira vez. E não foi minha intenção, *de maneira nenhuma*, assediar uma mulher que conheci hoje de manhã. Nem pense uma coisa dessas. Acho que só pensei que seria bom poder te conhecer e acabei imaginando se não seria uma boa ideia você ficar aqui um pouco mais. Só para ver o que acontece."

Bea sabia que a resposta era "não". Mas precisava se explicar melhor, para que ele não entendesse mal e ficasse magoado. Bebeu mais um pouco de vinho e pensou um pouco antes de responder.

Pensou nos rifles, nos animais empalhados na sala de estar e no voto de desconfiança nos gatos. Tudo isso a fez se lembrar do que significava aceitar alguém em sua vida. Você vê alguma coisa de que gosta em um homem, convida o sujeito para entrar, mas o que entra é ele inteiro. Não só as partes de que você gosta, mas sim as diversas partes que não combinam com você. É sempre assim que acontece.

Mas sabia que não diria nada disso a ele.

"Oh, Gaspar...", E começou, incomodada e um pouco tonta ao mesmo tempo. "Fico tão lisonjeada que não tenho nem palavras... Eu poderia passar anos aqui e ainda não estar preparada para algo assim. Não tem nada a ver com você. Você parece um homem bom. Mas relacionamentos são tão... não sei. Acho que sou eu. Não sou muito aberta com as pessoas. Nunca fui. Romance é uma coisa que dá muito trabalho. É preciso ceder muito e a todo momento. Sei que, para muita gente, vale a pena, mas, no meu caso, acho que não. Quando o Herbert morreu, eu me senti meio perdida. E depois, quando percebi que podia seguir adiante sozinha, a vida começou a parecer mais simples. Sei que parece algo horrível de se dizer, mas, olhando a situação por um outro lado, foi quase um alívio."

Ela ficou em silêncio outra vez, observando as estrelas e bebendo grandes goles de vinho. Evitava olhá-lo para não ver a tristeza em seu rosto, caso estivesse magoado.

"Bem, não se pode criticar um velho bobo por tentar."

"Você não é bobo."

"Ah, sou, sim. E me orgulho disso."

Os dois ficaram quietos por alguns minutos, contemplando as estrelas. Bea estava aliviada por isso. Conversas a deixavam exausta. Depois de um tempo, ela percebeu que não ouvia mais o barulho da água, que fora substituído pelo ruído alto da porta do box do chuveiro.

"Agora é minha vez", disse Bea. "Foi um dia longo." Ficou em pé, mas hesitou, pois sabia que ainda faltava alguma coisa. "Obrigada por tudo", disse, tocando de leve seu ombro.

Ele virou a cabeça e olhou para aquela mão. Sorriu para ela, mas era um sorriso cansado e triste. Como se usasse toda a energia que ainda lhe restava.


"Não acredito que tomei um banho de verdade em uma banheira de verdade", falou Bea para a menina, que já estava na cama. De pijama, Bea enxugava o cabelo com uma toalha, tentando entender por que não sentia sono.

"Na minha casa também é assim", respondeu Allie. "Banheira de um lado do banheiro, box com chuveiro do outro. Era esse tipo de banheira grande que você disse que queria?"

"Sim e não. Essa é menor que a dos meus sonhos. Mas é maior que a do meu trailer."

Ela deixou a toalha nas costas de uma cadeira e foi para a cama também. Os lençóis eram de flanela, um luxo que Bea tinha dificuldade para processar. Sobre eles, havia um pesado edredom, que lhe transmitia uma sensação de segurança e a mantinha aquecida. Era uma sensação quase insuportavelmente parecida com aquelas que se vive na infância.

"Ficou muito perturbada com os animais?", cochichou Bea.

"Com o urso empalhado e os amigos dele? Não tanto quanto deve ter pensado."

"Mas você é contra matar animais."

"Eu não *faria* isso. E não ia querer *ver*, mas animais se matam, não é? Eles precisam comer. E não acho isso tão horrível. Faz parte da natureza. Aquele alce vivia solto na natureza, até que o Gaspar acertou um tiro nele. Não é muito diferente de ser morto por um leão. O que não eu suporto é o fato de os homens criarem animais para comer. O lance da pecuária, entendeu? Os bichos são mantidos nas piores condições, são maltratados e abatidos na frente uns dos outros. É desse sistema que me recuso a participar. Um caçador... sei lá. Acho que não é a melhor indicação do mundo sobre o cara. Eu ficaria mais preocupada com essa história de ele não gostar de gatos."

"Interessante", Bea respondeu. E quase acrescentou: *Você pensa em tudo isso de um jeito muito mais racional do que eu*, mas se conteve, percebendo que as palavras sugeriam um insulto. "Mesmo assim..." Bea imitou o urso empalhado, levantando as mãos em forma de garras e mostrando os dentes em uma careta ameaçadora.

As duas gargalharam.

"É bom ouvir vocês duas tão felizes aí dentro", disse Gaspar, a voz flutuando para o interior do quarto. "Boa noite. Vejo vocês bem cedo para nossa excursão especial."

"Boa noite, Gaspar", disseram as duas, mais ou menos ao mesmo tempo.

"Aonde vamos amanhã?", perguntou Allie.

"Não sei", respondeu Bea. "É surpresa."

## 28

## PRAIAS FEITAS DE VIDRO E OUTRAS COISAS FRÁGEIS

Os três caminhavam juntos pela falésia a caminho do mar. Bea se pegou desejando que não houvesse caminhada durante o passeio, mas não disse nada. Fazer confidências a uma menina era uma coisa, mas não as faria a um homem.

"Espero não ter exagerado nos elogios a esse lugar", disse Gaspar.

"Você nem falou nada", respondeu Bea, já um pouco ofegante.

"Mas fiz todo mundo acordar muito cedo e trouxe vocês até aqui para ver isso. Algumas pessoas acham que é maravilhoso. Não se cansam de olhar. Outras não devem entender o que há de tão especial."

"Não importa", respondeu Allie com um frescor irritante. "Gostamos de ver coisas novas e formar nossa própria opinião sobre elas."

"Acho que você está certa", concordou Gaspar.

Logo haviam percorrido toda a extensão do paredão rochoso. Estavam na beirada do mundo, a alguns metros acima de uma enseada. Bea esperava alguma coisa que visse com entusiasmo, mas o lugar não parecia diferente de nenhuma outra praia. O sol estava nascendo a leste, e era lindo, mas não via mais nada de extraordinário ali.

"Duvido que eu consiga descer", avisou Bea, olhando para as trilhas íngremes de terra que desciam, sinuosas, à beira da falésia.

"Ah, é claro que consegue", retrucou Gaspar. "Eu te ajudo."

"Não, é sério, acho que não consigo, Gaspar. Parece perigoso tentar. Seja o que for, vou ter que ver daqui."

Enquanto isso, a menina já começava a descer.

"Mas não dá para ver daqui. É algo que tem que ver de perto ou nunca vai conseguir ver."

*Nesse caso, acho que não vou ver*, Bea pensou.

Em seguida, ouviu um grito que a assustou, embora fosse claramente um grito de alegria. Allie estava na praia, segurando dois punhados do que Bea presumia ser areia, olhando para as mãos bem de perto.

"Você precisa descer!", avisou Allie. "Tem que ver isto aqui!"

"Não posso descer por essa trilha íngreme", gritou Bea de volta. "Depois você me conta o que é."

"Não. Não vou contar. Tem que ver com seus próprios olhos."

Bea suspirou.

"Acho que estou prestes a quebrar o pescoço", disse a Gaspar.

"Eu não deixo. Venha."

O homem segurou o braço dela e, nos dois minutos seguintes, embora parecessem uma hora, ele a ajudou a descer pela trilha menos inclinada de todas. E não a deixou cair.

Allie gritou de alegria quando Bea pisou na praia. Correu para ela e pegou dois punhados de areia, que despejou em suas mãos.

"O que tem de tão especial nesta areia?", perguntou Bea, pensando que devia ter levado os óculos de leitura. No entanto, quando suas mãos a tocaram, não parecia areia. Eram como minúsculas pedrinhas.

"Isso não é areia. Não tem nenhuma areia aqui embaixo. É tudo vidro. É uma praia de vidro."

"Como isso é possível?"

"Olha de perto."

Bea olhou atentamente para as próprias mãos. Estava segurando um punhado de vidro do mar. Nada além disso. Cada pedrinha daquela era um caco desgastado pelas ondas. Algumas eram transparentes, outras marrons, algumas verdes. Havia até uma pedrinha brilhante azul-cobalto.

"Como isso é possível?", repetiu, a ninguém em especial. Depois se ajoelhou com cuidado sobre o mar de pedrinhas lisas de vidro. Apoiou as palmas no chão e olhou para a superfície, a centímetros dela. Era uma praia de vidro. Todas as pedrinhas eram feitas de vidro. "Eu e o Herbert sempre procurávamos praias de vidro quando viajávamos para o litoral. Se achávamos dois caquinhos, já era um dia histórico."

Levantou a cabeça para ver se alguém estava ouvindo e viu Gaspar e Allie em pé ali perto.

"Bom saber que você é daquelas pessoas que acham que isso é maravilhoso", respondeu Gaspar.

Bea estava sentada ao lado de Gaspar, em um tronco de madeira trazido pelo mar, vendo a luz na praia mudar com o nascer do sol e Allie deitada de bruços, separando os fragmentos de vidro mais interessantes. Até o som que lhe chegava aos ouvidos era diferente. Cada onda que lambia a praia movia as pedrinhas, que tilintavam suavemente, soando como música para ela.

"Tem que haver uma história que explique como isso é possível", comentou Bea.

"E tem. Você pode gostar dela ou não. Há anos, isto aqui era um local onde as pessoas jogavam lixo. Um lixão oficial. Os moradores traziam seu lixo para cá e o jogavam no mar. Havia muitas garrafas, recipientes de vidro e cerâmica. Coisas maiores eram queimadas antes. As coisas mais repugnantes foram removidas mais tarde. Mas o vidro ficou. As ondas fizeram seu trabalho e... aqui está. Muita gente odeia essa história, porque é nojenta a ideia de jogar lixo no mar. Eu gosto, porque me agrada pensar que uma coisa tão horrorosa acabou criando algo tão maravilhoso como isso aqui."

Bea respirou fundo, encheu os pulmões com o ar fresco da manhã.

"Concordo com você sobre a história."

"Bea, não quero que vá e volte dirigindo de Eureka hoje. É longe. Ida e volta vão levar umas seis horas, e depois você vai ter que seguir naquela direção de qualquer maneira, porque é para lá que vai. Pense no dinheiro que vai gastar de combustível."

"Se eu não for, como vou pagar pelo seu serviço?"

"Eu fico com o computador que sua neta me ofereceu e pronto."

"É o suficiente?"

"Para mim, é. E para vocês, vai valer mais do que conseguiriam em uma dessas lojas de penhor. E eu vou ter um computador por menos do que gastaria para comprar um novo. E ele é quase novo. Está tudo bem. Vou levar vocês duas de volta para a minha casa, e vocês podem descansar enquanto trocamos os pneus e instalamos o motor de arranque. Já trocamos as correias e as mangueiras, e o alinhamento é rápido. Depois, vocês podem ir." Uma pausa pesada. "A menos que tenha mudado de ideia sobre partir."

"Não, não mudei."

Mas, naquele momento, Bea teve uma ideia. Uma ideia que fez seu estômago dar um pulinho e entrar em estado de alerta. Que a fez se sentir viva de repente, de um jeito incomum. E não era só por ele. Não era um prêmio de consolação. Era um plano cheio de aventura.

Olhou para ver se Allie estava ouvindo a conversa, mas ela tinha contornado as pedras e desaparecido na outra enseada.

"Mas estive pensando", começou. "Talvez nesse espírito de aventura..." E parou, hesitante, sem dizer mais nada por alguns segundos. Pensou nas arraias-morcego, em como elas a haviam ensinado a não deixar espaço para a dúvida. "Talvez só um... pequeno... bem pequeno... beijinho?"

Mas não olhou para ele. Não teria essa ousadia.

"Seria uma aventura e tanto", respondeu ele em voz baixa.

Bea virou o rosto e fechou os olhos. Sentiu que ele se aproximava e o coração se acelerou. Os lábios dele tocaram os dela por dois segundos. Um e meio, talvez. Ela mal teve a chance de registrar a sensação quente e seca. E acabou.

"Bom", murmurou Bea. "Talvez não tão pequeno. Mas não... não como aquelas coisas nojentas que a gente vê na TV, de boca aberta e com toda aquela coisa pegajosa de língua."

"Não", murmurou ele. "É claro que não."

E aconteceu de novo, um beijo suave e delicado, cheio de ternura. Durou alguns segundos e ficou um pouco mais intenso, sem perder a civilidade e sem se tornar assustador, como acontecia com os beijos. O coração de Bea batia, acelerado. E ela ainda ouvia a música das ondas fazendo tilintar um milhão de pedrinhas de vidro.

Ela inclinou a cabeça para trás e ele imitou o gesto.

"Bem", disse Bea. "Foi uma aventura das boas."

"É verdade."

"Talvez a última que terei, porque vou me arrebentar toda tentando subir aquela falésia."

Ele riu e Bea gostou do som. Era um alívio para a tensão, algo de que ela estava precisando. Mais do que havia percebido.

O rapaz da oficina apareceu na casa de Gaspar às dez e meia para buscá-las. Ele estava dirigindo a van de Bea.

"Ah, olhe só para isso", disse ela ao sair, cumprimentando a van como se fosse um familiar que não via há muito tempo e tivesse melhorando com o passar dos anos. "Os pneus novos! Ainda têm aqueles pelinhos de borracha com que saem de fábrica. Como é o nome disso?"

"Cabelinho", respondeu o rapaz, sem parecer interessado em fazer piadinhas ou em conversar. Entregou as chaves para Bea. "O Johnny me seguiu de carro e está ali esperando." Apontou um carro pequeno parado na rua com o motor ligado. "Ele vai me dar uma carona de volta. Podem seguir viagem daqui."

"Ah, mas tenho que passar na oficina para me despedir do Gaspar, pelo menos."

"Ele não está lá. Tirou o dia de folga."

"Sério? Por quê? Ele não está doente, está?"

"Não, ele está bem. Às vezes, quando está com muita coisa na cabeça, ele tira um dia de folga e vai pegar caranguejo. Ah. Quase esqueci. Ele me pediu para te dar isto aqui." E pegou um envelope meio amassado do bolso traseiro. "E eu tenho que levar um computador, não é?"

"Sim, sim. Vou buscar."

Bea abriu a porta da casa daquele quase estranho. O quase estranho que havia beijado recentemente. A cabeça rodava ao pensar naquilo. Ficava meio tonta. Tão incomum para ela... No entanto, em outro sentido, talvez... não. Talvez não mais.

"Allie?", ela chamou da porta. "Pode trazer o computador para pagarmos o conserto? Voltamos para a estrada em seguida."

Enquanto esperava que a transação acontecesse, Bea abriu o envelope. Dentro, havia um pedaço de papel arrancado de um bloco de anotações, impresso com as palavras "Oficina do Gaspar" e o desenho de um guincho.

"Bea", estava escrito, "não gosto de despedidas. Nunca gostei. Se mudar de ideia, sabe onde vou estar. Obrigado por esta manhã. Foi muito importante para mim."

Sem assinatura. Mas Bea não precisava de uma para saber de quem era o bilhete.

"Tenho uma pergunta", avisou Allie quando estavam novamente na estrada. "Quando chegarmos a Eureka, vamos vender o ouro ou não?"

"Acho que devíamos", respondeu Bea. "Temos muito chão pela frente, e a gasolina acaba depressa. Você se importa?"

"Acho que não."

Allie olhava o mapa enquanto Bea dirigia.

O mar havia desaparecido, porque a estrada agora seguia em direção ao leste, para longe das paisagens que Bea aprendera a amar. O problema era que as curvas se sucediam. Fazia algum tempo que atravessavam áreas de floresta, com curvas e mais curvas de causar arrepios. Bea sentia dor nos ombros, mas havia jurado percorrer uma boa distância até o fim do dia. Uma distância inédita, pelo menos para ela.

Porque o que viria pela frente era sempre um mistério.

Antes que a menina entrasse no escritório do homem que comprava ouro, Bea notou que ela parou atrás da van e vasculhou uma das valises de pano. Tinha certeza de que Allie mantinha a barrinha de ouro no bolso da calça. Além do mais, o que ela havia tirado da bolsa era maior. Do tamanho de um caderno pequeno, talvez, mas com uma capa de couro que envolvia todo o objeto e tinha um fecho de pressão.

Allie pôs o objeto misterioso embaixo do braço e desapareceu. *Continua escondendo coisas de mim*, Bea pensou, mas não falou nada. Só ficou ali sentada, com uma sensação intensa e dolorosa. Não era um sentimento de indignação, nem algo que pudesse ser definido. Também não era nada parecido com raiva.

Se tivesse que dizer a verdade, Bea teria que admitir que estava magoada. De algum jeito, havia imaginado que, àquela altura, havia mais confiança entre as duas.

"Você vai ficar contente", declarou Allie ao subir na van.

Bea ligou o motor e partiu, sem esperar para ouvir qual era a causa de toda aquela felicidade. Porque queria seguir viagem. E rápido. Queria chegar mais perto de Cape Flattery, a meta estipulada.

"Quanto ele pagou? Não pode ser mais do que calculamos. Ele precisa revender a peça com algum lucro. É comerciante. Portanto, sempre vai pagar menos que o valor de mercado."

"Consegui mais de 1600 dólares!"

Bea sentiu a cabeça girar levemente enquanto absorvia o número. Era uma quantia familiar, quase exatamente o que havia sido roubado de sua conta no banco.

"E..." A menina enfiou a mão no bolso da calça. "Trouxe isto aqui para você."

Allie tinha algo pequeno na palma da mão. Quando Bea lhe estendeu a mão aberta, ela depositou o objeto nela. Uma moeda. Talvez do tamanho de uma de 25 centavos ou um pouco menor.

Bea olhou pelo retrovisor. Não havia ninguém atrás delas. Passou para a faixa da direita e reduziu a velocidade. Observou o objeto. E viu uma pequena moeda de ouro com a Águia Americana.

"Tem uma para cada uma", contou Allie. Bea levantou a cabeça e viu seu rosto iluminado por um largo sorriso. "Um quarto de onça de ouro em cada uma. Em caso de emergência, cada uma de nós pode contar com uma dessas."

"Me explique essa matemática", pediu Bea, olhando pelo retrovisor e voltando para a faixa do meio da estrada. "Você entra com uma onça de ouro e sai com dois quartos de onça de ouro e mais de 1600 dólares? Como isso é possível?"

"Ele também compra moedas. Então vendi a coleção do meu avô. Não sabia quanto valia. Mas agora sabemos, certo? Valia muito!"

Bea dirigiu em silêncio por vários minutos, sentindo a mudança na paisagem das emoções. Ou talvez as emoções a estivessem transformando.

"Você tem muita consideração pelos outros", disse depois de um tempo.

Após um ou dois minutos sem resposta, Bea olhou rapidamente para o rosto da menina. Allie parecia dez por cento satisfeita e noventa por cento perplexa.


Elas estavam paradas lado a lado em uma lavanderia automática no Oregon. Em alguma pequena cidade litorânea, ao cair da noite, depois de um longo dia na estrada, dobrando as roupas limpas e secas. Para Bea, era um luxo sentir o calor e a limpeza nas únicas roupas que possuía. Ela pensava se era uma coisa boa ou ruim sentir tanta gratidão por algo tão simples.

Inclinou-se na direção da menina e sua linguagem corporal sugeria quase uma conspiração. Bea tinha um segredo. E embora houvesse apenas mais uma mulher na lavanderia, e essa pessoa não estivesse perto delas, era um segredo que exigia discrição.

"Eu beijei o Gaspar", cochichou.

De início, nada. Nenhuma resposta. Como se a menina não a tivesse ouvido.

Em seguida, Allie gritou algumas palavras em um volume que fez Bea dar um pulo de susto.

"Tá me tirando!"

A outra mulher, que lia uma revista perto da porta, também pulou, assustada. E estava a uns bons vinte passos delas.

"Não sei o que isso significa", disse Bea.

"Significa... É meio difícil de traduzir."

"E eu pensando que falávamos mais ou menos a mesma língua."

"É meio que... Está brincando comigo!"

"Não estou. E não vou tirar nada de você. Ou sei lá como se responde a isso que acabou de dizer."

Bea encarou a garota. Um olhar aberto, sem reservas. Quase exuberante.

"*Você* beijou o *Gaspar*?", perguntou Allie, ainda com um tom um pouco alto demais.

"Sim. Se quer uma confirmação, sim. Não estou dizendo que ele não retribuiu. Mas a ideia foi minha."

"De que tipo de beijo estamos falando aqui?"

Bea levou um dedo aos lábios em sinal de alerta.

"Eu não disse que estava disposta a compartilhar detalhes", disse.

"Tipo um beijo *francês*?", perguntou, com uma ênfase quase reverente na palavra "francês".

"É claro que não. Não seja nojenta."

"Não está falando de um beijo delicado na bochecha, está?"

"Se tivesse sido um beijo delicado na bochecha, eu não estaria te contando, nem seria digno de contar. Esse é um beijo que se ganha da sua tia."

"Era o que eu ia dizer, se você dissesse que sim. Mas eu teria dito que era do meu avô, porque nunca tive tia. Então... foi na boca. Mas não foi só uma coisinha rápida, foi?"

Bea sentiu o rosto corar.

"Por favor", murmurou. "Está me deixando envergonhada."

Um longo silêncio. Bea tinha quase terminado de dobrar as roupas e não sabia o que faria com a própria vida quando terminasse.

"Fala sério, *Bea*!", gritou a menina.

E bateu no braço dela. Com força.

"Ô!", Bea exclamou, ainda meio ofegante. "Por que me bateu?" Massageou o local onde havia sido atingida.

"Ah, desculpa. Foi muito forte? Era para ser só um gesto de amizade. Faço isso direto com os meus amigos. Não é para doer." A menina se encarregou de massagear o local que Bea tinha acabado de friccionar.

"Acho que é porque eles são mais novos que eu", Bea respondeu.

Uma fração de segundo depois, ela levantou a cabeça e viu a única outra mulher na lavanderia parada na frente delas, sorrindo. Devia ter uns 40 anos, vestia uma camisa de brim e tinha cabelos castanho-avermelhados que caíam perfeitamente sobre os ombros.

"Eu tive que vir dizer isso", a mulher falou. "Espero que não se importem. É muito bom ver avó e neta que se dão tão bem. Conversando e rindo juntas. Meus filhos mal falam com os avós."

Um silêncio perplexo e demorado.

Então a menina falou:

"Hum. Obrigada?"

A mulher virou e saiu.

"Isso foi interessante", disse Bea.

"Foi... bizarro", respondeu a garota. "Mas legal."

"É, acho que sim. Legal." E depois de uma longa pausa: "Sente falta deles?"

"De quem?"

"Dos seus amigos."

"Ah. No começo, eu senti. Agora é só como... Só acho que não teríamos mais nada em comum. Depois de tudo que passei, como poderia conviver com eles normalmente? Às vezes penso neles, e é como se eu os tivesse visto vinte anos atrás, e não há duas ou três semanas. Acho que é isso que acontece quando a gente é jogado em uma vida como essa. Faz você crescer depressa."

"Um brinde a isso", disse Bea.

As duas estavam deitadas na van, em silêncio. Bea na poltrona reclinável, a menina naquela coisa inflável que serve para boiar em uma piscina. Se você tem uma piscina. Estavam no estacionamento da lavanderia automática. Deitadas no escuro, como se dormissem. Mas Bea sabia que nenhuma delas estava dormindo. Ela ouvia o barulho das ondas do mar, o que era reconfortante.

"Psiu", chamou a menina, baixinho.

"Sim. Estou acordada."

"Por que percorremos uma distância tão grande hoje?"

"Só quero chegar ao nosso destino."

"Mas você disse que fica cansada. Disse que aguenta quatro, cinco horas, no máximo. E hoje dirigiu por quase nove."

"Quero chegar a Cape Flattery."

"Mas não temos pressa."

"Não? Sério? Ontem, em um dia, passamos por um quase encontro com a polícia, você decidiu que ia se entregar, e a van quebrou. Quero chegar lá antes que mais alguma coisa dê errado."

"Ah."

Mais alguns minutos em silêncio.

Depois Allie disse:

"Podemos voltar lá, sabia?"

"Onde?"

"Fort Bragg. Gaspar."

"Acabei de dizer que quero chegar logo ao nosso destino."

"Estou falando da volta. Podemos passar por lá quando voltarmos. Se quiser vê-lo de novo."

"Não quero."

"Ah. Bem, então... por que o beijou? Se ia embora em seguida e não queria vê-lo nunca mais?"

"Você mesma acabou de responder à sua pergunta", disse Bea.

"Não entendi."

"Ah, meu bem. O Gaspar é uma pessoa legal. Mas a última coisa que quero é me amarrar a outro homem. Meu Deus. Foi assim que a maior parte dos últimos cinquenta anos da minha vida desapareceu, embora eu não soubesse disso antes. E, acredite em mim, não precisa de mais do que isso. Um beijinho e você junta tudo que tem às coisas da outra pessoa, e toda sua vida tem que ser construída em torno dela. E todas as partes de você que não combinam com ele têm que ser escondidas, e todas que combinam têm que ser trazidas à tona e funcionar como se fossem só você, como se só elas existissem. Eu fiz o que fiz porque ele e eu sabíamos que eu partiria em algumas horas. É a primeira vez na minha vida que faço uma coisa dessas e não fico para pagar o preço. Vai entender quando ficar mais velha."

"Duvido", disse Allie. "Mas, mesmo assim, estou feliz por você."

"Além do mais, tem que ser alguém que ame gatos."

"É verdade. Tem que amar gatos. Nisso estamos de acordo."

## 29

## NÃO ATRAVESSE A PASSARELA ANTES...

"Podemos parar *nesse* farol?", a menina choramingou. "Quero muito conhecer um."

"Que obsessão repentina por faróis é essa?", perguntou Bea, sem parar de dirigir. Sem sequer reduzir a velocidade.

"Não é repentina. Sempre gostei deles, mas nunca entrei em um."

"Como sabe que permitem a entrada de pessoas?"

"Bem, tem uma placa enorme dizendo para as pessoas estacionarem ali."

"O que não prova nada."

A menina suspirou. A gata estava em seu colo, e ela a afagava.

"*Agora* não faz diferença", disse, com toda a melancolia adolescente. "Já passamos."

Uma longa pausa enquanto Bea pensava se deveria se sentir culpada. Decidiu que não.

"Sabe, essa coisa de muita pressa não existe", comentou Allie.

"Talvez não na sua situação."

"Nós já atravessamos a maior parte do Oregon em um dia. Mal vimos o litoral."

"Eu vi. Onde você estava? Era só olhar para o lado."

"Mas se você não tem tempo para parar e conhecer um farol..."

"Vou te dizer uma coisa. Depois que conhecermos Cape Flattery... o que foi sua ideia, como deve lembrar. Depois de ver toda a costa que temos diante de nós..."

Então se interrompeu, sem concluir o pensamento.

Haviam falado muito pouco, quase nada, na verdade, sobre o que fariam depois que chegassem a Cape Flattery, e isso não estava resolvido na cabeça de Bea. De fato, não sabia se conseguia lembrar por que havia parecido importante que fossem até lá. Exceto que era importante ir a algum lugar, e aquele parecia ser o lugar mais longe que se podia imaginar.

Cerca de uma hora depois, Bea viu um lugar onde podia parar para ver a paisagem. Tinha espaço para cinco ou seis carros, com uma mureta baixa de pedras para impedir que eles caíssem no precipício e parassem no mar, a uns trinta metros abaixo. Não tinha nenhum carro parado ali.

Melhor ainda, havia um farol a uns duzentos metros costa acima, e esse seria um bom lugar de onde vê-lo.

Bea virou à esquerda e estacionou. Desengatou a marcha e desligou o motor. A ausência do ruído constante das engrenagens era chocante. Parecia silêncio, embora Bea pudesse ouvir nitidamente dezenas de focas latindo e ondas se quebrando. Sentia o fantasma da vibração do volante nos braços e ombros. Era como se trepidassem.

"Paramos", disse Allie. "Não acredito nisso."

"Preciso ir ao banheiro." Era verdade, mas não fora isso que a fizera parar.

"Não tem banheiro aqui", apontou Allie.

"Vou ter que dar um jeito."

A menina saiu da van e olhou em volta.

"Não tem muita privacidade", disse, através da porta aberta.

"Você sai para ver o farol daqui, e eu uso o balde dentro da van. E depois eu... o esvazio discretamente do lado de fora."

"Tudo bem", disse Allie, deixando claro que não queria mais detalhes. "Como quiser."

Bea saiu da van vários minutos depois, ocupada com a necessidade de fechar e voltar a abrir todas as cortinas.

A menina estava debruçada na mureta, que tinha a altura de sua cintura, e imitava o barulho que as focas faziam.

Bea deixou o balde no chão e se aproximou dela.

Olhou para o precipício vertiginoso para ver as focas, que lotavam as rochas à beira-mar. O vento jogava seu cabelo para trás e a incitava a fechar um pouco os olhos.

"Por que elas fazem tanto barulho?", perguntou à menina.

"Acho que estão animadas com a vida."

"Sabe...", Bea hesitou.

"Que foi?"

"Nunca falamos sobre o que vamos fazer depois que conhecermos Cape Flattery."

"Hum. Voltar para casa, eu acho."

"E onde fica isso?"

"Ah. Boa pergunta. Podemos querer ficar por lá."

"É muito frio. Quase no Canadá. Não esqueça que não temos aquecimento nem ar-condicionado, a menos que a van esteja em movimento. Temos que escolher o clima com cuidado."

"Podemos ir para o interior e voltar por uma rota diferente, ver coisas totalmente diferentes."

"Vou ter que falar do clima de novo."

"Certo. É mais quente no interior."

"E vai esquentando cada vez mais." Bea viu como a luz do sol brilhava na linha do horizonte. Como um caminho que leva a algum lugar. Algum lugar além deste mundo. Algum lugar ao qual Bea não estava pronta para ir. "Podemos voltar pela costa. E, dessa vez, podemos ir devagar e conhecer os faróis."

"Acho que é uma boa ideia", disse a menina.

"Só toquei nesse assunto porque às vezes penso em Cape Flattery e... Como vou dizer? Sinto que é um objetivo artificial."

"Não, é real. Achei esse lugar no mapa."

Bea suspirou de um jeito meio dramático.

"Não foi isso que eu quis dizer. Falei que o *objetivo* é artificial. Estamos agindo como se só precisássemos chegar lá, e então essa aventura estaria completa, e teríamos realizado alguma coisa. Mas ainda seremos nós. Ainda estaremos aqui. Tendo que pensar no que fazer."

"Bem", respondeu Allie, "sim, mas vamos atravessar essa passarela quando chegarmos lá."

"Acho que o ditado fala em ponte. Atravessar essa *ponte* quando chegarmos lá."

"Estava tentando fazer uma piadinha. Porque o Jackson disse que a gente chega no cabo andando sobre passarelas de madeira."

Antes que Bea pudesse comentar a piadinha e manifestar o medo de que o cabo ficasse muito longe e ela tivesse que andar muito sobre muitas passarelas, um carro parou. Um desses *motor homes* do tamanho de um ônibus de turismo. A chegada do veículo pôs um fim na privacidade do momento.

Bea esvaziou o balde rápida e discretamente e elas foram embora.


Quando dirigia sobre uma ponte muito longa, sobre o que parecia ser uma baía, Bea começou a se sentir incomodada. O estômago registrava o medo, como se estivesse em uma montanha-russa. Ah, racionalmente, sabia que as pessoas atravessavam a ponte todos os dias e a estrutura era sólida. Mesmo assim, via a água lá embaixo com o canto do olho, dos dois lados. A sensação era de que não havia nada embaixo da van. Como cair. Ou estar para cair.

Então ela falou, para disfarçar o sentimento.

"O que é isso?", perguntou à menina, que olhava o mapa.

"Isso o quê?"

"Essa baía ou sei lá o que é isso que estamos atravessando."

"Não é uma baía. É o rio Columbia."

"Incrivelmente largo para um rio."

"Bem, é a foz dele. Ele é mais largo na foz. Se não estivéssemos com tanta pressa, tem uma rota muito boa para se percorrer de carro pelo desfiladeiro do rio Columbia. Tem umas cachoeiras altas bem do lado da estrada e uns lugares lindos para se fazer trilha."

"O mapa informa tudo isso?"

"Não. Eu estudei com um garoto que fez um relatório sobre esse lugar depois das férias em família."

"Talvez no caminho de volta", disse Bea.

"Certo." Allie dobrou o mapa. "Tudo na volta. Quanto o passarmos por cima do rio Columbia, tem uma coisa: quando sairmos desta ponte, teremos atravessado a fronteira do estado. Estaremos em Washington."

"Que bom."

Continuaram em silêncio por alguns momentos, até que a sensação de pânico provocada pela ideia da queda começou a diminuir.

"E sobre *eu* ter que dirigir sobre esse rio, é o seguinte: tenho medo", confessou Bea. "Fico com medo em pontes longas com tráfego de veículos, porque é como se não tivesse nada embaixo de mim."

"Sabe o que você faz? Olha para o outro lado da ponte. Para onde estamos indo. E continua olhando para lá. Não tira os olhos do fim da ponte."

"Ah", Bea falou depois de tentar por um tempo. "Isso ajuda mesmo."

"Não precisa ficar tão surpresa."

"Pensei a respeito do que podemos fazer depois que chegarmos em Cape Flattery." Ela esperou que Allie dissesse alguma coisa, mas a menina só aguardou. "Podemos voltar pelo mesmo caminho, mas mais devagar, e dessa vez fazer o litoral de Pacific Palisades até o México. Então vamos poder dizer com toda a certeza que conhecemos toda a Costa Oeste dos Estados Unidos. Talvez possamos até entrar no Canadá na ida e no México, no final."

"Não podemos. Nem no Canadá, nem no México."

"Por que não?"

"Não temos passaportes. Bem, eu não trouxe o meu. E aposto que você nem tem um."

"Não precisa de passaporte para entrar no Canadá e no México."

"Ah, precisa, sim."

"Acontece que esse é um assunto que eu conheço", insistiu Bea com firmeza, ainda olhando fixamente para o fim da ponte. "Eu cresci em Buffalo, Nova York. De carro, não era longe de Peace Bridge, em Ontario. E você *não* precisa de um passaporte para atravessar a fronteira. Minha família fez essa viagem inúmeras vezes."

"Odeio ter que te dizer isso, Bea, mas as coisas mudam."

"Quando foi que mudaram isso?"

"Depois da coisa do Onze de Setembro. É uma mudança que tem a ver com a segurança nacional. E depois que sairmos desta ponte, acho que devemos encontrar um lugar para passar a noite. Acho que estamos a umas seis horas do nosso destino. E bem perto da água. Mas de manhã, quando retomarmos a viagem, vamos passar muito tempo longe do litoral. Provavelmente vai estar mais quente."

A travessia da ponte acabou. Para a alegria e o alívio de Bea, que soltou o ar que nem sabia que prendia.

"É uma pena", disse.

"Parar para dormir não é ruim, Bea."

"Eu estava falando que o terrorismo muda tudo. Não era assim quando eu era mais nova. O mundo era um lugar mais seguro."

"Quando você era jovem, teve a Segunda Guerra Mundial!"

"Ah. É verdade. Tem razão."

"Talvez um lugar com chuveiro? Estou precisando de outro banho. Faz dois dias que saímos da casa do Gaspar."

"Também quero um banho."


"Bea", cochichou Allie na van escura. "Ei, Bea. Está dormindo?"

"Estava. Quase. Só um pouquinho."

Bea abriu os olhos, pouco ajustados à escuridão. Tinha tomado banho e vestido um pijama limpo antes de ir para a cama. O conforto era algo que sentia intensamente, apesar de pensar nele de forma consciente.

O pequeno camping perto de Willapa Bay não tinha luzes artificiais, o que Bea achou bom. Talvez devesse olhar para fora e apreciar as estrelas.

"Desculpa", pediu Allie depois de um tempo.

"Por quê?"

"O dinheiro que consegui pelo ouro. E pelas moedas. Ele me deu tudo em um envelope. No começo, deixei no meu bolso, mas queria te avisar que guardei no porta-luvas. Bem lá no fundo, caso alguém roube a van ou consiga abri-la."

"Não seria mais seguro manter com você?"

"Só estava pensando..."

Mas, por um bom tempo, Allie não disse em que estava pensando.

"Termine", pediu Bea, talvez com muita rispidez.

"Estava pensando que, se formos separadas, quero que você fique com o dinheiro. Para gasolina, comida e tudo o mais. Assim vai ficar bem."

As palavras fizeram o rosto de Bea corar.

"Por que seríamos separadas?"

"Se a polícia me pegar e levar de volta para LA. Esse tipo de coisa."

"Isso não vai acontecer agora. Estamos quase em Cape Flattery."

Mas Bea sabia que não fazia diferença. Estariam sempre em algum lugar. Tinham que estar em algum lugar. E a polícia sempre poderia estar no mesmo lugar, também.

"Bem, quando acontecer, se acontecer, só quero que saiba onde está o dinheiro. Escrevi meu nome completo e minha data de nascimento no envelope. Sabe como é."

"Não, acho que não sei."

"Se formos separadas... você não sabe nem meu nome inteiro. Só queria ter certeza de que você poderia... des-separar a gente, entendeu? Se quiser."

"Ah. Obrigada."

Bea sentia que devia falar mais alguma coisa, mas os pensamentos estavam embaralhados. E, de repente, dormir não era mais uma possibilidade.

Saiu da van descalça e de pijama e foi olhar para a confusão de estrelas por alguns minutos. Dentro dela, travava uma silenciosa luta contra um forte e incômodo sentimento de que a aventura estava prestes a acabar.

Bea percebeu que fazia uma hora, pelo menos, que estava dirigindo no escuro. Talvez quase duas. A menina se mexeu e, pelo jeito, estava acordando.

Bea ouviu uma frase abafada, mas não conseguiu identificar as palavras sonolentas.

"O que você disse?", perguntou por cima do ombro.

Um minuto depois, a menina aterrissou no banco do passageiro enrolada em um cobertor. O cabelo bagunçado caía sobre o rosto. Bea notou que ela piscava muito diante das luzes suaves do painel.

"Eu perguntei por que estamos rodando a essa hora."

"Não consegui dormir. Decidi dirigir."

"Que horas são?"

"Não sei. Está escuro demais para enxergar o relógio."

"Que horas eram quando começou a dirigir?"

"Umas três, mais ou menos."

Elas viajaram em silêncio por algum tempo, ouvindo apenas os ruídos do motor e de um ou outro automóvel que passava em sentido contrário.

"Então...", Allie começou, "não estou criticando, nada disso... mas parece que essa sua pressa está ficando... talvez um pouco... obsessiva?"

Bea parou, sentindo que precisava dar forma aos pensamentos antes de apresentá-los.

"Estou com uma sensação de que vai acontecer alguma coisa. Alguma coisa..." Sabia que tinha mais a dizer, mas se calou.

"É só uma sensação que ficou de Fort Bragg."

"Talvez", disse Bea, embora não concordasse.

"Mas não é o que você sente." E aquela não era uma pergunta.

"Não."

Allie se recostou no banco e olhou pela janela.

"Alguma ideia de onde estamos?", perguntou a menina depois de um tempo. "Ah, espera. Deixa para lá. Já vi a saída para Lake Quinault. Sei onde isso fica no mapa. Sabia que tem uma floresta tropical por aqui?"

"Pensei que florestas tropicais só existissem em lugares como a América do Sul."

"A maioria, sim. Mas ainda tem alguma na Olympic National Forest, que é mais ou menos onde estamos."

"Como *sabe* disso?", perguntou Bea, perplexa, o que deixou sua voz mais aguda. "Você sempre sabe alguma coisa sobre os lugares por onde passamos. Parece uma enciclopédia ambulante."

"Eu prestava atenção às aulas. Não sabia que isso era ruim."

"E não é", suspirou Bea. "É ótimo. Fico feliz por aprender as coisas que você me fala. Acho que só me faz sentir que não sei nada."

Dois ou três quilômetros de silêncio.

"Pode voltar a dormir", disse Bea. "Prometo dirigir com cuidado enquanto não estiver usando o cinto de segurança."

Allie coçou o nariz. Em seguida, se levantou sem dizer nada e desapareceu na parte de trás da van.

Pouco depois, Bea ouviu a voz da menina.

"Costuma ter essas sensações com frequência?"

"Essa coisa da inadequação, você quer dizer?"

"Não, isso de que vai acontecer alguma coisa ruim."

"Se quer saber se me preocupo muito, sim. Sempre. Mas essa sensação de que alguma coisa se aproxima? Não, nunca aconteceu antes. Não combina comigo."

Esperou uma resposta da menina, mas não houve nenhuma.

Estavam seguindo pela orla em Neah Bay — um lugar que Herbert teria dito que ficava "a uma cuspida" do destino das duas, Cape Flattery — quando Allie pediu para Bea parar a van. Esta atendeu ao pedido como podia, mas teve que continuar um pouco mais até encontrar um lugar para sair da estrada.

"Dá ré!", gritou Allie, com uma voz feliz. "Dá ré, Bea!"

"Não posso dar ré. Não tem lugar para estacionar lá atrás."

"Tudo bem. A gente volta andando."

"Para onde?"

"Vem. Você precisa ver isso."

Elas saíram para a manhã fria e úmida. Naquela pequena cidade da Reserva Makah. Bem na orla de Neah Bay, um braço raso ao longo do Estreito de Juan de Fuca. Bea se espantou, sentiu que o mundo tinha voltado da noite para o dia. Aquilo não tinha nada de parecido com a costa por onde haviam viajado todos aqueles dias. Era algo totalmente novo.

Ela seguiu a menina até estarem embaixo de uma árvore a algumas dezenas de metros da praia. Allie olhava para cima, por isso Bea também olhou.

"O que estamos olhando?"

"Alguma vez você viu três águias em uma árvore?"

"Nunca vi nem uma águia em uma árvore. Na verdade, nunca vi uma águia. Não tem águias em Coachella Valley."

"Pois agora você vai ver três."

Bea olhou para onde a menina apontava.

A meio caminho do topo das árvores, um pouco afastadas entre elas, havia três aves enormes empoleiradas. Idênticas, como trigêmeas. Penas marrons. Cabeça branca. Olhos claros voltados para Bea em austera concentração. Pareciam quase zangadas. Ferozes. Bicos e garras em forte contraste com seu amarelo intenso.

"Queria ter uma câmera", comentou Allie.

"Sim, teria sido uma coisa boa para trazer em nossa aventura, mas não pensamos nisso."

"Tenho o iPhone. Mas é bobagem tirar fotos com ele, se vou ter que vender."

Bea sentiu que arregalava os olhos.

"Aquelas coisas que misturam telefone e computador também têm *câmeras*?"

A menina só suspirou e balançou a cabeça enquanto começavam a voltar para a van.

"Temos que parar e pedir uma autorização", falou Allie.

"Que tipo de permissão?"

"Isso aqui é território indígena Makah. Se quiserem, podem nos multar por estarmos aqui. Você tem que pagar para estacionar aqui e olhar a paisagem."

Bea parou de andar. Allie levou um minuto para perceber.

"Olhe aí, lá vamos nós de novo. Como *sabe* tudo isso? Não me diga que ensinam essas coisas na escola."

"Não, estava na placa. Li a placa quando entramos na reserva."

"Ah..." Bea voltou a andar. "Acho que não estava prestando atenção como devia."

"É o seguinte", disse Allie ao entrar na van. "Eu tenho a licença. E não foi cara. Só 10 dólares. Mas a trilha até o cabo tem um quilômetro e duzentos metros."

"Ida e volta?"

"Não. Cada trecho. Praticamente dois quilômetros e meio para ir e voltar."

Bea sentiu alguma coisa parar dentro dela.

"Ai, céus. Eu tinha medo disso. Não consigo nem lembrar quando foi a última vez que andei dois quilômetros e meio."

Elas ficaram em silêncio por um momento. Paradas. Sem fazer nada.

"O que vai fazer?", perguntou Allie.

"O que eu *posso* fazer? Vou andar."

Bea sentiu uma bola de tensão desaparecer entre elas.

"Que bom, Bea."

"Não vim até aqui para deixar um quilômetro e duzentos metros me fazerem remanchar."

"Não sei o que significa *remanchar*."

"Ótimo. Finalmente alguma coisa que eu sei e você não sabe."

Elas andavam juntas pela trilha que levava ao cabo. Através da floresta verdejante, a luz do sol salpicava o caminho aqui e ali. Caminhavam sobre a madeira úmida e rústica que formava o calçadão. Bea sentia a umidade no ar e ouvia o som distante das ondas do mar nas pedras.

"Preciso parar e descansar um pouco", disse.

Como não havia lugar para se sentar, Bea se dobrou para a frente, apoiou as mãos nos joelhos e arfou. Então a menina se aproximou e a incentivou a se apoiar nela.

Bea aceitou a oferta.

"Estive pensando", disse Allie. "Agora que estamos concluindo essa grande aventura, acho que preciso pensar em um jeito de entrar em contato com os meus pais na cadeia e avisar que estou bem."

"Ah, eu não tinha pensado nisso."

"Eu pensei o suficiente por nós duas. Nos primeiros dias, só senti raiva deles. Acho que acreditei que eles mereciam esse castigo. Mas agora já faz tempo. Eles devem estar em pânico. Não sei se quero punir os dois *tanto* assim."

"Está dizendo que acha que eles sabem que você fugiu?"

"Bem... sim. Eles devem saber. Os filhos dos presos são entregues ao Estado. Acho que o Estado avisa se eles... se eles perdem alguém."

Elas voltaram a andar. Devagar. A manhã ficava mais quente, o que não colaborava em nada para aumentar a energia de Bea.

"Tem alguma ideia de como entrar em contato com eles?"

"Nenhuma. Se soubesse como ligar para eles, teria ligado há dias."

"Acha que exageramos o tamanho disso tudo?"

Bea sabia que era uma mudança de assunto radical. Mas não sabia como ajudar com o problema relacionado aos pais da menina.

"Disso o quê? Cape Flattery?"

"Sim. Isso."

"Acho que vamos descobrir daqui a uns quatrocentos metros."

Quando chegaram a um mirante no extremo noroeste do país, Bea tinha dificuldade para manter a cabeça erguida. Era mais fácil se inclinar para a frente, como se assim protegesse os pulmões castigados.

"Tem um banco ali!" Ela ouviu Allie dizer.

Bea parou, respirou algumas vezes e, arfante, levantou a cabeça.

Na frente dela, à sombra de algumas árvores, havia um deque rústico de madeira com tocos de árvore que formavam uma cerca. Mais troncos cruzavam os primeiros no sentido vertical, para impedir que crianças passassem pelos vãos. E, sim, havia um banco de tábuas. Além dele, Bea via os limites irregulares de mais um trecho do cabo do outro lado de uma pequena enseada, com pedras grandes o bastante que formavam ilhotas muito altas, repletas de árvores nativas.

"Isso requer subir degraus", comentou Bea, ainda ofegante. "São poucos, mas são degraus."

"Mas acho que vai valer a pena", respondeu Allie. "Vem. Eu te puxo."

No segundo seguinte, Bea estava em pé sobre as tábuas do deque, com as mãos na cerca arredondada. Olhou para baixo e viu cavernas escavadas nos penhascos vertiginosos, cobertos por densa vegetação, e a água borbulhante, espumando nas pedras irregulares. Ouvia o eco dos estrondos das ondas entrando nas cavernas e concluindo seu curso. Bea se identificava com aquela coisa de concluir seu curso.

"Nunca vi um trecho de litoral tão... complexo", disse.

"Está falando de todos esses recortes e do relevo?"

"Sim. Mais ou menos isso. É muito complexo. Quase como uma renda. Acho que o oceano entalhou tudo isso ao longo dos anos."

Elas observavam e ouviam em silêncio. O sol na cerca do mirante era quente demais para Bea, mas ela não queria se sentar. Queria continuar olhando para aquele recanto do mundo. Do seu mundo, pelo menos.

"E então?", perguntou Allie. "Exageramos ou não?"

"Não", respondeu Bea com firmeza. "Seria impossível exagerar essa experiência. Este é o lugar mais lindo que já vi. E tenho que lhe agradecer por isso, por continuar insistindo com uma velha boba e teimosa, até finalmente ela ceder e experimentar algo novo."

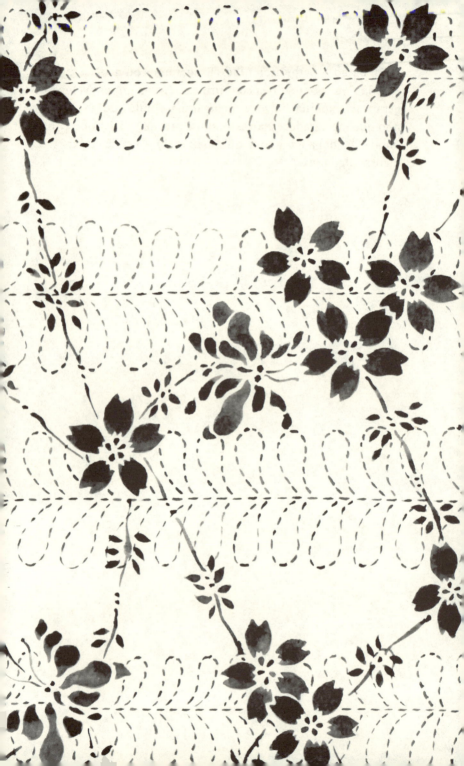

# Allie
## Parte Seis

## 30

## CONSELHO DE VIAGEM DOS PATOS

"Quero parar em Ruby Beach", falou Allie, com uma nova convicção no tom de voz. Finalmente, ela se posicionava para assumir mais controle sobre aquela aventura.

Viajavam pelo continente pela 101, em direção ao sul, e Ruby Beach assinalaria o ponto em que, finalmente, chegariam de novo à costa de Washington.

"E você não pode negar", acrescentou ela, "porque na ida eu te pedi para parar em um milhão de lugares, e você sempre dizia: 'Na volta. Na volta...' E agora estamos na volta."

"Tudo bem", respondeu Bea, mantendo os olhos cravados na estrada. "Ruby Beach, aí vamos nós."

A resposta de Bea soou tão positiva que Allie pensou que dali em diante a viagem seria mais fácil.

Quando Allie voltou de sua visita à praia, Bea estava debruçada na janela da van.

"Tem que andar, não tem?", perguntou.

"Um pouco. Mas você precisa ver isso, Bea. É a praia mais bonita que já vi. E está deserta. Temos o lugar só para nós."

"Qual é a diferença entre essa praia e todas as outras que vimos pelo caminho? Quero saber agora, antes de arrastar minhas velhas pernas até lá, depois da longa trilha que fizemos em nosso último passeio."

"Não sei como descrever, Bea. Você tem que ver. Já sei. Se for até lá, e eu estiver errada e não valer a pena, não precisa parar em nenhum farol no caminho de volta."

Bea pensou um pouco. Depois fechou a janela e desceu da van.

"Isso me torna uma vencedora, aconteça o que acontecer", disse.


Elas pararam no fim do caminho, olhando tudo que as cercava.

O ar era úmido. Nuvens baixas como de neblina passavam flutuando, dissipando-se aqui e ali para mostrar um trecho de céu azul salpicado por nuvens brancas e altas. Um riacho que desaguava no oceano corria entre as pedras e a areia, perto de onde estavam. Era largo, plano e raso. Parecia estar perfeitamente quieto, refletindo o céu nublado.

Ali também havia rochas que despontavam do oceano, próximas à praia repleta de objetos trazidos pela maré. Uma delas era imensa e larga, como uma grande ilha. Outras se projetavam, escarpadas e pontiagudas, feito pilhas de pedras.

"Para que servem aquelas pedras?", perguntou Bea.

Allie olhou para um enorme tronco caído que a maré havia levado para a praia. Em cima dele, alguém havia empilhado dezenas e mais dezenas de pedras que formavam torres, como pirâmides. Pedras redondas, lisas, achatadas, como as de rio, a maior delas na base de cada pilha, diminuindo de tamanho a caminho do topo. Algumas pilhas tinham só três pedras; outras, seis ou sete.

"São como patos", disse Allie.

A atmosfera de reverência se dissipou e Bea olhou para ela com um ceticismo cômico.

"Não têm nada de patos, pequena. O que aquelas pedras empilhadas podem ter de parecido com um pato?"

"Não foi isso que eu quis dizer. Não falei de patos de verdade. Falei daqueles sinais que as pessoas criam para as trilhas. São chamados de patos, porque às vezes têm uma ponta, como um bico, que aponta a direção a ser seguida. Quando a trilha não é muito clara, quem passa por ela empilha pedras para marcar o caminho e indicar para onde se deve ir."

Bea ainda a encarava, meio incrédula. Ou podia ser só o vento que a obrigava a fechar um pouco os olhos.

"Também ensinam isso na escola?"

"Não. Eu e meu pai às vezes fazíamos trilhas. Nos fins de semana, ou quando estávamos de férias, mas faz muito tempo."

*Quando tínhamos menos dinheiro e mais diversão*, Allie pensou, mas ficou quieta.

"Hum. Então, se uma dessas pilhas quer dizer 'vá por ali', o que uma centena delas pode significar?"

"Não sei. Que já chegamos, talvez? Que todas as estradas trazem até aqui?"

"Nem imagino. Mas ainda vamos ter que parar em alguns faróis pelo caminho. Porque essa praia é maravilhosa. Droga."


Estavam quase chegando no estacionamento quando Allie ouviu. Um som que fez o sangue gelar nas veias e o coração bater nos ouvidos: a estática de transmissão de um rádio da polícia.

Parou. Bea também parou, mas só porque Allie havia parado.

"Que foi?", perguntou Bea.

"Ouviu isso?"

"Não. O quê?"

Talvez fosse só sua imaginação paranoica. Ou a audição de Bea não era mais como devia ser.

Allie deu alguns passos cuidadosos. Bea a seguiu, como se o medo a tivesse contaminado.

A van estava onde a haviam deixado, no estacionamento. Diante dele, bloqueando a saída, havia uma viatura branca da Patrulha Estadual de Washington. O coração de Allie acelerou ainda mais, depois falhou, perdeu uma batida. Não conseguia ver ninguém, mas ouvia um patrulheiro falando pelo rádio.

Tinha quase certeza de que ele havia dito: "Mas nem sinal da menina".

Ela esticou o braço para trás e tocou o ombro de Bea, empurrando-a para uma área meio escondida pelas árvores.

"É um pouco tarde para isso", cochichou Bea. "Ele sabe que estamos aqui, não sabe?"

Allie sentia o cérebro se esforçar para recuperar o equilíbrio, como um animal selvagem assustado.

"Ele não sabe que ainda estou com você, pelo menos não só de olhar para a van."

"E quais são as opções?"

Allie olhou para Bea, que parecia tão assustada quanto ela.

"Podemos voltar para a praia e encontrar outra saída."

"Não posso andar mais! Eu não aguento. E não posso simplesmente abandonar a van. Tudo que tenho está lá. E a Phyllis?"

"Ah, é. A Phyllis." Allie tentou organizar os pensamentos. "Muito bem. Você volta sozinha para a van. Diz para eles que peguei uma carona com você no sul da Califórnia, mas que nos separamos há dias, e você não teve mais notícias minhas e não sabe onde estou."

"E o que você vai fazer?"

"Fugir a pé."

Por um momento, nenhuma das duas falou nada, nem se moveu. Allie não sabia se alguém ainda estava respirando.

"Certo." Bea deu um passo na direção do estacionamento.

Allie a agarrou pela manga da blusa.

"Não, espera, Bea. Não."

Elas ficaram quietas e juntas em meio ao pânico. Era como se o momento se arrastasse. Se prolongasse. Só o pânico e o tempo, mais nada.

"Não mente para eles por mim", cochichou Allie. "Porque, se me pegarem, eles vão saber que você mentiu e isso pode te complicar. Mentir para a polícia é grave. É obstrução de justiça."

"O que vamos fazer, então?" Bea parecia desesperada.

Naquele momento, Allie soube exatamente o que devia fazer.

Quando tinha deixado de ser a Allie Honesta? A pergunta foi feita pelo cérebro consumido por uma confusão de pensamentos indesejados. Aquela Allie que as pessoas criticavam por ser inflexível em seus valores? E agora estava ali, pedindo a alguém para mentir por ela, enquanto tentava fugir das consequências de seus atos.

*Então é assim que acontece,* pensou. *Você tem um problema, daí mente e foge porque acha que é necessário. Porque pensa que não tem escolha. Mas sempre deve haver duas opções. Pelo menos duas, certo?*

"Preciso fazer o que devia ter feito desde o início."

Ela se dirigiu ao estacionamento e caminhou na direção do policial uniformizado, que agora estava ao lado da porta do motorista da van. Ele virou e olhou para ela. Parecia surpreso por vê-la.

"Você deve ser Alberta Keyes", disse ele. "Acertei?"

"Sim, senhor."

"Tem muita gente morrendo de preocupação com você no sul da Califórnia, mocinha."

"Sim, senhor. Eu sei. Desculpa."

"Não é para mim que tem que pedir desculpas. De qualquer maneira, vai ter tempo para isso mais tarde. Vamos começar te levando de volta."

Quando Allie se sentou no banco de trás da viatura, por livre e espontânea vontade, percebeu que sentia algo dolorosamente familiar. O medo paralisante havia voltado.

Era surpreendente, porque ela nem notara que ele havia desaparecido.


Allie e Bea viajavam juntas no banco de trás do carro. Allie não sabia para onde iam. Não teve coragem de perguntar.

"Tem que deixá-la fora disso, de verdade", falou a menina para o patrulheiro, que ia no banco da frente. "Ela não tem nada a ver com isso. Não sabia que eu era menor nem que eu estava fugindo. Ela só me deu uma carona, mais nada, e não tem nada de ilegal nisso."

"Sei." O patrulheiro olhou para ela pelo retrovisor. "Já disse isso umas dez vezes. E eu já expliquei, também umas dez vezes, que a polícia só quer fazer umas perguntas a ela."

"E depois ela vai poder ir embora?"

"Depende das respostas que ela der."

"Se me acusarem de alguma coisa, o que vai acontecer com a minha van? E com a minha gata?", Bea quis saber.

"Ah." Ele reagiu como se estivesse acordando. "A gata está dentro da van? É isso que está tentando me dizer?"

"Sim, a gata está na van. É o que estou lhe dizendo."

"Se as coisas se complicarem para o seu lado, senhora, o veículo vai ser apreendido. Se houver algum animal dentro dele, será entregue ao departamento responsável, que vai ficar com ele até que possa ir buscá-lo. Mas vamos com calma. Alberta, temos que levar você de volta para a Califórnia. Quanto à sua amiga, só queremos fazer algumas perguntas a ela."

Eles seguiram em silêncio por vários minutos. Para o norte, Allie deduziu, pela posição do sol. Não conseguia mais ver o mar. Olhou pela janela e tentou não pensar em nada.

"Alberta?", perguntou Bea depois de um tempo. "Sempre achei que Allie fosse diminutivo de Allison."

"Quem me dera. Meus pais me deram o nome do meu avô. Albert."

"Ah."

Mais alguns minutos de silêncio.

Allie pôs a mão no bolso dianteiro da calça e pegou a moeda de um quarto de onça de ouro. Segurou a mão de Bea e, aproveitando o momento de surpresa, pôs a moeda na mão dela.

Não sabia se Bea tinha sentido que suas mãos tremiam.

Bea moveu os lábios para formar a palavra "obrigada" e Allie assentiu.

Vinte minutos, uma ou duas horas depois — o tempo era uma entidade difícil de administrar na cabeça de Allie —, eles chegaram a uma cidade litorânea de tamanho razoável em algum lugar ao longo do Estreito Puget. Uma cidade que não tinham conhecido durante a viagem. Podia ser pequena, mas Allie não tinha o mapa à mão e não fazia ideia de que lugar era aquele.

Bea se moveu ao lado dela e Allie soube que ambas tinham sentido a mesma coisa. Aquela sensação de que tudo havia acabado. Allie pensou nas centenas de pedras empilhadas sobre o tronco em Ruby Beach e imaginou se todos aqueles "patos" realmente significavam o fim da estrada.

"Bem, foi uma bela aventura", disse Bea.

"É", concordou Allie. "Foi, sim. Uma bela aventura."


Allie ficou sentada sozinha em uma sala vazia por cerca de meia hora. Era uma sala estranhamente comum. Paredes cor de caramelo. Mesa e uma cadeira de um lado. Um ventilador de teto que fazia um barulho irritante. Sem janelas. Nenhum relógio.

Será que a falta de relógio era proposital, para que o tempo parecesse mais longo e surreal? Para pressionar o pobre coitado que se sentasse ali para esperar, sem saber o quê?

Allie não sentia nada, até onde percebia. Não havia resistência dentro dela. Isso era claro. O que estava acontecendo era ruim, mas todo seu ser se resignava. Como se coração e estômago tivessem caído em um buraco muito profundo, e ela não fizesse nada para sair de lá. Era o fim, só isso.

Depois de um tempo, a porta foi aberta.

A mulher que entrou não vestia uniforme, mas a calça e o blazer eram azuis, como o uniforme da polícia. Ela usava o longo cabelo castanho preso em um rabo de cavalo. Allie calculou que devia ter uns 40 e poucos anos. Havia nela um ar de tranquilidade. No rosto, nos movimentos. Mas não parecia ser uma calma satisfeita. Allie não presumiria que ela era uma mulher feliz, mas se apresentava como alguém inabalável e discreta.

Ela se sentou do outro lado da mesa e começou a fazer anotações em uma prancheta.

"Você é Alberta Keyes", disse depois de alguns segundos.

"Sim. Acho que nisso estamos de acordo."

A mulher olhou para Allie, mas não expressou nenhuma reação.

"Oficial McNew", disse. "Quero que me conte tudo que lembrar sobre o que aconteceu."

"Quer saber por que eu fugi?"

"E que tipo de perigo correu depois que saiu da moradia coletiva."

"Como sabe que eu corri algum perigo?"

"Estive conversando com sua amiga. Ela é sua maior fã e apoiadora. Espero que saiba disso."

"Ela não teve culpa de nada. Por favor, não a acuse de nada. Por favor. Ela não sabia que eu estava fugindo. Nem que eu era menor de idade. Pode até ter dito que sabia, porque acha que vai gostar da cadeia, porque não tem onde morar. Mas eu sei que ela não vai gostar. Ela nem sabe no que está se metendo."

A mulher se recostou na cadeira e mordeu a tampa da caneta. Era o primeiro sinal de que nem tudo era calmaria na criatura.

"Você foi presa?"

"Não, senhora."

"Nesse caso, também não sabe no que ela está se metendo."

"Mas sinto que estava começando a entender. Eu fui arrancada de casa e levada para aquela moradia, onde tive que dividir o quarto com uma maluca. E depois fui raptada. Sei como é quando alguém assume o controle sobre você e não há nada que possa fazer. E não quero isso para Bea. Ela não merece."

"Você também não merecia."

Nesse momento, as lágrimas irromperam. Allie não sentiu que estavam ali, esperando para serem derramadas.

"Por favor, pode me levar para o centro de detenção juvenil mas deixe ela ir", soluçou.

A oficial se levantou e saiu da sala. Allie chorou sozinha por um momento, tentando imaginar o significado da saída repentina. A mulher voltou em seguida com quatro lenços de papel, que ofereceu a ela.

"Obrigada", disse Allie.

"Duvido que sua amiga tenha algum problema. Muita gente acolhe adolescentes fugitivos ou sem-teto. Nem sempre com propósitos maldosos. Normalmente só querem tirar o pobre jovem das ruas. Teria sido muito melhor se ela tivesse avisado alguma agência legal ou trazido você de volta, mas ela não tinha má intenção. Nós a indiciaríamos, provavelmente, se ela tivesse mentido sobre seu paradeiro, entendeu? Se tentasse despistar a polícia e impedir sua localização."

*O que eu quase a convenci a fazer*, Allie pensou, mas ficou quieta.

"Ou se tivesse contribuído para sua delinquência de algum jeito."

O comentário pairou no ar por um momento. A gravidade da provocação ficou evidente: a policial tentava obter mais informações.

"Como assim?"

"Se ela te desse bebida alcoólica ou alguma coisa assim. Mas não deu, certo?"

Allie fungou. Depois riu, o que a surpreendeu. Só uma risada rápida.

"Acho que eu que devo ter contribuído para a delinquência *dela*, e não o contrário."

A oficial McNew sorriu meio de lado.

"Foi o que pensei. Mas precisava ouvir de você. Vou pedir para alguém levá-la de volta ao veículo. Quer alguma coisa para beber?"

"Quero, sim. Obrigada."

"Refrigerante?"

"Não, obrigada. Não quero tanto açúcar."

"Refrigerante diet?"

"Ah, não, de jeito nenhum. Essa é a única coisa pior que o açúcar."

"Temos café, mas não recomendo muito. Dá para pintar a parede com ele."

"Só água", pediu Allie.

A oficial saiu e Allie ficou sozinha de novo com o ventilador barulhento. E todo aquele tempo que parecia se estender ao infinito.

Quando Allie finalmente esgotou todas as palavras, a oficial se recostou na cadeira e alongou as mãos para combater a cãibra.

Leu tudo que tinha escrito — ou passou os olhos por tudo, pelo menos.

"Acha que consegue encontrar essa casa em Sherman Oaks?"

"Duvido. Eu estava dormindo quando me levaram para lá. E estava escuro quando me tiraram, e eu estava em pânico. Não sei nem se era em Sherman Oaks. A Jasmine disse que o Victor morava lá, só isso."

"E é claro que não anotou nenhuma placa dos carros."

"Desculpa." Allie sentia vontade de socar a própria cabeça. "Estou me sentindo uma idiota. Eu aqui pensando que gostaria de ajudar outras meninas que se metem nessa situação e teria sido muito útil decorar uma placa, mas não fiz isso."

"Existem outros jeitos de ajudar. Mas isso fica para mais tarde."

"Como?"

"Às vezes as meninas fazem palestras em escolas."

"Não seria melhor se fosse alguém que não fugiu?"

"Não necessariamente. Elas podem usar a imaginação para pensar no que teria acontecido com você. Só isso já é bem assustador."

"É, tem razão. Mas não vou poder fazer nada dentro do centro de detenção juvenil."

"Por que insiste nessa ideia de que vai ser presa?"

"A Jasmine me disse que é isso que acontece com quem foge do sistema."

"Parece que essa Jasmine falou um pouco de tudo."

"Sim, é o que parece", concordou Allie, sentindo-se ainda mais derrotada.

Bebeu um gole de água em silêncio.

"Tudo indica que a Jasmine é uma fugitiva recorrente. E que se envolve em atividades criminosas toda vez que escapa. Cada caso é um caso. Se achássemos que esse é o único jeito de manter você segura e fora das ruas, sim, você ficaria detida. Mas com circunstâncias atenuantes... Bem, vou logo avisando que a decisão não é minha. Isso vai ser decidido por algum juiz da Califórnia. Mas com base no que me contou, talvez tenha uma segunda chance de que arrumem outro lugar para você ficar."

McNew se inclinou para trás na cadeira e jogou a caneta em cima da mesa. Como se as coisas ficassem mais sérias, de uma hora para a outra.

"Alberta, escute, já tive sua idade. É difícil acreditar, mas é verdade. Sei que parece que o mundo dos adultos quer te prejudicar. Como se ninguém se importasse até você dar um passo em falso, e aí todo mundo vai atrás de você. Mas as pessoas nesse sistema estão tentando te ajudar. Não é um sistema perfeito, todo mundo sabe, mas a ideia é garantir que você fique bem. Então acho que não vai ficar surpresa se eu te disser que você vai ter que passar a noite em um centro de detenção juvenil."

Allie sentiu o estômago revirar, mas não disse nada.

"Você tem que ir para algum lugar, e precisamos saber onde você está. Temos que garantir que vai estar lá de manhã, para podermos decidir como vai ser sua volta para LA, entendeu?"

Era uma pergunta direta, e a oficial parecia aguardar uma resposta, ao que Allie disse:

"Sim, senhora."

McNew olhou para o relógio de pulso.

"Está tarde. Tenho que ligar para lá e perguntar se já serviram o jantar. Nesse caso, peço alguma coisa para nós. Sanduíche? Pizza?"

"Vai ser complicado. Tem muita coisa que eu não como."

"Vou telefonar para saber, mesmo assim."

McNew ficou em pé, com as mãos apoiadas nas coxas.

"Espero que já tenham jantado", falou Allie depressa, antes que a oficial saísse. "Porque se eu tiver que comer lá, vou morrer de fome. Vou jantar pão puro."

Por um momento, a mulher só olhou para ela, como se avaliasse alguma coisa. Depois abriu a porta.

"Vou ver o que temos de cardápio nas gavetas", concluiu.

"É isso que não entendo", disse McNew. Ela comia espaguete e almôndegas de carne de uma embalagem redonda de papelalumínio. "Você se afastou da menina que achava que ia te fazer mal. E depois fugiu do traficante. Por que não procurou a polícia para ser levada para outro lugar?"

Allie usava hashis descartáveis para segurar um pedaço de rolinho de legumes, mas os deixou sobre a comida. Como se a pergunta a fizesse perder o apetite, o que era verdade, em parte.

"A Jasmine falou que eu seria presa."

"O centro de detenção teria sido melhor que ficar na rua."

"Mas eu não estava *na* rua. Eu estava com a Bea. Sabia que estava bem com ela. Se me entregasse, estaria deixando uma situação em que sabia que estava bem e entrando nesse mundo novo e assustador. Tem ideia de quantas vezes vivi essa experiência? Não dava para repetir. Eu estava meio em choque. Não suportava pensar em outro salto para o desconhecido."

"Entendi", respondeu McNew com a boca cheia de espaguete. Em seguida, engoliu. Limpou a boca com um guardanapo de papel manchado de molho e o deixou sobre a mesa. "Bem, estou em dúvida sobre se devo ou não te dizer uma coisa. Se vai ajudar ou atrapalhar. Mas acho que é isso. Tive uma conversa com duas de suas assistentes sociais. A que foi designada a você e a que trabalhava em associação com a casa. Um dia depois de você ter fugido... e estou falando literalmente, quando o sol nasceu naquela manhã... surgiu uma vaga em um lar transitório, e eles iam te levar para lá."

Allie apoiou o rosto nas mãos e tentou decidir o que sentia. Tudo aquilo poderia ter sido evitado. Todo o pavor e o risco. Queria ter ficado na Novos Começos mais um dia, mesmo que isso significasse nunca ter conhecido Bea e Phyllis? Nunca ter visto quase toda a Costa Oeste dos Estados Unidos na grande aventura que haviam vivido juntas?

Antes que pudesse encontrar uma resposta, McNew perguntou:

"Como se sente, depois de saber disso?"

"Burra."

"Não foi essa minha intenção. Só queria que você pensasse duas vezes, na próxima vez. Talvez possa esperar alguns dias, para ver como as coisas se desenrolam."

"Sim, entendo o que está dizendo."

Mesmo assim, Allie decidiu que não queria voltar para um mundo onde a grande viagem pelo litoral nunca tivesse acontecido. Por mais que tivesse sido estranho em alguns momentos, por mais que Bea fosse difícil, aquela viagem estava bem perto do topo da lista de coisas que Allie nunca teria eliminado de sua vida.

Talvez estivesse no topo.

Uma policial séria e uniformizada a levou à cela pequenina onde Allie passaria a noite. Era muito parecida com uma prisão. Na verdade, era idêntica a uma prisão. Por outro lado, ela pensou, aquilo *era* uma prisão.

Paredes de blocos de concreto cor de creme. Chão de concreto pintado de verde-escuro. Uma cama que era só um colchonete fino sobre uma plataforma de alvenaria. Um vaso sanitário de aço inox e uma pia minúscula.

Havia uma janela, mas era muito alta, pequena e protegida por duas barras de ferro horizontais.

*Todo esse problema*, Allie pensou, *tudo que aconteceu, tudo porque eu não quis passar uma noite no centro de detenção juvenil. E agora estou aqui.*

"Você comeu?", perguntou a mulher.

"Sim, senhora, obrigada."

A mulher lhe entregou um pequeno pacote. Um travesseiro fino, um cobertor dobrado, uma toalha branca puída, alvejada demais, e uma esponja. Escova de dentes e um pequeno tubo de creme dental. Pente barato de plástico.

"Alguém vem te buscar amanhã de manhã."

"Tem alguma ideia do que vai acontecer comigo, depois disso?"

"Acho que vão te levar ao Sea-Tac."

"Sea-Tac?"

"O aeroporto. Seattle Tacoma. Você vai voltar de avião para LA. Acompanhada por um guarda, é claro. Mas talvez estejam cuidando dos detalhes. Luzes apagadas em uma hora."

"Ok. Como eu apago as luzes?"

A mulher riu. Allie não sabia por quê.

"Não apaga. Quando chegar a hora, as luzes se apagam."

"Ah. Tudo bem."

A oficial saiu e fechou a porta. O barulho da fechadura foi assustador. Firme, hermético. Allie teve a sensação de que a mulher a deixava sem oxigênio suficiente para respirar. E de repente ela se sentiu claustrofóbica na cela minúscula.

Ficou deitada na cama por alguns minutos, certa de que não dormiria. Pensando que, outra vez, não tinha nada além das roupas que vestia.

Então se levantou e ficou em pé na cama para espiar pela janela alta e pequena. Não tinha pensado naquilo, mas no fundo sabia o que esperava ver.

Talvez Bea tivesse voltado para a delegacia. Talvez a tivesse seguido até ali. Talvez estivesse guardando suas coisas naquelas duas valises sul-americanas tão familiares, só esperando pela oportunidade de entregá-las. De ser sua equipe de apoio. Provar que ainda se importava. Talvez ela tivesse ido embora e deixado Allie e seus problemas para trás.

Da janela, era possível ver o estacionamento, e Allie viu dois carros oficiais do governo, ou melhor, carros que pareciam ser oficiais, mas não tinham identificação, e dois carros comuns que podiam ser dos funcionários.

E nenhuma van até onde os olhos podiam enxergar.

## 31

## UM RELACIONAMENTO PRÓXIMO E PESSOAL ENTRE MULHER E DINHEIRO

"Quando eu vou para o lar substituto?"

A Madame Poliéster só olhou para Allie, depois para suas pastas de novo. Não respondeu à pergunta.

Estavam sentadas no escritório do segundo centro de detenção juvenil que Allie conhecia em pouco mais de dois dias. Daquela vez, no sul da Califórnia.

"Estou morrendo de fome", continuou Allie, querendo acabar com o sinistro silêncio. "Não comi no avião, porque não tinham nada que eu pudesse comer. Ontem à noite cheguei aqui na hora do jantar e só comi alface e uma fatia de pão branco e seco. De que adianta comer pão branco? Não tem nutrientes."

A Madame Poliéster levantou os olhos da pasta de... Allie não sabia, nem imaginava. Havia sempre uma papelada no mundo de poliéster daquela mulher, mas Allie não sabia quase nada sobre aqueles documentos ou a que propósitos eles serviam. Ela olhou de novo para Allie, sem piscar. Como se não entendesse.

"Falou com eles sobre suas restrições alimentares?"

"Falei com as moças que serviram a comida. Ainda não sei com quem falar. Elas me disseram que, se estivesse com fome, eu teria que comer o que elas servissem."

"Bem..." Como se a ideia tivesse algum mérito.

"Ah, não. Você também, não."

"Que história é essa de lar substituto, do que está falando?"

"Uma policial em Washington me contou que você tinha encontrado um lar para mim. Ela disse que ia me mandar para lá na manhã seguinte à minha fuga. É verdade?"

A Madame Poliéster tirou os óculos e os deixou sobre a pasta. Como uma atriz de TV, expressando repentina e séria preocupação.

"Sim. É verdade. Ou melhor, era. A vaga foi preenchida. Não podíamos guardar o lugar para você enquanto outras crianças precisavam dele. Não sabíamos onde estava nem se a veríamos de novo."

"Sinto muito", falou Allie.

Pela primeira vez, ela percebeu que a assistente social estava brava. E que estava magoada de um jeito pessoal, coisa que Allie nunca teria imaginado.

"Acho que podemos arrumar outro. A situação está mais fácil agora do que no dia em que te conheci. Mas você vai ficar aqui até a audiência com o juiz. Só ele pode determinar que você não oferece risco de fuga e não precisa passar mais tempo no centro de detenção."

"Ah." Allie olhava para cima, para as partículas de poeira que flutuavam em um raio de luz que entrava por uma janela alta, pequena e suja. Talvez porque tudo embaixo fosse horrível. "Quando o juiz vai falar comigo?"

"Quando tivermos uma data eu te aviso."

A Madame Poliéster se levantou para sair. Na metade da dramática marcha até a porta, Allie a deteve com uma pergunta.

"Espera. Só mais um minuto. Tem alguma notícia da Bea?"

"Não sei quem é."

"Alguém ligou para perguntar onde estou ou como estou?"

"Só falei com seus pais e mais ninguém. Mas devia perguntar aos funcionários. Eles sabem se alguém ligou para cá."

"Eu já perguntei." Allie suspirou. "Mas ninguém ligou."

"Estou morrendo de fome", comentou Allie com a companheira de cela um minuto depois de as luzes se apagarem.

O espaço era parecido com a cela de Washington, mas com o chão era pintado de marrom e havia duas camas, em vez de uma.

"Eles servem comida vegetariana, se você pedir", respondeu a menina.

O nome dela era Manuela, e era um ou dois anos mais velha que Allie. Parecia conhecer bem a rotina daquele lugar, mas era pacífica, apesar disso. O que foi motivo de grande alívio para Allie. Não, mais que alívio. Uma bênção tão grande que ela ficava com os olhos cheios de lágrimas sempre que pensava no assunto. Era a primeira vez em muito tempo que ficava mais tranquila.

"Eu tentei. Trouxeram macarrão com um creme branco. Parecia leite e queijo, mas era só leite. Não podia comer aquilo."

"As visitas podem trazer comida."

"Ah. Queria ter alguém para me visitar."

Elas ficaram no escuro e em silêncio por um momento. Allie imaginou que Manuela ficaria satisfeita se pudesse dormir, mas também responderia se ela dissesse mais alguma coisa. Allie estava tão carente, solitária e incomodada que parecia prestes a explodir. Por isso, continuou a falar.

"Pensei que a velhinha com quem eu estava viajando viria me ver. Escrevi para ela meu nome completo e minha data de nascimento. Achei que, se ela se importasse comigo, ia querer me encontrar ou telefonar para descobrir onde estou."

"E agora está achando que ela não se importa com você?"

"Não sei. Ainda não posso afirmar isso. Foram só três dias. Talvez ela não tenha nem percorrido a distância de Washington até aqui, nesse tempo. Mas eu esperava que pelo menos ela telefonasse. Mesmo que não a deixassem falar comigo. Esperava que ela ligasse para saber onde estou. Mas ninguém ligou."

Houve um breve silêncio. Allie achou que a conversa havia terminado.

"Vocês duas eram próximas?"

"Não sei. Eu achava que sim."

"Quanto tempo passou viajando com ela?"

"Não sei exatamente. Perdi a noção do tempo. Acho que foram oito ou nove dias, mas é difícil saber com precisão."

"Não é muito tempo."

Isso resumia Manuela. Só os fatos. Só o mínimo que pudesse dizer.

"Mas pareceu muito. Como se a gente se conhecesse profundamente."

"Ela é, tipo... uma dessas pessoas a quem a gente se apega depressa? Toda amorosa? Ela é assim?"

Allie riu alto.

"Ah, não. De jeito nenhum. No início, ela só queria me pôr para fora da van. A gente não se deu muito bem."

"E quando começaram a se entender?"

"Deixa eu ver. Eu pensei em um jeito de arrumar um dinheiro para pagar a comida e a gasolina. Depois disso, ela parecia mais feliz por eu estar ali."

"Ãhã", respondeu Manuela. Só isso. Ãhã.

"Que foi?"

"Nada."

"No final, acho que a gente estava se dando superbem."

"Vou te perguntar uma coisa: esse dinheiro para a gasolina que você tinha. Com quem está agora?"

"Com ela."

Outra pausa. Agora um pouco mais longa. Allie queria dizer mais alguma coisa, defender sua relação com a mulher, mas tinha medo de que a companheira de cela tivesse dormido. Ou que só parecesse patético. Não necessariamente nessa ordem.

"Bem, agarre-se à esperança que quiser", disse Manuela depois de um tempo. "É o que vai fazer, de qualquer maneira, não importa o que eu fale. Mas se ela não ligar nos próximos dois dias, talvez deva começar a pensar se todo esse apego não era, de fato, entre ela e o seu dinheiro."

Allie abriu a boca para argumentar:

"Não, a Bea não é assim".

Mas o fato era que Bea era assim, sim. Ela roubava celulares para vender. Dinheiro era tudo para ela. Em alguma medida, não era culpa dela. Todo mundo precisa comer, como ela mesma dissera. Mas era verdade. Com a Bea, tudo tinha a ver com dinheiro.

Allie fechou a boca e tentou dormir. Mas com fome, medo e decepção disputando a primazia em sua barriga dolorida, sabia que dormir era algo improvável no futuro próximo.

No dia seguinte, Allie estava na fila do almoço, na ponta dos pés para tentar ver o que era servido. Não parecia promissor. Alguma coisa em um molho marrom, com aquele arroz branco que foi processado até não sobrar nenhum nutriente. E o que se põe em um molho marrom, exceto carne?

A fila andou de repente e ela ficou frente a frente com uma garota mais velha que bem podia ser uma detenta. Mas ela estava do outro lado do balcão de aço, servindo a comida.

"Não posso comer nada disso", falou Allie desesperada. Poderia comer o arroz, mas era uma perspectiva desanimadora. "Vou morrer de fome. Sinto cada vez mais fome, não sei o que fazer."

Antes que a garota tivesse tempo de responder, Allie ouviu alguém dizendo seu nome. Só o sobrenome.

"Keyes?"

Ela virou e viu uma guarda uniformizada parada na porta do refeitório, ou sala da gororoba, ou qualquer que fosse o nome que se dava àquela sala horrível, naquela instituição horrível.

"Keyes?", repetiu a mulher.

Allie levantou a mão, quase agradecida, como se a mulher se oferecesse para tirá-la dali e pagar a melhor refeição de toda sua vida. Só quando já estava acenando, Allie pensou, ou melhor, sentiu nas vísceras, que ser chamada pelo sobrenome naquele lugar podia não ser uma coisa muito boa.

"Aqui", disse, um pouco hesitante.

"Pode vir comigo, por favor?"

Um "oh" coletivo ecoou no refeitório, como se as meninas soubessem que Allie teria problemas e elas estivessem aliviadas por não terem sido elas o alvo do chamamento.

Com o coração batendo nos ouvidos, Allie seguiu a mulher para fora do refeitório.

"Que foi? Eu fiz alguma coisa? Estou encrencada?"

"Tem um telefonema para você."

O coração de Allie retumbou e atingiu um pico de expectativa tão alto que ela sentiu dor, uma pressão no peito.

*Eu sabia que ela ia ligar*, Allie pensou. *Sabia que ela se importava, que não podia ter ido embora e me abandonado.*

Ela seguiu a guarda por um corredor feio, comprido e escuro — tudo ali era feio a ponto de ser deprimente para ela — e virou ao final dele. Então viu os seis telefones públicos presos à parede. Um deles estava fora do gancho, com o fone balançando no ar.

A guarda apontou esse aparelho para Allie e ficou bem perto dela, de costas para a parede.

Allie pegou o fone.

"Bea?"

"Oh, meu bem. Allie. Eu fiquei com tanto medo!"

Não era Bea.

"Mãe."

"Sim, é sua mãe. Eu estou tão feliz por estar em segurança que seria capaz de chorar, e não me falta vontade, mas também estou muito brava por ter simplesmente... Sorte sua eu não estar aí, mocinha! Eu nunca te bati antes, mas agora gostaria muito. Onde estava com a cabeça, Allie? Você não costuma tomar esse tipo de atitude. Podia ter acontecido qualquer coisa com você por aí!"

"Como se eu não soubesse."

"*Washington?* O que estava fazendo no estado de *Washington*? Cada vez que penso nisso, fico tão brava que seria capaz de..."

"Mãe", interrompeu Allie com tom firme. "Pare de falar."

Funcionou, por incrível que pareça. A mãe fez o que ela disse.

"Escuta, mãe. Eu não fugi à toa. Eu estava em uma situação terrível, de verdade. E foi você quem me pôs nessa situação. Quando ouvir a história, vai se sentir muito culpada, por isso economize um pouco de culpa e não grite mais comigo até saber o que aconteceu."

Silêncio do outro lado da linha.

"Estou ouvindo", respondeu a mãe, depois de um tempo.

"Não agora. É uma longa história. Estava pensando em contar na próxima vez que estivermos juntas em algum lugar. Não vamos ter todo esse tempo para conversar por telefone. Aliás, como conseguiu ligar para cá? Pensei que os detentos só pudessem fazer chamadas a cobrar."

"Não use essa palavra para se referir a mim." A voz soou tensa e incomodada.

"Que palavra?"

"A que começa com *d*."

"Detenta? Por que não? Nós duas somos detentas, neste momento. Se eu posso enfrentar isso, você também pode."

Mais um silêncio prolongado e constrangedor Allie olhou para a guarda, que não olhou para ela.

"Eu consegui uma autorização especial para telefonar", falou a mãe do outro lado. "Convenci os responsáveis de que era uma emergência. Eu estava com muito medo, Allie."

"Eu sei. Desculpa. Eu queria ligar, mas não sabia onde você estava nem como entrar em contato. Desculpa se te assustei."

"Você podia ter tentado. Você tentou, pelo menos?"

"Eu ia tentar. Quando eles me pegaram."

"Não acha que era um pouco tarde demais?"

Allie sentiu a raiva borbulhar dentro dela e soube que não poderia segurá-la. Era um sentimento que precisava sair. Ela não tinha escolha, nenhuma forma de se controlar.

"Eu também estava muito brava com você, mãe. Como pôde fazer isso comigo? Tem alguma ideia do tipo de inferno em que minha vida se transformou quando eles me tiraram da nossa casa? Eu sei que foi ideia do papai. Sei disso porque o conheço. E conheço você. Ele é o ganancioso. Mas você concordou. Por que concordou com isso? Por que não disse 'não'? Por que não falou para ele arrumar outro contador e deixar você fora disso? Ele estaria na cadeia e eu estaria em casa com você. Mas não, você tem que fazer tudo que ele diz. E estou muito brava com você por causa disso!"

Allie ouviu um ruído do outro lado da linha, algo como um suspiro. Ou um soluço abafado.

"Eu sei, meu bem. Também estou brava comigo."

Allie ficou por um momento naquela sala feia, sentindo a raiva se dissipar. Tinha que ser assim. O sentimento precisava sumir. Porque sua mãe não era mais uma parede de tijolos contra a qual podia dirigir a raiva. Tinha voltado a ser um ser humano ferido, com sentimentos. Allie não tinha coragem de machucá-la ainda mais.

"Posso te fazer uma pergunta?", indagou ela à mãe.

Um silêncio, durante o qual Allie podia imaginar a mãe fechando os olhos. Porque era isso que ela fazia quando sentia que alguma coisa ia acontecer. Alguma coisa indesejável.

"Acho que sim."

"Ainda temos uma casa? Quando isso acabar, e você sair, e o papai sair, ainda teremos uma casa para onde voltar?"

"Sim. Ainda não é oficial. Tecnicamente, a investigação está em andamento. A Receita Federal encontrou muita renda não declarada. Ela confiscou o barco e quase tudo que tínhamos no banco para cobrir os impostos. E ainda está procurando mais rendimentos escusos. Mas eu sei que não tem mais nada para ser encontrado. Portanto, sim, ainda temos a casa."

"Ah, que bom. Bom saber." *E surpreendente*, mas essa parte ela só pensou e não disse.

Nenhuma das duas falou por um tempo, um intervalo estranho e incômodo.

"Mãe?", Allie chamou depois do que pareciam minutos. "Ainda está aí?"

"Sim, estou. Mas não tenho muito tempo. Estão fazendo sinais para mim."

"Desculpa por ter gritado com você", pediu Allie, e subitamente as lágrimas correram por seu rosto.

"Eu também peço desculpas. Agora tenho que desligar, meu bem. Voltamos a nos falar em breve."

"Certo. Em breve."

A linha ficou muda e Allie segurou o fone com o braço esticado, sem desviar os olhos dele.

Em seguida o devolveu ao gancho e seguiu a guarda de volta ao refeitório, de cabeça baixa, fazendo o possível para não pensar em nada e, principalmente, para não sentir nada.

Sentou-se em uma mesa na ponta da sala, em um banco afastado das outras meninas. A guarda veio e olhou por cima de seu ombro.

"Por que não está comendo? Não está com fome?"

"Estou morrendo de fome, na verdade. Mas eu sou vegana. E não tem nada aqui que eu possa comer."

A mulher balançou a cabeça e se afastou.

*É isso*, Allie pensou. *Estou morrendo de fome e ninguém liga.*

Uns três minutos depois, ou cinco, talvez, algumas meninas começaram a recolher suas bandejas e a sair do refeitório, e uma bandeja surgiu diante do rosto de Allie. Ela virou e viu a menina mais velha, a que ia servir seu almoço antes do difícil telefonema.

Na bandeja, havia um prato com um sanduíche de geleia e pasta de amendoim, chips de batata e palitos de cenoura. Ao lado do prato, Allie viu um copo que continha um líquido parecido com suco de maçã.

Allie odiava pão branco e evitava geleia por ser basicamente açúcar refinado. E a adição de chips de batata e suco de fruta colaborava para uma refeição cheia de açúcar e carboidratos. Mas nada daquilo importava agora. Porque podia comer aquela comida. Podia realmente comer.

"Obrigada!", disse. "Isso eu posso *comer*!"

A menina sorriu só com um canto da boca e deixou a bandeja na mesa, na frente de Allie.

"Obrigada!", Allie repetiu quando ela já se afastava.

Em seguida, devorou cada bocado de comida. Cada migalha.

Até o último carboidrato.

## 32

## NA VERDADE... SÃO ALPACAS

A Madame Poliéster apareceu com um vestido em uma sacola de papel.

"Quero que vista isto para ir ao tribunal", disse.

Depois tirou o vestido da sacola e mostrou para Allie, que sentiu imediatamente o sangue escoar do rosto.

"Ah. Por isso perguntou que tamanho eu visto."

"Acho que ajuda se arrumar um pouco para falar com o juiz."

"Mas é muito rosa."

*E tem bolinhas*, ela pensou, mas não disse. Na verdade, era o vestido mais horroroso que Allie se lembrava de ter visto. Mas queria mesmo se apresentar a um juiz de calça jeans e camiseta, que provavelmente nem limpa estava, ou com um uniforme fornecido pelo centro de detenção? Só porque o vestido não combinava com seu estilo?

"Não vai te matar parecer uma garotinha inocente só por um dia."

"Acho que não."

Na verdade, Allie sabia que ia doer. Mas não ia matar.

A Madame Poliéster sacudiu seu cotovelo e Allie interpretou o gesto como um sinal de que sua vez havia chegado. Estava tentando ouvir os procedimentos, o juiz decidindo casos que envolviam outros menores, mas o cérebro não colaborava.

E agora estava em pé, caminhando para a mesa do juiz, ao lado de sua assistente social. Elas entraram em um círculo de luz que atravessava a janela do tribunal. Allie apertou um pouco os olhos, o que imaginava que não ajudaria muito a compor a imagem de menina inocente. O vestido teria que fazer todo o trabalho sozinho.

"Diga seu nome ao tribunal", ordenou alguém.

Não foi o juiz, pois ela olhava para ele e seus lábios não haviam se movido. O escrivão, talvez? Allie virou para ver se encontrava o dono daquela voz, mas o sol a ofuscou, e ela teve que fechar os olhos.

"Eu?", cochichou para a Madame Poliéster.

"É, você. Agora."

"Alberta Keyes", disse Allie em voz alta.

O juiz lia alguma coisa sobre a mesa. Elas ficaram em pé e em silêncio por vários minutos, esperando que ele terminasse de ler.

O coração de Allie batia tão forte que era quase doloroso, e, quando ele a encarou, os batimentos cessaram por um instante.

"Pois bem. Srta. Keyes. Tenho a impressão de que acredita ter tido circunstâncias extenuantes que a levaram a fugir."

"Sim, senhor. Minha companheira de quarto na moradia coletiva era meio... violenta. Ela ameaçou me machucar. Muito."

"Não pensou em relatar tudo isso à sua supervisora na casa ou à sua assistente social?"

"Eu falei com a supervisora, e ela me perguntou se eu queria fazer uma denúncia à polícia, e foi o que eu fiz. Por que acha que ela queria tanto me machucar?"

"Sra. Manheim?" O juiz olhou para a assistente social que acompanhava Allie.

*Então é esse o nome dela*, Allie pensou. *Como é que eu não sabia disso?*

"Meritíssimo, acredito que Alberta não tentaria fugir de novo se fosse colocada em um lar substituto adequado. Ela teve experiências bem assustadoras pelo mundo, e creio que agora entende o que pode acontecer. Sou a primeira a admitir que ela tomou decisões ruins em uma situação estressante, mas é uma menina suficientemente esperta para aprender com seus erros. É o que eu penso. E quero acrescentar, meritíssimo, que assumo parte da culpa por essa confusão. Não consegui encontrar um abrigo para ela na situação de emergência. Devia ter levado a menina para o centro de detenção juvenil até encontrar essa vaga ou até que fosse possível inscrevê-la em uma moradia coletiva de maneira mais apropriada. Mas ela estava com medo de ir para o centro de detenção, mesmo que fosse só por uma noite. Implorou para ir para a moradia coletiva. Atendi ao pedido dela, certa de que a estava ajudando. Mas agora sei que foi um erro. Acho que não fiz julgamentos sensatos nesse caso. Porque ela já estava com problemas antes que eu pudesse voltar no dia seguinte e verificar como estavam as coisas. Eu odiaria ver essa menina sofrer mais do que já sofreu por causa dos meus erros."

O juiz se recostou na cadeira e coçou a cabeça quase careca. Depois alisou os poucos fios de cabelo, como se fossem suficientes para parecer despenteados. E olhou para o tribunal.

"Mais alguém aqui que conheça a srta. Keyes e queira falar por ela?"

"Não, meritíssimo", disse a sra. Manheim. "Os pais dela estão..."

"*Eu* gostaria de falar algumas coisas."

Allie olhou para trás para procurar a fonte da conhecida voz. E lá estava ela. Usava uma camiseta cor-de-rosa, como se quisesse ser solidária. O cabelo branco e ralo parecia ter sido lavado e penteado recentemente.

"Bea!", gritou Allie.

O juiz bateu com o martelo uma vez, depois apontou um dedo para Allie em sinal de advertência.

"Desculpa", resmungou Allie.

"Quem é você?", perguntou o juiz a Bea.

Bea caminhava pelo corredor a passos lentos, como se estivesse dolorida.

"Não disse para se aproximar", acrescentou o juiz .

Bea levantou a cabeça e parou. Estava a poucos centímetros do braço esquerdo de Allie. Allie queria se inclinar e perguntar como ela sabia sobre a audiência, como a tinha encontrado ali, mas não queria sofrer outra advertência do juiz.

"Quem é você?" Ele repetiu a pergunta.

"Beatrice Ann Kraczinsky. E sim, eu tenho uma coisa a dizer. Essa menina é tão honesta que, quando a conheci, eu não a suportava, de tão honesta que era. Passei um bom tempo tentando tirá-la da minha van por ser tão inflexível, e, se a prender, o mundo não vai mais fazer o menor sentido. Se a prender, vai ter que prender o mundo todo, porque ela é mais honesta que todas as outras pessoas. É praticamente uma piada que alguém a culpe por algo disso tudo que está acontecendo. Ela estava cuidando da própria vida, tentando crescer, mas os pais desrespeitaram a lei. Se isso acontece, o filho deve ir para um lar substituto, mas acho que estavam todos ocupados, não havia nenhum disponível. Então a levaram para esse lugar onde alguém queria matá-la, e agora vocês dizem que é ilegal fugir de uma ameaça de morte. As pessoas têm o direito de se manter seguras, e é inadmissível acusá-las de desrespeitar a lei se elas..."

"Espere", interrompeu o juiz. "Devagar, sra. Kraczinsky, por favor. Qual é o seu relacionamento com a srta. Keyes?"

"Ah. Bem. Eu sou como a avó dela."

"Pode me explicar como pode ser *como* a avó de alguém?"

"É claro que sim. É como quando sua família tem aquele tio Fred, e um dia você descobre que ele não tem nenhum laço de sangue com a família, afinal. Mas ele sempre foi um tio tão bom quanto todos os outros. Talvez melhor."

"Então, se é tão próxima dessa menina e da família dela, por que *você* não a acolheu?"

"Ah, porque... eu ainda não a conhecia na época."

"Entendo. Ou melhor, acho que entendo. É muita informação e tudo muito confuso. Espero que entenda, sra. Kraczinsky, que o propósito deste procedimento não é decidir se punimos ou não a srta. Keyes. Estamos tentando decidir se ela estará segura em um lar substituto ou se ainda existe algum risco de fuga."

"Ela vai estar segura", declarou Bea com tom firme. "É isso que estou tentando dizer. Ela é inteligente. Não é nenhuma idiota, essa menina. Está falando como se ela não fosse capaz nem de pensar por conta própria, mas ela tem uma cabeça boa. Se a puser onde ela vai ficar bem, ela vai ficar lá."

"Obrigado, sra..."

Bea abriu a boca para falar de novo, mas o juiz bateu com o martelo. Duas vezes. Allie pulou, assustada.

"Obrigado, sra. Kraczinsky. Creio que já tenho tudo de que preciso."

Silêncio. Nada e ninguém se movia.

"Pode voltar ao seu lugar agora", orientou o juiz, beliscando a parte mais alta do nariz como se tivesse dor de cabeça.

Bea se afastou de Allie. Ela não percebeu, porque estava prestando muita atenção ao juiz, ao que ele diria e faria a seguir.

O juiz encarou a assistente social de Allie.

"Tem um lugar adequado para colocar a srta. Keyes desta vez?"

"Temos um lar substituto reservado, sim."

"Muito bem. Srta. Keyes, não vou sentenciá-la a mais tempo de reclusão do que o que já cumpriu. Mas minha decisão vai acompanhada de um aviso."

Allie olhou para o dedo apontado em sua direção. Lembrou dos deuses gregos que estudara na escola. Um deles não tinha o poder de disparar raios com a ponta do dedo?

"Se me decepcionar e vier parar no meu tribunal de novo depois de outra expedição não autorizada pelo mundo, minha decisão será bem diferente, e vai se arrepender de ter me desacatado."

Por um momento pavoroso, Allie pensou no homem de quem havia fugido em um posto de gasolina em San Luis Obispo. Ele também a havia prevenido de que ela se arrependeria se fugisse. Muita gente usando muitas formas diferentes de poder para controlá-la.

"Sim, meritíssimo."

A Madame Poliéster a segurou pelo braço e a levou em direção à porta do tribunal.

Allie procurou Bea pela sala toda. Mas ela já havia ido embora.

"Temos que ir buscar suas coisas no centro de detenção", a disse assistente social a Allie dentro do carro.

Allie havia esquecido o nome dela de novo. A experiência no tribunal parecia um sonho ou uma cena envolta em névoa. Seu mundo havia perdido o foco nas coisas menores — provavelmente uma consequência do medo —, e nenhuma parte daquela manhã persistia na memória.

"Eu não imaginei que a Bea estava lá."

"Ah, não. Não imaginou. Ela estava lá, sim."

Um suspiro. Quase um quilômetro de silêncio.

"Escute, já resolvemos essa parte do problema", disse a Madame Poliéster. "Você não vai mais ficar no centro de detenção. Agora vamos olhar para a frente."

"Não tenho nada no centro de detenção. Só uma muda de roupa. Nem é minha preferida. Uma escova de dentes barata que eles me deram. Vamos logo para esse lar substituto."

"Não, tem mais coisas suas lá. Deixaram uma mensagem na minha caixa postal. Duas bolsas bonitas de tecido bordado ou feitas com pele de... lhamas, acho que foi isso que me disseram. Tem roupas, e em uma delas tem um iPad, um celular e algumas joias. Alguém as deixou lá hoje de manhã."

Allie abriu a boca, mas estava emocionada demais para falar. Manuela estava errada. Bea havia devolvido suas coisas. Não havia ficado com o iPad nem com o celular. Não havia roubado o colar de ouro.

"Tudo bem?", perguntou a Madame Poliéster.

"Na verdade, são de alpacas. Sim, temos que ir buscar essas coisas. São minhas, mesmo."

"Devo perguntar como conseguiu tudo isso? Porque tudo que levou para a Novos Começos ficou lá."

"Não. Acho que não deve perguntar."

Elas fizeram o restante da viagem em um silêncio quase total. Allie pensava que, na verdade, Manuela só havia errado em parte. Bea não havia roubado suas coisas. Mas também não havia ficado.

"Obrigada por ter assumido parte da culpa", disse ela, ao mesmo tempo em que viu o prédio do centro de detenção.

"Está falando sobre minha declaração no tribunal?"

"Sim. Sobre isso mesmo. Você podia ter dito que fez tudo certo, e que eu que criei o problema. Não precisava ter se comprometido."

"Às vezes temos que assumir as decisões que tomamos. Boas ou ruins."

"Certo. Agora eu entendo isso. Antes eu achava que já entendia, mas só descobri de verdade até bem pouco tempo atrás, quando tive que tomar decisões difíceis."

Elas pararam na frente de uma casa em Reseda, San Fernando Valley. Era uma casa grande, mas simples. Azul-acinzentada. Precisava de uma pintura nova, mas Allie havia sido informada de que seria bem-vinda ali, então, que importância tinha a pintura?

A Madame Poliéster desceu do carro e abriu o porta-malas enquanto Allie pegava as duas valises sul-americanas do banco de trás.

"O que tem aí?", perguntou Allie enquanto a assistente social tirava dois sacos de lixo cheios do porta-malas e os deixava na calçada, na frente da sua nova casa substituta.

"Isso é tudo que você deixou na Novos Começos."

"Ah. Que bom. Eu estava imaginando que nunca mais veria essas coisas."

Allie levantou a cabeça e viu uma mulher parada na porta da casa, e se sentiu tomada por um novo tipo de medo. Aquela mulher na porta aberta seria sua mãe substituta, e era uma total e completa desconhecida. Podia ser uma pessoa bondosa ou uma pessoa difícil, cheia de problemas. Podia ser qualquer coisa, mas já era a pessoa mais importante naquele próximo capítulo da vida de Allie.

Allie estava sentada no que era, de repente, sua nova cozinha, bebendo um copo de chá gelado. Quando a mulher desviava o olhar por algum motivo, Allie a examinava. Parecia jovem. Ou jovial, pelo menos. Menos de 40 anos. Cabelo curto e escuro. Algumas linhas na testa, talvez pela seriedade da vida.

Allie queria perguntar o que a havia motivado a acolher menores de idade que nunca tinha visto antes, mas não conseguia pensar em um jeito de formular a questão.

"Onde estão todos os outros que você disse que moravam aqui?"

"Hoje é dia de aula", respondeu a mulher. Havia se apresentado como Julie Watley, mas Allie não tinha ideia de como seria apropriado chamá-la. "Amanhã você também vai."

"Mas as férias de verão já vão começar. Faltam poucos dias, não?"

"Nove dias para o ensino médio. Mas você tem que ir. Lamento, mas a frequência escolar é obrigatória no sistema de acolhimento substituto."

"Tudo bem. Não tem problema."

Queria agradecer. Sentia-se sobrecarregada, quase esmagada pelo peso da gratidão que sentia por aquela mulher. Por aceitá-la. Pelo simples fato de querê-la em sua casa. Mas não conseguia traduzir o sentimento em palavras.

"Como eu devo te chamar?", perguntou Allie depois de um tempo, para quebrar o silêncio.

"Julie está ótimo. Então amanhã eu vou te levar à escola, porque preciso fazer sua matrícula. Mas depois disso... Tem crianças nos três níveis aqui, e não posso levar todo mundo de carro a todos os lugares, então levo os menores para a escola fundamental. Você vai ter um passe de ônibus e acredito que vai chegar lá sozinha. Sei que isso pode parecer um fardo..."

"Não", interrompeu Allie. "Não tem problema."

Julie parecia surpresa.

"Ah, que bom. Obrigada pela atitude positiva. Já acolhi muitas crianças que estavam acostumadas a ser levadas de carro a todos os lugares e ficavam ofendidas com essa ideia."

"Sou grata por me deixar morar aqui."

Julie olhou para o rosto de Allie. Tentou olhar bem dentro dos olhos dela, mas a menina interrompeu o contato visual, constrangida.

"Está com fome?", perguntou Julie, sem abordar os temas mais pesados da gratidão e do desespero.

"Muita. Mal tenho me alimentado, porque tem muita coisa que não como."

"Eu sei. A sra. Manheim falou comigo sobre isso. Tenho feijão preto à moda cubana e arroz. Espero que coma arroz integral."

"Isso é... perfeito", respondeu Allie, sentindo as lágrimas inundarem os olhos. "Obrigada."

Allie estava deitada em sua cama no escuro, completamente sem sono. Não sabia se sua nova companheira de quarto, que tinha apenas 10 anos, estava dormindo ou não. Pelos sons e a respiração, achava que não.

"O que aconteceu com a menina que ocupava esta cama antes de mim?", perguntou Allie baixinho, pois, se a menina estivesse dormindo, não queria acordá-la.

"Ela teve que ir para casa."

"Ah. Que bom. Espero que eu tenha que ir para casa logo."

"Também espero."

"Ah, que fofa. Obrigada."

"Se você for para casa, eu fico com o quarto só para mim de novo."

"Ah. Entendi. Menos fofa. Mas eu entendo. Lamento que tenha que dividir o quarto."

"Não é sua culpa", disse a garotinha. "Sei que não estaria aqui se tivesse outro lugar para onde ir."

"Pode dizer isso de novo."

"Sei que não estaria aqui se tivesse outro lugar para onde ir."

Allie não sabia se ela estava brincando ou se não tinha entendido a natureza retórica da frase "pode dizer isso de novo". Talvez a garotinha ainda não tivesse noção do que era ironia.

Na segunda manhã na nova casa, Allie saiu e começou a caminhar na direção do ponto de ônibus. Usava calça jeans e sua melhor blusa de verão, por fora da calça, como mais gostava. Levava uma mochila vazia, ou quase vazia, porque havia nela um saquinho de papel pardo com um almoço que podia comer. Julie disse que a mochila ficaria cheia de livros no fim do dia.

Para Allie, tudo parecia um desperdício. Mais oito dias. Quando conseguisse ocupar metade de seu tempo com os deveres da escola, estariam de férias.

"Precisa de carona?"

Allie virou e viu uma conhecida van branca parar junto da calçada, perto de seu ombro esquerdo. Ela parou, chocada com a repentina familiaridade de tudo.

"Bea! O que está fazendo aqui?"

"Posso ir embora, se você quiser." E a janela do passageiro começou a subir.

"Não, não quero que vá embora. Sério. Só estranhei." A janela parou de subir. "Só quis dizer que... Enfim, como me encontrou?"

"Segui vocês quando saíram do tribunal."

Allie ficou parada por um momento, analisando as mudanças. Depois deu dois passos e entrou na van.

Como nos velhos tempos.

"Ela sentiu minha falta!" Allie se referia à gata, que ronronava em seu colo. "Ai! Phyllis! Ai!"

"É claro que sim. Mas é bom tomar cuidado com as garras quando ela está com saudade."

"E você só me avisa agora? Por que não corta as unhas dela?"

"Se já tivesse tentado cortar as unhas dessa gata, não precisaria perguntar."

Allie tirou do bolso o mapa que Julie havia desenhado do caminho para a escola e o estudou com atenção. "Acho que você vira à esquerda no próximo semáforo. Por que foi embora tão depressa?"

"Quando?"

"No tribunal."

"Ah. Eu me senti humilhada. Aquele juiz agiu como se não quisesse ouvir uma palavra do que eu estava dizendo. Ficava batendo com aquele martelo e dizendo para eu parar de falar."

"Ele fez isso comigo também. Acho que é só o jeito dele. Bea, vira! É aqui!"

"Oh." Os pneus cantaram com a curva repentina.

"Mas *eu* queria ouvir o que você disse. Obrigada por ter aparecido no tribunal."

"Que bom. Eu me importo mais com você do que com aquele juiz miserável. Se *você* queria ouvir o que eu tinha para dizer, para mim isso já é o bastante."


Quando desceu da van na porta da escola, Allie não perguntou se Bea pretendia ficar por perto. Se planejava voltar. Se Allie devia voltar para casa de ônibus ou se ela estaria ali para lhe dar uma carona.

Ou se Bea havia aparecido só para se despedir.

Não esqueceu de perguntar. Na verdade, não suportaria saber.


Bea estava lá depois da aula.

E na manhã seguinte.

E naquela tarde.

E na manhã depois dela.

Dia após dia, ela aparecia e oferecia uma carona, mas nunca falavam da carona depois daquela. A vida seguia, obediente, uma rígida rotina de sucessivas caronas.

# 33

## A PARTE QUE É TIPO UM EPÍLOGO, DOIS MESES DEPOIS, COM BANHEIRAS

"Tenho uma surpresa para você", Allie disse assim que entrou na van.

"Antes ou depois de eu te deixar no abrigo?"

Allie estava fazendo trabalho voluntário desde o início das férias de verão, duas ou três horas por dia, em um abrigo para pessoas sem-teto. Não havia sido ideia dela. O voluntariado era incentivado em sua casa substituta. Mas também não havia sido uma ideia ruim. Além do mais, Bea a levava e trazia de volta sempre, o que, para Allie, era uma compensação suficiente.

"Nenhum dos dois. Hoje nem vamos para lá. Ontem foi meu último dia de voluntariado."

"Ah. Você não me disse nada. E para onde vai agora?"

"*Para minha casa.* E você vai tomar um banho em uma bela banheira. Como sempre quis. Como eu prometi naquele dia em Monterey."

"Espere." Mas, ao mesmo tempo, ela engatou a marcha e pisou no acelerador. "Como vamos entrar na sua casa?"

"Pela porta. Minha mãe está lá!" Allie ouviu a sua voz ganhar uma nota mais aguda e animada. "Minha assistente social teria que me levar para lá hoje à tarde. Mas a Julie disse que eu podia ir com você. Minha mãe conseguiu redução de pena. Ela e meu pai descobriram que pode demorar um ano ou mais para recuperarem minha guarda integral, mesmo depois que forem soltos. Então meu pai mudou o depoimento e assumiu toda a culpa sozinho. Disse que minha mãe nem sabia sobre essa questão toda dos impostos. Ela está em casa há alguns dias, mas teve que contratar um bom advogado. Ele conseguiu abreviar todo o processo de recuperação da guarda. Normalmente, isso pode levar meses ou anos, sabia? Se uma criança é tirada de casa por causa de abuso. Mas nesse caso foi bem rápido, porque... você sabe. Dinheiro. E porque agora, legalmente, ela é meio que... inocente. Como se tivesse sido condenada injustamente. Não sei. Foi tudo muito estranho."

Allie parou para respirar.

"E não me contou nada disso porque...?"

"Acabei de descobrir que deu certo. Que o juiz decidiu em favor dela. Além do mais, se eu tivesse contado antes, não teria sido surpresa."

"É claro. Como eu sou boba. E seu pai?"

"Vai ter que cumprir mais dois anos, no mínimo."

"Lamento muito. E... detesto fazer essa pergunta, mas ela é necessária. O que sua mãe acha de eu ir lá e tomar um banho?"

"Vamos descobrir juntas."

Bea freou com tanta força que Allie foi projetada para a frente e contida pelo cinto de segurança.

"Você não contou a ela sobre mim?"

"Bea, relaxa. Confia em mim. Tenho tudo sob controle."


Antes que Allie pudesse sequer abrir a boca, os braços da mãe a envolveram. Ela parecia nem ter notado a senhora parada atrás da filha na varanda. E parecia disposta a nunca mais soltar a menina.

Depois de um tempo, ela a soltou, deu um passo para trás, segurou o rosto de Allie entre as mãos e a estudou com atenção. Allie também analisava o rosto da mãe.

Estava com o cabelo muito curto, o que causava um certo choque. Havia mais linhas na testa e em torno dos olhos. E os olhos estavam diferentes, embora Allie não conseguisse encontrar as palavras certas para descrever como haviam mudado.

Vê-la de novo era como um sonho maravilhoso. Um sonho repleto de emoções, grandes emoções, mas todas pareciam se esconder atrás de um muro, onde Allie não conseguia encontrá-las. Talvez levasse um tempo, só isso.

"Mãe, essa é a Bea", disse Allie.

A mãe olhou além dela. Seu rosto se transformou, adquirindo uma expressão desanimada.

"A Bea vai entrar e tomar um banho. Tudo bem?"

O silêncio durou só um ou dois segundos, mas era pesado e inoportuno.

Allie segurou o braço de Bea e elas atravessaram o *hall* de entrada juntas.

"Na verdade, tem mais uma coisa", Allie avisou. "A Bea vai morar com a gente. No quarto de hóspedes. Bea, vá buscar a gata na van."

"Espere", a mãe dela reagiu. "Espere, espere, espere. Não pode trazer um gato para casa."

"Por que não?"

"Seu pai é alérgico."

"Meu pai vai passar mais dois anos na prisão, no mínimo."

"Certo. E depois ele vai voltar. E ele é alérgico a gatos."

"Mãe. A gata tem 18 anos."

"Ah." E os argumentos da mãe acabaram.

Enquanto isso, Bea esperava em pé no tapete do *hall*, estranhamente silenciosa.

"Tudo certo. A Bea e a gata vão morar no quarto de hóspedes."

"Meu bem. Podemos conversar só nós duas?"

"Não. Não, mãe. Qualquer coisa que tenha para me dizer, pode ser dito na frente da minha avó."

"Allie, benzinho. Eu sou sua mãe. *Conheço* seus avós, lembra? Se alguém é da família, é claro que eu conheço."

"Não tem importância. Isso não faz nenhuma diferença, mãe. Não me interessa se ela não tem nenhum parentesco com a gente. Escuta, estou avisando como vai ser. Não estou exatamente pedindo sua permissão. Você falhou comigo, mãe. Sinto muito, mas precisei de alguém e você não estava lá. A Bea estava. E ela não me decepcionou, e não vou deixá-la na mão agora. Então, Bea, vá buscar a gata."

As três ficaram paradas por um momento, envoltas por um silêncio perplexo.

Até que a mãe de Allie falou.

"Tudo bem. Por ora, pelo menos... acho... Vá buscar a gata."

Allie estava deitada na cama do quarto de hóspedes, avaliando o sentimento de estar em casa, em um lugar conhecido. Era quase como se nunca tivesse saído dali. Todos os últimos meses poderiam ter sido um sonho. Mas não, não foram, porque Allie não era mais a pessoa que havia morado ali antes. E, em muitos aspectos, aquilo era bom.

"E aí, isso era tudo que você queria em uma banheira?", perguntou quando Bea saiu do banheiro da suíte de hóspedes.

"Tudo e mais", respondeu Bea enquanto enxugava o cabelo. "A banheira dos meus sonhos. Onde está sua mãe?"

"Lá embaixo, na sala. Chorando. Chocada. Enquanto você tomava banho, contei toda a história para ela. Tudo que aconteceu comigo."

"Ah." Bea abaixou a mão que segurava a toalha e se sentou na beirada da cama, onde Allie continuava deitada, afagando a gata. "Acha mesmo... sinceramente... que ela vai me deixar morar aqui?"

"Acho que sim. Não dei escolha. Não que eu possa obrigá-la, mas... não vou recuar nessa questão. E ela se sente muito culpada. Está me devendo uma, e sabe disso. Acho que vai ficar tudo bem."

Bea ficou quieta por um instante. Depois começou a olhar para um lado e para o outro, examinando o quarto, olhando até para o teto.

"Eu não tinha prestado atenção em tudo isso antes. Porque não acreditava que ia realmente ficar aqui. Ainda não tenho muita certeza. Ela vai encontrar um jeito de me mandar embora."

"Só se for por cima do meu cadáver", declarou Allie.


Pouco antes da hora de dormir, a mãe de Allie entrou no quarto e se sentou ao lado dela na cama.

Abriu a boca para falar, mas começou a chorar de novo. Por um momento, só ficou ali chorando.

Depois se controlou, apenas o suficiente para organizar as palavras.

"Eu sinto muito, muito mesmo, por tudo que aconteceu com você nesse meio-tempo, Allie. E pelo que poderia ter acontecido. Sei que não é suficiente me sentar aqui e dizer essas coisas. Mas vou encontrar um jeito de reparar tudo isso. Acredite em mim. Ainda não sei como, mas vou encontrar um jeito."

"Você só precisa deixar a Bea ficar e está tudo certo."

Infelizmente, a mãe não respondeu. O que significava que, talvez, Bea estivesse certa, afinal.

Allie continuou falando para diminuir o incômodo.

"Preciso perguntar duas coisas, mãe. Sobre meus planos. Quando as férias acabarem, talvez eu visite algumas escolas de LA para fazer umas... palestras. Para que outras meninas não acabem envolvidas nesse mesmo tipo de problema. Não sei como vou encaixar essa atividade nas minhas obrigações escolares. Não sei um monte de coisas. Na verdade, ainda não organizei direito nada disso. Não tenho... autorização oficial nem nada parecido. Mas quero levar essa ideia adiante. E uma policial disse que é possível. Então é o que eu vou fazer. Só preciso pensar nos detalhes."

"Tudo bem, querida. É uma ótima ideia. E vou ajudar como puder. O que mais quer perguntar?"

"Eu e a Bea vamos ter que fazer uma pequena viagem, em algum momento. É só uma ponta solta que queremos amarrar. Vamos percorrer de carro o litoral até a fronteira do México. Com a sua permissão, é claro."

Allie esperou uma reação. A mãe balançou ligeiramente o corpo, mas foi só isso. Com a luminosidade fraca que vinha do corredor, Allie não conseguia ver detalhes de sua expressão.

"Não gosto muito disso."

"Por que não?"

"Às vezes as pessoas vão para o México por razões duvidosas."

"Nós não vamos para o México. Vamos só até a fronteira. Queremos poder dizer que conhecemos toda a Costa Oeste dos Estados Unidos. Fomos até o Estreito Puget. E agora, se formos para o outro lado, até o México, teremos visto tudo."

"Não sei, Allie. Tenho dúvidas."

"Que tipo de dúvidas?"

"E se ela tiver algum negócio ilegal no México?"

"Já falei que não vamos atravessar a fronteira."

"E se for até lá e descobrir que vai atravessar a fronteira e só não sabia disso?"

"Ela nem tem passaporte, mãe."

Allie ficou deitada em silêncio, tentando ler o rosto da mãe na penumbra e encontrar um jeito de encaminhar melhor aquela conversa.

"Se está tão preocupada, venha com a gente."

"Ah. Eu não sabia que tinha sido convidada."

Mais alguns minutos de silêncio, durante os quais Allie sentiu um abrandamento da energia entre elas. Uma redução da tensão.

"Seria interessante, na verdade", disse a mãe. "Pode ser bem divertido. Sim. Vamos fazer essa viagem. Talvez na semana que vem. Mas, antes, preciso te fazer uma pergunta importante. Portanto, pense antes de responder. E, por favor, seja sincera comigo. Essa história que você me contou... sobre quase ter ido parar... Aquela mulher no quarto de hóspedes, essa que você decidiu que é sua nova avó... Sim, eu sei que ela te deu carona. Mas ela teve uma *grande* participação para que as coisas não acontecessem daquele jeito? Tão grande quanto você faz parecer?"

"Com certeza", respondeu Allie, sem precisar parar para pensar, como a mãe havia sugerido. "Ela teve uma enorme participação. Ela me tirou daquele lugar antes que aquele homem conseguisse levantar e me pegar de volta. E depois cuidou de mim. Caramba, se não fosse a Bea... Não gosto nem de pensar."

Allie teve a impressão de que viu a mãe se sentar um pouco mais ereta, mas podia ter sido só sua imaginação.

"Tudo bem. Tudo bem, querida. Então ela é bem-vinda aqui."

Em seguida beijou a cabeça de Allie e saiu.


Allie esperou um ou dois minutos, depois se levantou da cama e foi descalça até o quarto de hóspedes. Bateu de leve na porta e espiou o interior escuro.

"Bea", sussurrou. "Está acordada?"

"Estou. Por quê?"

"Bem-vinda à sua nova casa", falou Allie, um pouco mais alto. E voltou para a cama.

**CATHERINE RYAN HYDE** é autora de mais de trinta livros, entre eles *Leve-me com Você* e *Para Sempre Vou te Amar*. Em suas inúmeras viagens, fez trilhas por Yosemite e pelo Grand Canyon, escalou o Monte Katahdin, viajou pelo Himalaia e percorreu a Trilha Inca de Machu Picchu. Para documentar as experiências, Catherine tira fotos e grava vídeos, que compartilha com seus leitores e amigos na internet. Um dos seus livros de maior sucesso é *Pay It Forward*, que inspirou o filme *A Corrente do Bem* (2000) e a levou a fundar e presidir (entre 2000 e 2009) a Pay It Forward Foundation. Como oradora pública profissional, já palestrou na National Conference of Education, falou duas vezes na Universidade de Cornell, reuniu-se com membros da AmeriCorps na Casa Branca e dividiu um palco com Bill Clinton. Mora na Califórnia e divide seus dias com seus animais de estimação.

**DARKLOVE.**

*Coragem. Bondade. Amizade. Caráter. Essas são as
qualidades que nos definem como seres humanos
e acabam por nos conduzir à grandeza.*

— R.J. PALACIO —

DARKSIDEBOOKS.COM